最受读者喜爱的

神话故事

翟文明　编著

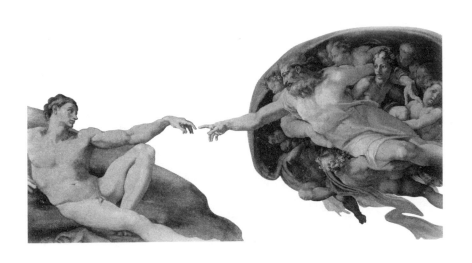

光明日报出版社

图书在版编目（ＣＩＰ）数据

最受读者喜爱的神话故事 / 翟文明编著 . -- 北京：光明日报出版社，2011.6

（2025.4 重印）

ISBN 978-7-5112-1146-0

Ⅰ . ①最… Ⅱ . ①翟… Ⅲ . ①神话—作品集—世界 Ⅳ . ① I17

中国国家版本馆 CIP 数据核字 (2011) 第 066307 号

最受读者喜爱的神话故事

ZUI SHOU DUZHE XIAI DE SHENHUA GUSHI

编　　著：翟文明

责任编辑：温　梦　　　　　　　　　责任校对：华　胜
封面设计：玥婷设计　　　　　　　　责任印制：曹　净

出版发行：光明日报出版社

地　　址：北京市西城区永安路 106 号，100050

电　　话：010-63169890（咨询），010-63131930（邮购）

传　　真：010-63131930

网　　址：http://book.gmw.cn

E - mail：gmrbcbs@gmw.cn

法律顾问：北京市兰台律师事务所龚柳方律师

印　　刷：三河市嵩川印刷有限公司

装　　订：三河市嵩川印刷有限公司

本书如有破损、缺页、装订错误，请与本社联系调换，电话：010-63131930

开　　本：170mm×240mm

字　　数：210 千字　　　　　　　　印　张：15

版　　次：2011 年 6 月第 1 版　　　　印　次：2025 年 4 月第 4 次印刷

书　　号：ISBN 978-7-5112-1146-0-02

定　　价：49.80 元

前　言

　　神话故事是人类童年对自然世界的反映，也是远古人类集体创作的结晶；是世界上一切艺术的肇始，也是世界灿烂文明的起点。在绚丽多姿的世界文化史中，神话故事如同一串闪闪发光的珍珠贯穿其中。奇特的情节、多样的风格，以及丰富的内容都全面体现出神话故事无穷的艺术魅力与民族的多源性。神话故事是先民留给世人的一份极为珍贵的文化遗产，为世界文学提供了取之不尽、用之不竭的灵感。它们是想象与历史的反映，睿智与经验的融合，梦想与现实的交汇。

　　经过漫长岁月的涤荡，抹去历史的尘烟，神话仍以奇幻的故事情节、纯真的艺术形象和深邃的思想内涵吸引我们去倾听祖先的声音，领略远古时代的旖旎风光，欣赏集体创作结晶中的艺术美感。时至今日，了解一定的神话已成为人们构筑知识结构过程中不可或缺的一环。神话故事不仅为我们提供了一个了解历史的平台，而且能够让我们在感受神话王国美丽的同时，加深对传统文化的理解，激发起内心潜藏的想象力和创造力。

　　鉴此，我们推出了这本《最受读者喜爱的神话故事》，本书遴选了世界上流传最广、影响最大、最富于代表性的经典神话，按照欧、亚、非、美、大洋洲五大区域进行编排，分别介绍其所属地区的国家和民族的神话故事，同时辅以近200幅与文字内容相契合的精美图片，绘制出一幅波澜壮阔的艺术画卷，将一个浪漫动人的神话世界全方位、多层次地展现在读者面前。

　　本书力图通过科学的体例、经典的故事、新颖的版式，以及丰富多彩的图片等多种要素的有机结合，引领读者步入神话的殿堂，领略中外神话的艺术魅力，进而启迪心智，陶冶性情，提高个人的文学素养、审美标准、人生品位，为自己的人生营造一方纯净的圣土。

目　录

亚洲神话故事

非洲神话故事

美洲及大洋洲神话故事

欧洲神话故事

欧洲神话故事——西方灿烂文明的起源

原始天神——欧律诺墨

[古希腊]

太初茫茫之时，世界处于一种杂乱无序的"混沌"状态：太阳月亮尚未出世，大海、陆地、天空纠结在一起，混作一团。可是在这一团混沌之中，大海、陆地、天空彼此冲突着，冷热软硬干湿轻重互相斗争。斗争到了一定时候，逐渐地，变化出现了，这些原始物质开始分化：大地和天空被一道地平线分割为二；陆地和海洋互相区别。

世界乱糟糟的面貌改变了：轻的部分上升为瓦蓝的苍穹，在最高的地方找到了它们的安身之处；沉重的部分聚集在一起，成为大地；大地和天空之间是无所不在的空气；回旋流动的水泛起了波涛，将陆地环绕了起来；而在地下的最底层，则是一个最为黑暗的地方，叫作塔耳塔洛斯。

就在天地分开形成海洋陆地的时候，从一片混沌之中出现了开天辟地的第一位天神欧律诺墨，她长发飘飘、赤身裸体，她立在叠浪起伏的波涛之上翩翩起舞，并顺着一股强劲的南风，向前方飞过去。走到爱琴海上空，女神欧律诺墨渴望能够控制自己的方向，她就在急速旋转之中，随手抓住了擦肩而过的北风，一阵揉搓，北风在她充满神力的手中变成了一条河流似的蜿蜒盘旋的大蛇俄菲翁。这个时候的大蛇俄菲翁浑身冰冷、僵硬。女神欧律诺墨抓起大蛇一阵急舞，大蛇在她的手中弯来折

半人半蛇人

在人类远古神话中，出现众多半人半兽的天神形象，如俄菲翁。这既反映了早期先民的图腾崇拜，又反映了先民对世界的认识。

去，获得了热量。它的身体变得暖和了，皮肤渐渐地变为燃烧的火焰色。它盘绕起身体，在女神的胸脯上纠缠了一圈，扭动着身子和女神结合。有孕的女神摇身变成了一只白色的轻捷的鸽子，在波涛上伏窝，七七四十九天之后产下了一枚光闪闪的宇宙卵。女神命令这只大蛇在这枚卵上盘旋了七次，随后宇宙卵一声轰响，裂成两半。裂为两半的宇宙卵在波涛之上翻滚了一阵之后，万物都诞生了：日月星辰，草木动物出现在世界上。随后，女神又创造了一对巨人，一男一女。

完成了创世业绩之后，欧律诺墨带着俄菲翁在希腊的奥林匹斯山上安下了自己的家园。他们两个过了一段安稳的日子之后，俄菲翁自恃功高，以为创世是他一个人的功劳，他才是真正的创世主，女神应该一切都听从他的命令。这当然让女神欧律诺墨十分恼火，两个人就搏斗起来。欧律诺墨眼疾手快，一脚踢中俄菲翁的头。俄菲翁的头肿成了一个葫芦包。他的牙齿也被踢掉了，从空中落到了地上。斗输了的俄菲翁被发配到了大地上最黑暗的洞穴——塔耳塔洛斯居住。他跌落的牙齿落入了尘土之中，又慢慢发育成长，成为大地上的第一批人类。这群人类始祖都从土里生出，生活在女神为他们创造的世界里。

扛天的提坦巨神阿特勒斯

提坦神常被称为老神。他们体型巨大，力量惊人。希腊人不相信神明创造了宇宙，而是宇宙创造了神明。他们是第一代祖先，提坦神是其儿女，众神为其子孙。著名的提坦神伊亚匹特士有两个更著名的儿子：肩负世界的阿特勒斯，挽救人类的普罗米修斯。

大地女神该亚

[古希腊]

很久很久以前，该亚就是人们一直崇拜的大地女神。和天庭的主宰众神之父宙斯相比，她更像是神灵家族之中和蔼可亲的老祖母。

根据古希腊传说，该亚，大地的化身，是从混沌之神欧律诺墨中分离出来的。她一出生就陷入了浑噩的沉睡之中。她的酣睡之地是奥林匹斯山上一块光秃秃的大石头。一阵暖风在她双腿之间盘桓片刻，该亚就此怀了孕。虽遭到暖风的骚扰，该亚却仍然沉睡如泥。昏睡之中，怀胎十月后的该亚一连产下了三个孩子：那就是天神乌拉诺斯、老海神蓬托斯和时序女神。

刚生下孩子的该亚体质虚弱，仍然神志不清。她的第一个孩子天神乌拉诺斯迎风就长，很快就长成了一个高大的年轻人。他的皮肤颜色随心情而变，呈现出蔚蓝、乌黑或者苍灰之色。他蹦蹦跳跳地在山水之间游玩着，登上了山顶，借着天生的千里眼，他看见了大地女神，一阵冲动，该亚又怀孕了。

醒来的该亚感觉到肚子疼痛。她在地上来回地滚动着，一直转了十二圈，生下了十二个提坦巨神之后，疼痛才停止了。她的丰满的乳房微微地有些胀疼。这十二个提坦巨神，一生下来就高大健硕。他们咿咿呀呀地爬到了母亲身边，没长牙齿的小嘴巴大张着，本能地摸索吮吸着。这群

该亚塑像

该亚，大地之母，怀中抱着象征丰收的新生婴儿。这座雕像发现于公元前5世纪的一座庙宇里。

提坦巨神之中，最聪明的就是小儿子克罗诺斯。他最先吮吸到母亲的乳汁，而后其他的几个孩子也纷纷地伸过头来，抢着吮吸乳汁于是互相争斗起来。他们力量相当，智慧一致，只有喝了乳汁的克罗诺斯力气大增，其他孩子被他打得鼻青脸肿，倒在一边。克罗诺斯吃饱喝足后，离开母亲四处玩乐，这时候才轮到了他那些嗷嗷待哺的哥哥姐姐们。

该亚形象

希腊人对该亚的崇拜随着希腊社会由母系氏族进入父系社会发生了一些变化。在母权社会之中，该亚是核心神，受到广泛崇拜。但是随着男性在日常生活之中地位越来越高，天神乌拉诺斯逐渐成长为万神之父。该亚地位丧失，成为神族之中年迈而不起决定作用的女神。因为该亚是大地化身，而大地则是人们的衣食父母／立足之地，所以，尽管天神的主宰更换了几次，可该亚崇拜还是一直延续了下来。在古希腊罗马艺术中，该亚的图像颇为罕见，在残存的神庙檐墙上，偶尔还能碰见：她腰齐地面，手持一只象征丰饶的贝壳，似乎在祈求宙斯宽恕巨人们。

孩子们慢慢长大了。十二个孩子之中，克罗诺斯年纪最小，却是最为勇敢而又最有智谋的一个。

这个时候他们的父亲乌拉诺斯已经战胜大地女神该亚，成为宇宙的主宰，该亚则成为他的王后。这对夫妻又生下了独目巨人和百臂巨人。这些巨人刚生下来就力大无比，乌拉诺斯非常害怕他们会对自己的地位构成威胁，就把他们藏在一个秘密的黑暗之地。作为母亲的该亚非常愤怒，就唆使儿子克罗诺斯阉割了乌拉诺斯。

该亚可以说是一位最受人崇拜的女神，人们在发誓赌咒时，她的名字是最为神圣的。此外，她还被作为一个收成的赐予者被人四处祭祀尊敬。她被认为是人类的始祖，又是死人的归宿之地，因为死人都是一律埋葬在地下的。

天神乌拉诺斯

[古希腊]

天神乌拉诺斯是大地女神该亚的儿子。他出生不久就成长为一个面貌英俊的少年。后来，他又与母亲该亚结婚，并成为天地之间的主宰。乌拉诺斯登上了天神的宝座之后，他就对他所统治的疆域进行了一番改造。首先，在山林茂密的地方，他用他的权杖画，地上就出了潺潺的泉水；在一望无际的平野，他用脚一顿，出现了一个巨大坑洞，水流涌出，成为波光粼粼的池沼湖泊。雨水从天空降落下来，汇成小溪河流，奔向浩瀚的大海。原野伸展，山谷下陷，峰峦耸立，树木生长……世界变成了与今天类似的样子。接着，他又让地球上出现了不同的气候带：当中最热的就是热带地区，而两端白雪飘飘、冰雪覆盖的地方，则是寒带；夹在寒热之间的温带地区，气候温和，寒暑交替。

在天神乌拉诺斯的统治之下，宇宙变得井然有序。而作为主宰者的天神，他和地母该亚生下了一大群儿女。地母该亚两次分娩。第一次她生下了十二个提坦神；第二次生下的，则完完全全是一批怪物，身材高大顶天立地不说了，力气也大得吓人。其中一个怪物身高臂长，一生下来就是一只独眼，倒竖在额头上，闪闪发出绿光，眼睛上一道又横又直的眉毛。他的样子已经够丑了，可是比起他的三个兄弟来说，他简直可以算上是一个帅哥。他的三个弟兄比他还高出一倍有余，脖颈上顶着五十个脑袋，而双肩之上，每个五十，一共长

大地之母该亚金像

出了一百只毛茸茸的巨手。他们与人争斗时，头上的百只巨眼发出了火红的怒焰，五十张大嘴吼声震天，一百只巨手张牙舞爪，威势凶猛，势不可挡。

天神乌拉诺斯能够预知未来，他知道自己的众多孩子之中，那最优秀的一个必然会推翻他。他偷偷地观察这些孩子，尤其让他感觉害怕的就是这些怪物。他把他们引诱到一个秘密的洞穴里，偷偷地关闭起来。这件事情激怒了地母该亚。她找遍他们宫殿的附近孩子可能游玩之处也没找到，嗓子也喊哑了，却没有任何回应。问起乌拉诺斯，他就支吾过去，花言巧语逗地母该亚开心。

地母该亚找不到她的怪物孩子，就只能更加警惕地守护在这些提坦神身边。他们虽然年纪比怪物弟弟大，可还在摇篮里牙牙学语。对这些手无缚鸡之力的婴儿，乌拉诺斯也不能放下心来，又一个个地把他们偷走，藏在另一个秘密的黑暗之地。只有提坦神中最小的克罗诺斯，由于地母该亚最喜欢他，看护得紧，才没让乌拉诺斯得逞。相反，由于乌拉诺斯最近行踪诡秘，该亚产生了怀疑。一天，乌拉诺斯趁该亚不在孩子身边，蹑手蹑脚走到摇篮边，四面瞅了瞅，见没人，便将孩子抱起来转身就走。这个时候，暗自庆幸的乌拉诺斯根本不知道，自己中了该亚的圈套，她正躲在一边秘密观察着呢。乌拉诺斯一走，该亚就悄悄跟在他身后，一直跟到了乌拉诺斯偷藏提坦神的地方。那是地下一个黑暗的洞穴。乌拉诺斯把孩子扔下，匆匆离去。该亚在这个地方作了一个标记，急急返回宫殿中。她看到了空空的摇篮，痛哭起来，乌拉诺斯假惺惺地在一边滴下了几颗眼泪。

该亚看穿了乌拉诺斯的诡计，却又没法与之直接相斗。她斗不过残忍蛮横的乌拉诺斯，只有偷偷背着他去看望孩子。那里有克罗诺斯，还有其他的提坦神，可是怪物们却不知道被囚禁在什么地方。孩子们在幽禁的黑暗之地慢慢长大了。当最小的儿子都已经过了十八岁生日的时候，该亚把事情的前前后后都告诉了儿子们，希望他们了解真情以后，能够推翻乌拉诺斯。她找来了灰色的火山石，磨成了一把大镰刀。

她告诉孩子们："孩子，打倒你们罪恶滔天的负心爸爸。这个家伙太可恨了，他害怕你们夺权，就抛弃你们，把你们关在这暗无天日的地方！"

她的儿子个个都很有力，可是他们害怕乌拉诺斯。只有小儿子克罗诺斯毫不畏惧，他推开前面沉默不语的哥哥，走到妈妈跟前，握着她的手说："妈妈，我听你的，我们是应该把这个恶棍赶下天庭的，但怎么对付那个老家伙呢？"

该亚摇了摇手中的大镰刀，说："孩子，有了这个，你就可以去和他一拼高下了。"

克罗诺斯犹豫了一下，摇了摇头："妈妈，光凭力气，我不能百分之百地确保胜利。我们何不这么办呢？"他附在该亚的耳朵边，说了一通。该亚听了很高兴，连连点头。

该亚返回宫殿，对着水池细心地打扮起来，她涂上了香粉，穿上了最美丽的衣服。今天的该亚特别美丽，不但没老，岁月的沧桑反为她添上了一番成熟风韵。夜色很快降临，巡视天庭回来的乌拉诺斯见到妻子，非常高兴。这个时候，早在床下埋伏多时的克罗诺斯冲了

双耳陶瓶

女神该亚从大地中冒出，将婴儿献给雅典娜。

出来，他左手抓住父亲，右手那把锋利的大镰刀轻轻一挥，就把父亲阉割了。受伤的乌拉诺斯连衣服都来不及穿上就往外冲去，可是克罗诺斯的哥哥们已经包围了四周。他们尽管害怕父亲，却不愿意自己的母亲和弟弟有生命危险。无路可逃的乌拉诺斯如同丧家之犬，一不留神，又被克罗诺斯抓住。克罗诺斯扣住他腰部的要害地方，用力一甩，乌拉诺斯就从天上直接掉了下去。身负重伤的乌拉诺斯坠落之时，他的伤口滴下了鲜血，溅落在地上，变成了后来的复仇三女神。经过九天九夜，乌拉诺斯坠落到了地下最黑暗的洞穴——塔耳塔洛斯里，永世都不能翻身。

乌拉诺斯的统治结束了。克罗诺斯和他的哥哥们又把怪物弟弟救了出来。在奥林匹斯众神会议中，大家一致推选克罗诺斯成为新一代的主神。就这样，克罗诺斯时代开始了。

宙斯夺权

[古希腊]

十二提坦神之一的克罗诺斯推翻了乌拉诺斯之后，成了第二代天神。他能够战胜父亲，是他兄弟姐妹帮的忙。可是，当他登上王位后，却患上了和父亲一样的毛病，担心他的兄弟们窥觑宝座。他知道自己的力气比不上弟弟独目巨人和百臂巨人，于是他找了一个借口，把他们关闭在地下最黑暗的洞穴——塔耳塔洛斯里。可是光囚禁了他的怪物弟弟，他还不放心。他比父亲更为多疑残忍，为了杜绝流言非议，他又把提坦神们也给关进去了，只把姐妹中最为漂亮年轻的瑞亚留在了身边。她成了他的妻子。

消灭了所有的潜在敌人，应

天神宙斯

宙斯威严地注视着前方，手中拿着权杖，旁边是他的美丽女儿忒提斯。

该说他的地位已经相当巩固了。可是他和父亲一样，有预知未来的能力，也预测到自己将来会被儿子中最为优秀的一个推翻。克罗诺斯食不知味，睡不安寝。怎么才能杜绝这种可能性永固王位呢？克罗诺斯也曾想和父亲一样，把儿子们囚禁起来。父亲的遭遇，他是不会忘记的。而且，天下最理想的监狱不过就是塔耳塔洛斯，他关在那里的兄弟姐妹难保不挑拨鼓动自己的儿子来反抗他。

克罗诺斯绞尽脑汁，却没有一个妥善完美的办法。把孩子究竟关在什么地方呢？这个问题搅得他不能安宁。一天吃午饭时，因为过于焦虑，他的舌头不小心被烫了一下。他疼痛得来回转圈。这时他的脑海中灵光一闪：是呀，还有比肚子更安全的地方吗？如果把孩子关在肚子里，他有多大的本事也跑不出去了，这样一来，自己的王位不就高枕无忧了吗？

于是，从瑞亚生第一个孩子开始，克罗诺斯就坚守在旁边。瑞亚把刚生下来的孩子细心包好，交给了克罗诺斯，让他抱抱，克罗诺斯却把包好的小孩子

放进嘴里，一口吞吃了。瑞亚大哭，可是克罗诺斯却放心地狂笑起来。就这样，瑞亚每生下一个孩子，还没有仔细看上一眼，这个孩子就进了克罗诺斯的肚子里，前前后后，已经有五个了。一连五个孩子，都被残暴的丈夫吞进了肚子里，瑞亚虽然毫无办法，却再也不能忍受了。所以在要生宙斯的时候，她要用行动来挽救这个即将诞生的小生命。

宙斯出世的时候，瑞亚强忍着生育之苦，把一块石头包了起来。这块石头，是她准备多时，放在枕边备用的，和婴儿大小不差。当克罗诺斯闻讯赶来，瑞亚就把石头递给了克罗诺斯，那个残暴的天神看也不看就一口吞下，然后大笑三声扬长而去。

瑞亚将包着布的石头递给丈夫，克罗诺斯接过来，一口吞进肚子里。

瑞亚吊着的心放了下来。虽然骗过了丈夫，可是孩子交给谁抚养呢？她又想起了小时候在克里特岛上发现的一个山洞。于是，她将宙斯送到了洞里，并请了两位女神看护他。小婴儿面色红润，很招两位女神的喜欢。她们精心照料他，

每天都用蜂蜜和母山羊阿玛尔菲亚的奶水喂养他。为防万一，瑞亚还派了一些武装的卫士守卫在山洞前。每逢小宙斯哭叫的时候，他们就用长矛击地，发出一片响声，以掩盖宙斯的哭声。

宙斯长大后，瑞亚就把事情的前前后后告诉了宙斯。宙斯又伤心又难过，他决心拯救自己的兄弟姐妹，并且推翻父亲克罗诺斯的残暴统治。

他们想了一个巧计，煎了大罐的药，由瑞亚端给生病的克罗诺斯吃。喝下那罐药后，克罗诺斯肚子疼痛起来。他弯下腰，大口地呕吐着。呕吐物中，先是一块大石头，随后是破布。他大吃一惊，意识到了问题的严重性。接着，他吞下去的五个儿女都被他吐了起来。说也奇怪，这五兄妹在父亲的肚子里不但毫发无损，而且都长成了大人，像宙斯一样高大健壮。兄弟们一出来就联合宙斯，一起反抗父亲。双方斗得天昏地暗，却一直没有分出胜负。战争僵持了十多年之久。

克罗诺斯找来朋友帮忙。其中一个就是自己的堂兄，非常聪明的普罗米修斯。他看到双方僵持不下，就建议说：天神呀，我看还是把你的兄弟们从地底下放出来吧。如果有他们帮助你的话，你就赢定了！可是克罗诺斯担心兄弟们怀恨在心，会倒打一耙，帮助宙斯。他拒绝了。

普罗米修斯看到克罗诺斯不但不听劝告，对待兄弟和

手持三叉戟的波塞冬
宙斯之弟，统治海洋的王者，权力仅次于宙斯。他与宙斯一起打败了父亲，推翻了父亲的统治。其后，宙斯成为众神之王，波塞冬分得海洋，哈里斯统治冥界。

孩子还这样残酷无情，于是，他就站到了宙斯这一边。宙斯正为战争不能取胜着急，就求教于这位聪敏的堂叔。普罗米修斯告诉宙斯，应该解救他那些被关押在地底的叔叔伯伯们，有他们的帮助，胜利才有把握。

于是，宙斯到了地底，释放出独眼巨人和百臂巨人。独眼巨人送给宙斯一些礼物：雷，电，霹雳；送给宙斯的一个哥哥哈里斯一顶可以隐身的帽子；送给另一个哥哥波塞冬一支三叉戟。而脾气暴躁的百臂巨人则直接参战，加入宙斯阵营。他们要惩罚他们的兄弟克罗诺斯。在得到了独眼巨人的宝物和百臂巨人的帮助后，宙斯率领大军，开向奥林匹斯山。

双方短兵交接，一场恶战开始了。战斗开始不久，胜负已分。克罗诺斯的部队根本不是对手，而克罗诺斯也斗不过百臂巨人。他刚抛出一块石头，三个巨人，三百只手就抛出了三百多块石头，

手持闪电的宙斯
宙斯拥有的武器：雷、电、霹雳。这些都是可以震慑诸神的有力装备，并且有独眼巨人专门为宙斯打造这些武器。

仿佛是一场石雨呼啸而来，克罗诺斯只好返身逃跑。这时正埋伏在上空的宙斯投出了闪电、巨雷。一时间雷电大作，风雨交加，海水沸腾，森林起火，整个世界都在颤抖之中。可怜的克罗诺斯失败了，被宙斯用铁索锁拿起来。宙斯以其人之道还治其人之身，将他打入了最黑暗的洞穴——塔耳塔洛斯。洞穴又深又黑，一道又高又厚的大门紧紧地堵在门口，铜门外还有一只嗅觉灵敏的三头巨狗。独眼巨人和百臂巨人则在洞穴外严密地巡逻。此时，就是插上双翅，克罗诺斯也飞不出这个黑暗之地。

克罗诺斯的残暴统治结束了，神界进入了宙斯时代。

奥林匹斯山

［古希腊］

　　宙斯在战胜自己的父亲之后，他给全体兄弟姐妹分授了领地。这样，每位神祇都有了一个自己统治的王国：波塞冬主管海洋；哈里斯统治地狱；得墨忒耳掌管农田以及上面生长的树木和花朵；艾思蒂亚掌管人们用来取暖的火。至于宙斯自己，娶赫拉为妻，主宰天空，成为众神和人类之王。自此，天界之间的争斗才相对平静下来。

　　这些天神们都居住在著名的奥林匹斯山上。那是一座耸立在马其顿地区的雄伟高山。据说，那里是世界上最美之地：四季如春，没有严冬，丽日朗照之下，万木竞秀，百花争妍，蝴蝶在花卉上飞舞，鸟儿不分昼夜地啾啾歌唱……景色虽美，与人类一样，众神现在不争斗了，可是每天都有说不清的纷争和烦恼，连宙斯都避

宙斯之妻赫拉

在希腊神话中，赫拉是婚姻及已婚妇女权利的保护者，也是婴孩的保护者。

奥林匹亚神殿遗址

免不了。

一天，赫拉生下一个驼背的丑孩子，宙斯非常生气，竟然抓住孩子的一条腿，把他扔下了奥林匹斯山。孩子飘荡空中数日，终于落到里木诺岛上。他在那里渐渐长大。由于这次坠落跌坏了腿，他走路蹒跚，再也不能行动自如了，而这个孩子就是人世间不曾有过的最优秀的金属加工匠赫菲斯托斯。跛足驼背的赫菲斯托斯几经周折，还是返回了奥林匹斯山。可是，他太丑了，一直是众神的取笑对象。相比之下，其他神祇都很漂亮，尤其是海神波塞冬，头发乌黑，浓眉下一双亮眼闪着灵光。

战神阿瑞斯也是宙斯和赫拉之子。他天生好斗，总爱和其他神祇争吵不休。友善可爱的神祇莫过于爱神阿佛洛狄忒了。她外表年轻，娇嫩如同少女，实际上，她却比其他神祇出生还早。她的出生，可以追溯到宙斯还没出生之时。那时候，克罗诺斯正在与天公乌拉诺斯搏斗。难解难分时，克罗诺斯的镰刀伤了天公的手。天公疼痛得抖动手臂，几滴血滴

维纳斯的诞生
女神维纳斯从爱琴海中浮水而出，秀美与清纯的她踩在一只荷叶般的贝壳上。

进了大海。浪花立即被乌拉诺斯的鲜血染红了。顷刻，海水四流。湛蓝的海水深处，一个肌肤雪白的姑娘破浪而出。她就是阿佛洛狄忒。她如此美丽，仿佛白昼闪烁的光芒，粉红的面颊，犹如桃花，美丽的大眼里，湛蓝的海水正在起伏。爱神阿佛洛狄忒是最受众神喜爱的神祇。

众神之中，另一位女神也很有名，她叫雅典娜，即智慧女神，是大地上美好事物的庇护神。她教妇女们纺线和织布，同时她还教男人们耕耘土地。她是神祇之中最喜欢助人为乐的一个，喜欢把所有技术和一切美好的事物都告诉人们，连她的父亲宙斯也为她的聪慧与博学感到骄傲。光辉闪耀的雅典娜是从宙斯头颅中降生出来的。那时，宙斯还没娶赫拉为妻，不过妻妾也很多，米蒂斯

就是其中之一。米蒂斯是理智和知识的化身。但有一个预言说，这个女子生下的孩子将比宙斯还要强大，宙斯害怕自己也落到父辈们的下场，于是也仿效父亲，吞食了怀孕的妻子，从此他变得异常博学。过了不久，他的头疼得难以忍受。过多的知识涌进了头脑，沉甸甸地让他难以承受。他用双手挤压头颅，以减轻痛苦。但疼痛不断加剧，越来越重，以致宙斯失掉了自制而大声呼喊起来：

"赫菲斯托斯，拿锤子来，砸开我的头！"

赫菲斯托斯不知所措："让我来打你吗？父亲，你在说什么呀？！"

宙斯大声吼道："如果你爱我，如果你还想继续享受现在的生活和自由，你就这么办！否则，我要把你赶下奥林匹斯山，关到塔耳塔洛斯地狱中去。"

赫菲斯托斯无可奈何地说："诸神为我见证，是他命令我这样做的。"于是举起他那油光闪闪的重锤，朝宙斯的头打去。整个世界都震动了。伴随着这声捶打，宙斯的头裂开了一个口子，一个女孩大喊了一声，跳了出来。这个女孩全身披着闪闪发光的盔甲，头戴战盔，手持盾牌和长矛，她就是宙斯最钟爱的女儿雅典娜。

宙斯的另一个孩子赫耳墨斯则是阿特拉

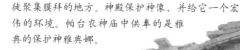

"雅典的王冠"帕台农神庙（下）和智慧女神雅典娜雕像（右）

希腊神殿基本上都是一室建筑，供奉一神的雕像，并非让信徒聚集膜拜的地方。神殿保护神像，并给它一个宏伟的环境。帕台农神庙中供奉的是雅典的保护神雅典娜。

斯之女迈亚所生。他是众神的使者，为了尽快地传递信息，他长有一双翅膀。他还是商业的庇护神，一只手握有贸易的标志——一根木棒，上面盘绕着两条蛇。他还被称为幽灵的带路者，因为他把死者的灵魂取走，送入地狱。所以古人常在死者的脊背画上赫耳墨斯的头像或小图像。

宙斯的另外两个孩子是由凡人所生的，即著名的双胞胎兄妹阿波罗和阿尔忒弥斯。赫拉由于妒忌他们的生母——温柔的勒托，因而虐待他们。宙斯把太阳授给了阿波罗，而把月亮交给阿尔忒弥斯。当她的哥哥驾驭着光芒四射的太阳车，把阳光撒满大地时，阿尔忒弥斯正躲在可爱的群山之中狩猎或与同伴们玩耍。傍晚时分，她登上那银光闪烁的月亮车，驱车出巡。阿波罗为她边弹琴边唱歌，而阿尔忒弥斯则静悄悄地穿越浩瀚无垠的太空。

金箔花冠

这个漂亮的花冠，是宙斯王权的象征，用金箔做成橡树叶子，而橡树即是代表宙斯的圣树。

另一个经常与阿尔忒弥斯混淆的夜神是艾思蒂娅，即三面神。这样称呼她，是因为宙斯赋予她在空中，陆地和海洋活动的能力，而且古希腊的戏剧中一直用三个面孔的形象扮演她。在奥林匹斯山和其他地方，还有很多其他神祇，如九位缪斯女神。她们是宙斯和慕尼摩希妮的女儿，是艺术和科学的庇护神，也是阿波罗的密友；三位哈丽特女神，她们把美丽和欢乐散布给四周；三位米勘斯女神，她们是司命运之神塞弥塔之女，主掌人的命运，此外还有河川神、森林神、海洋神、山神及其他各种把遍布整个世界变得富有生气的神祇们。

但是最重要的神祇一直是奥林匹斯山上的十二位，即宙斯、赫拉、得墨忒耳、艾思蒂娅，哈里斯、波塞冬、赫耳墨斯、阿波罗、阿尔忒弥斯、雅典娜、赫菲斯托斯和阿佛洛狄忒。在奥林匹斯山上，除了住着众神之外，还有半神人，即神祇们在陆地上的后裔。他们生活得很好，为人正直，嫉恶如仇，扶弱济危，为正义他们甚至准备献出生命。众神把他们带到自己的身旁，使他们生活得幸福，让人们对他们羡慕不已。有时众神也降临人间，来到人们之中，给予帮助，然而他们的降临，也并非是好事。

青铜时代

［古希腊］

按照古希腊神话，天神一共创造了五代人。

最早出现的第一代人，由著名的天神普罗米修斯创造，被称为黄金一代。那时候，统治天国的是宙斯，而莽莽大地，则是人类的王国。那时候，大地之上四季如春，温暖的气候带来了似锦的繁花和累累的硕果，繁茂的草地上繁衍生息着成群的牛羊。这代人劳动不重，衣食无忧，也没有大的苦恼和贫困，生活如同神仙，逍遥自在。最让人惊奇的是这代人个个长寿不会衰老，临死之际，也还满头金发，唇红齿白。到了死神降临的这一天，他们的眼皮直跳，随后就沉入安详的长眠之中。这些死去的神灵按照神示从地上消失，飞升为云雾中来去的仁慈的天神，惩恶扬善，维护正义。

这种幸福的人间生活持续了一亿多年，黄金一代走到了生命的尽头。

黄金时代终结之后，人类迎来了白银时代。区别于第一代人，他们要放肆幼稚得多。孩子娇生惯养，一直躲在家中，十多岁了，个人生活往往还不能自理。他们害怕黑夜，害怕外界，大门之外一步之遥就是生活的最外围。他们爱闹，好哭，即使已成家立业，可是也和孩子一样，嘻嘻哈哈地逗乐。总而言之，他们不喜欢长大，白胡子飘飘都一百多岁了，精神上却还不如八岁的小孩。等到这些人终于进入壮年，漫长的一生却只剩下短短的几年。不成熟和放肆的行为使白银时代的人陷入苦难的深渊中，因为他们没有理智，任性肆为，无法无天地破坏天神秩序。最要命的就是这代人不敬畏神，这让天神宙斯非常恼怒，他又何必要一个亵渎天神的种族生活在他的花园之中呢？他决定要把这个种族彻底从地球上消灭。白银时代的人在生命终止之后，幽灵化成了魔鬼在地上漫游。

天父宙斯创造了第三代人，也就是青铜人类了。这代人又是另一种天性，只吃肉，谁都不愿耗费精力去采摘果实。相比前两代，他们的武器更先进了。他们抛弃了石头，一切器具都用青铜制造。他们的刀枪是青铜的，房屋也是青

上帝创造世界

　　"上帝创造世界"与"挪亚方舟"是《圣经》里有关人类祖先的两个著名传说,其中"挪亚方舟"里记载的世纪大洪水确曾在地球上发生过。

铜的,连他们的日用农具也一律是黑黝黝闪光的青铜。也许是因为吃肉,这代人都高大壮实,而且性情粗暴残忍无比。他们精力充沛,每天繁重的农务还是不能使他们安睡,就互相厮杀,喜欢战争中遍地的鲜血。这样的人实在是无法无天,根本不把天神宙斯放在眼里,当然不中宙斯的意。所以青铜时代很快就结束了。这些人死亡之后,无一例外都被投入阴森可怕的地狱中。

第四代人很快就出现在了大地之上。他们是天神制造的英雄一代,比以前的人类更高尚、更公正和善良。但是,战争和仇杀就像天空的乌云一样覆盖在整个漫长的时代之上。他们高尚也罢、公正也罢、善良也罢,无不卷入了斗争的漩涡之中,命运极其悲惨:有的为了夺取国土,倒毙在城门前;也有的为了美色,跨上了战船,把尸骨埋在他乡田野上。也许唯一能够安慰他们的就是死后的生活了,那时,宙斯就把他们送到快乐的极乐岛去了。

怎么来描述生活之中的第五代呢?可以说,这一代是五个时代之中,最为堕落的一代人。他们因为使用黑铁作为锻造武器的来源,所以被称为黑铁时代。这一代人彻底堕落,日益败坏。每个人都充满了痛苦和罪孽,日夜地生活在

黄金时代
黄金时代的人类生活在一个自由自在的世界里,他们像神一样永享荣华富贵,无忧无虑。

忧虑和苦恼中，不得安宁。比较起来，这一代人，天神没有少找麻烦，可是他们最大的烦恼却来自人类自身。他们之间相互倾轧，无法善处，过去的家庭情谊，兄弟友爱，都无法找到。家庭之间，父亲反对儿子，儿子敌视父亲；邻里之内，客人憎恨朋友，朋友互相憎恨，哪里还能找到英雄时代朋友之间那样坦诚相见充满仁爱的友谊呢？父母不能赡养也还罢了，却要忍受儿女的虐待。处处都是强者得势，伪人横行。人人都在盘算着毁灭他人。正直、善良备受践踏；而骗子却飞黄腾达，备受荣耀。

夏娃偷吃禁果

基督教中，也有人类堕落的传说：上帝造了亚当，让他去伊甸园中，并告诉他，除了园中两棵树——生命树与智慧树的果子外，其他都能吃。亚当睡觉时，上帝取下他的肋骨，创造了夏娃，这样，亚当就有了伙伴。两个人生活在园里，无忧无虑。可是，邪恶的蛇出现了。它诱惑夏娃，说吃了智慧树上的果子，就会发现善恶有别，就跟上帝一样了。夏娃受了诱惑，摘下果子吃了。之后，亚当又被夏娃诱惑也吃了果子。他们忽然有了羞耻之感，摘下无花果叶盖住身体。他们的所作所为，自然逃脱不了上帝的法眼。于是，上帝把亚当和夏娃赶出伊甸园，赶到尘世里，咒骂他们，说从今往后，亚当必须累得满头冒汗才能活下去，夏娃必受分娩之苦。

这样的时代，常常让那些智慧的贤哲感慨丛生地希望自己能够早点去世或迟点出生，进不了黄金白银时代也就罢了，就是青铜或者英雄时代都比现在好。不幸的是，我们现在的人类还正处在无边无际的黑铁时代。

被缚的普罗米修斯

［古希腊］

普罗米修斯是地神该亚与天神乌拉诺斯所生的巨人提坦神伊亚匹特士的儿子。看着宇宙间的万物精灵，普罗米修斯也非常希望能有和天神一样的人在大地上行走。他从肥沃的土地上挖了一些泥土，用河水调和泥土，然后把泥土涅成天神的模样。为了能使捏出来的人获得生命，他还从动物身上借取了一些善和恶的特征，并把这些特征装入泥人的胸膛，世界上的第一个有生命的人就这样出现了。

在天宫的众神之中，智慧女神雅典娜非常欣赏普罗米修斯的智慧，要不是普罗米修斯被放逐人间的话，说不定雅典娜与普罗米修斯会结为夫妻呢。当普罗米修斯的泥人捏好之后，雅典娜向这个仅有生命的泥人嘴里吹了一口气，泥人便有了灵魂。

普罗米修斯造出了最初的人，人又不断繁衍，最后遍布于大地。人虽然出现了，但他们根本不知道如何去运用自己的四肢，运用头脑思维，只是在大地上漫无目的的生活着。看到自己造出的人类这样浑浑噩噩，普罗米修斯决定去帮助他们。他教人们观察星辰的升降，教给他们计算的方法，教他们把牲口套在轭上，让这些牲口代替人的劳动。在教授人类的同时，普罗米修斯也在逐渐进步。以前，当一个人生病时，作为半神的他也是束手无策，只能眼睁睁地看着生病的人死去，后来，他找到了治疗这些病的药，使人们能战胜疾病而康复。他发明了适于海上航行的船和帆，使人们不至于望着没有边际的大海而兴叹。此外，普罗米修斯还给人们解释先兆和梦境，引导人们对地下的矿藏进行勘测，并对这些矿藏加以利用等。总之，普罗米修斯尽自己一切的努力把人类的生活变得更美好。

为了防止人类的势力扩大，代表天庭利益的宙斯要求人类敬重神灵，并以此为保护人类的条件。宙斯决定在希腊的墨科涅举行一次人和神的聚会，以确定人类对神的义务。普罗米修斯出席了这次会议。在会上，他要求众神不要给人类增加过重的义务，显然，他所扮演的角色是人类的保护者。

对于普罗米修斯的要求，众神们并没有给予认真的关注。为了惩罚这些自私的神灵，普罗米修斯决定愚弄一下众神。他以造物的名义杀了一头牛，把宰杀后的牛分成了两堆，一堆是牛肉、内脏和脂肪，用牛皮遮盖得非常严实，牛皮上放着牛胃；另一堆是牛骨，非常巧妙地裹在牛油下，显得比另一堆要大得多，且油光发亮，相当诱人。然后，普罗米修斯让众神选择自己喜欢的一堆。

普罗米修斯的诡计并没有瞒过宙斯的眼睛，但宙斯还是沉着地说："尊敬的朋友，你瞧你分配的多么不公平啊。"普罗米修斯以为宙斯中计了，便让宙斯做出选择。宙斯故意选择了牛骨上盖有牛油的那堆，揭开牛油之后，他又故意气愤地嚷道："可恶的伊阿珀托斯的儿子，我看你是永远也改不了骗人的伎俩了。"

为了惩罚普罗米修斯的欺骗行为，宙斯拒绝向人类提供实现文明所必需的火种。面对宙斯的有意习难，充满智慧的普罗米修斯想出了一个补救的办法。他找到了一根粗壮的大茴香枝，来到天的尽头，等太阳神阿波罗快要落山时把茴香枝向太阳车上一杵，茴香枝燃起来了，普罗米修斯就带着这个火种回到了地球上。看到人间腾腾升起的烈火，宙斯暴跳如雷，但事已至此，他再也没有办法去剥夺人类使用火的权利，不过，他又想出了另一个办法。

宙斯命火神赫淮斯托斯造出一个少女的石像，取名为潘多拉，意为"获得一切天赐的女人"。此时的雅典娜也开始对普罗米修斯的智慧产生了嫉妒，她亲自为少女穿上了华丽的衣服，奥林匹斯圣山上的众神们都对潘多拉加以装饰。美丽的潘多拉被赫耳墨斯带到了地球上，并被送往普罗米修斯弟弟厄庇墨透斯之处。普罗米修斯曾警告弟弟不要接受宙斯的任何礼物，但厄庇墨透斯却拿哥哥的话当作耳旁风，禁不住潘多拉的诱惑而接受了她。直到灾难降临时他才意识到自己的轻率。潘多拉的魔盒给人类带来了肆虐的疾病，死亡的阴影

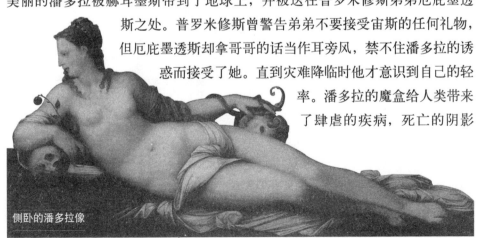
侧卧的潘多拉像

随时笼罩着人类。

　　人类遭受的灾难并没有减轻宙斯对普罗米修斯的报复之心。他命火神和两个仆人把普罗米修斯押送到中亚细斯库提亚的荒山上，用永远不能开启的铁链把他钉在悬崖峭壁上。虽然火神非常同情普罗米修斯，但他不得不在仆人的督促下完成这一任务。宙斯的命令是不能违背的，所以众神认为这个倔强的提坦儿子的痛苦也应该是没有止境的。但普罗米修斯的意志并没有动摇，大地上的一切生灵都可以为他作证，而且他向宙斯宣布了一个古老的预言："新的婚姻将使诸神的主宰者堕落和毁灭。"

　　为了加重普罗米修斯的痛苦，宙斯还派一只鹰每天啄吃他的肝脏，当肝脏的伤口快痊愈时，这只凶猛的鹰会再次把他的肝脏叼走。普罗米修斯的这种痛苦要一直忍受到有人愿意替他受死之前。

　　数百年过去了。一天，大英雄赫拉克勒斯为了寻找金苹果来到了高加索山。当他看到这个可怜的人被吊在悬崖上时，一箭把那只正啄吃普罗米修斯的鹰射死，解开锁链，把自愿放弃生命的半人半马喀戎作了普罗米修斯的替身，然后带走了普罗米修斯。为了显示自己至高无上的权力，宙斯让普罗米修斯永远都戴着一个铁环，以证明这个倔强的人依然被锁在高加索山上。

被缚的普罗米修斯

为人类利益而遭罪，普罗米修斯成为人类的拯救者，天庭的叛逆者。为了火神——光明与真理的象征，他忍受着痛苦。多年以后，由于半人半马喀戎被赫拉克勒斯毒箭误伤，他情愿代替普罗米修斯去受死，普罗米修斯得以解救。

太阳神阿波罗

［古希腊］

太阳神阿波罗的父亲是宙斯，母亲是温柔的勒托。阿波罗主管着光明、青春、畜牧、医药、诗歌和音乐等，并代表主神宣诏神旨。

当勒托在快要生阿波罗的时候，被嫉妒心强的天后赫拉变成了一只鹌鹑。为了使勒托有个栖身之地，宙斯把阿斯特拉浮岛固定在了海底的岩石上。这个岛被人们称为洛斯岛或光明岛。

勒托来到这个岛上后，看着光秃秃的荒无人烟的小岛，勒托无精打采地说："如果能让我的儿子出生在这块土地上，并为他建一座庙宇，这里肯定能成为最富饶的地方。"

勒托的声音刚落，从岛上吹过的微风就回答她："请不要为此事难过，尊敬的勒托，你的儿子将出生在这块土地上，但是你必须保证你的儿子永远居住在这里。"

阿波罗和九个缪斯

阿波罗被古希腊人尊崇为灵感之神，他具有给人以诗歌、音乐和医疗天赋的神通。缪斯是希腊－罗马宗教和神话中的一组女神姐妹中的某一女神，为宙斯和记忆女神摩涅莫绪涅所生，其分掌史诗、悲剧、音乐、天文等方面。相传荷马就曾不时祈求一位或全体缪斯保佑。

在得到勒托的保证之后，一群白天鹅从天而降，岛上的万物都散发出生机与活力。太阳神阿波罗降生了，刚出生的阿波罗放射出了万丈金光。在喝完正义女神忒弥斯送来的仙酒后，阿波罗长成了一个身材魁梧的英俊少年。本来荒无人烟的岛上突然间变得五彩缤纷，漫山遍野的鲜花散发出诱人的香气。

在巴那斯山的一个山洞里有一条可怕的巨龙，当地人们虽然痛恨这条巨龙，但却拿它无可奈何。当时，太阳神阿波罗出生只有十四天，他决定为民除害。

阿波罗用毒烟把巨龙熏出洞来，然后拿起弯弓，使用全力射出了正义的一箭，巨龙死了，当地人欢呼雀跃。

巴那斯当地有一个习俗，如果谁身上沾有污秽的东西，那么他需要净身洗礼，以消除这些污浊。因为沾染了龙血，阿波罗不得不外出流浪。

阿波罗来到阿德墨托斯国王管辖的土地上，为阿德墨托斯国王放羊牧马，一直在那里待了九年。在这九年中，阿波罗一边放牧一边唱歌或是弹竖琴，每天都沉浸在快乐与幸福之中。

阿德墨托斯想娶阿尔刻拉斯，但阿尔刻拉斯的父亲珀利阿斯却对阿德墨托斯说："如果你想娶我女儿，就去驾车驯服雄狮，如果你驯服不了，你是无论如何也娶不了我女儿的。"

阿波罗也很想能为主人做些事情，就驾车轻而易举地驯服了两只凶恶的狮子，并使雄狮听命于他。阿德墨托斯终于娶得了阿尔刻拉斯。在新婚之夜，阿波罗又帮阿德墨托斯杀死了满房间的毒蛇。但是，不幸又降临到了阿德墨托斯身上，他患了不治之症。看着主人在痛苦中挣扎，阿波罗向命运女神帕尔卡请求解救的方法。帕尔卡准许可以由阿德墨托斯的父亲、母亲或是妻子做替身。新婚妻子阿尔刻拉斯主动提出替丈夫死去，她的行为感动了众神，众神把阿尔刻拉斯从死神那里救了出来，阿德墨托斯夫妻俩过上了幸福的生活。

每个人都有自己的初恋，就是贵为天神的阿波罗也一样避免不了。

一天，阿波罗因射杀宙斯心爱的仆人独眼巨人而被宙斯逐下了天国。在一条宽阔的河边，阿波罗遇到了小爱神厄洛斯。但是阿波罗并不认识小爱神，还用嘲笑的口气对小爱神说："你怎么长得这么小啊？你的弓箭也太差劲了吧。为什么不换一个大一点的呢？"

"是吗？也许在你眼里它很差劲吧，但它的威力可是你抵挡不了的，它是天下最强有力的弓，完全可以征服你。"厄洛斯笑着说。

听了厄洛斯的话，阿波罗大笑起来："你简直是疯了，凭你那么小的弓箭就想征服我？我不躲开，你射吧，它对我不会起到任何作用的。"

厄洛斯拉开自己的那张小弓，朝阿波罗的心脏方向射了出去。

"我没有任何疼痛的感觉，看来我没有说错，你的弓箭真的是一副玩具。"阿波罗冷笑着对厄洛斯说，然后顺着那条河继续前进。

当阿波罗走出不远时，看到了月桂树下有一个苗条、漂亮的姑娘达夫尼，达夫尼在月光下追逐着动物，垂肩的长发随风飘舞。阿波罗被眼前这个有着水汪汪眼睛和白皙手臂的姑娘迷住了，并在心里产生了深切的爱恋。

"怎么回事？我可从来没有过这种强烈的感觉。"阿波罗在心里默默地问自己，他根本不知道厄洛斯那一箭正在他身上起着作用。

阿波罗向达夫尼表达了心中的爱恋，但达夫尼却拒绝了他，因为厄洛斯只用铅箭射中了阿波罗的心，这注定阿波罗只能单相思。平日里伟大的太阳神开始变得缠绵，每天都追在达夫尼的身后倾诉衷肠，而每次看到阿波罗时，达夫尼都会像天上的浮云一样悄悄跑开。

一天，达夫尼在一片茂密的树林里散步，阿波罗又开始尾随而来。看到阿波罗的达夫尼变得慌乱起来，开始狂奔。眼看阿波罗就到近前了，达夫尼心想：我宁可变成一棵树，也不愿让阿波罗碰到我。于是就大声说："大地啊，请满足我这个愿望吧。"达夫尼刚说完，奇迹出现了，她的两条腿开始变得僵硬，身上出现了一层灰色的树皮，双臂变成了树枝，头发则变成了树叶：达夫尼变成了一棵月桂树。

阿波罗为了表达对达夫尼的爱，在头上戴上了月桂树花冠，以此来纪念达夫尼变成的那棵月桂树。

阿波罗与达夫尼
就在阿波罗快赶上并抱住她的那一刻，美丽的达夫尼变成了一棵月桂树。为了让他的初恋女友永远能分享他的光荣与永恒，阿波罗用月桂树枝编成花冠，戴在了头上。

克吕蒂也是阿波罗生命里最重要的女人之一。克吕蒂是水中仙女，阿波罗被她的美丽所折服，并很快爱上了她。两人婚后的生活宁静祥和，充满了幸福。但好景不长，阿波罗在一次出游时遇到了一个国王的女儿，他又开始觉得那个国王的女儿是天底下最年轻漂亮的女人。阿波罗很快把克吕蒂忘在了脑后，去追求那个公主。

那个时候，很多和阿波罗交往的仙女和凡间女子都被阿波罗抛弃过，所以，国王对女儿严加看管，不让她和阿波罗有任何的交往。而国王的这些防范对伟大的太阳神阿波罗来说根本就是些小伎俩，阿波罗变作公主的母亲，每天都出入公主的房中。

而这些对于克吕蒂来说还一无所知，她一直以为阿波罗是深爱自己的。但当阿波罗很久没有再来看她以后，克吕蒂开始变得忧心忡忡："发生了什么事呢？怎么好几天没有见到他了呢？难道……"

克吕蒂四处搜寻，并且发现了阿波罗与公主的私情。

"怎么才能使他再次回到我身边呢？如果能让国王把他的女儿看管得更紧一些应该就没问题了。"于是，克吕蒂去找国王，把公主私会阿波罗的事添油加醋地告诉了国王。听完克吕蒂的话，国王非常恼火。盛怒之下国王把公主活埋了。对于公主的死，阿波罗非常伤心，但他所能做的只能是把死后的公主变成芬芳的灌木。

阿波罗痛恨克吕蒂葬送了美丽的公主。作为对克吕蒂的惩罚，阿波罗把她变成了向日葵，整个白天，都抬头凝望着太阳，并随太阳的空间变化而变化。当太阳落山的时候，她又把花朵合上，直到第二天再次展开。

调皮鬼赫耳墨斯

[古希腊]

迈亚生下她跟宙斯的孩子赫耳墨斯的时候，是在一天之中刚开始的时候。当时正值黎明，天色微白。孩子一生下地，眼睛就睁开了，灵活地转动着，还眨巴了一个鬼眼，逗自己疲累的妈妈大笑起来。这个孩子很聪明，是一个计谋过人的智多星。他小小年纪，却喜欢恶作剧，常常作弄自己的哥哥姐姐们。奥林匹斯山上的神灵们都知道这个既可爱又讨厌的小调皮鬼。一般来说，他戏耍别人之后，别人也不能太计较。年纪太小不说，他的父亲是宙斯，何况他又是一个千灵百怪的小孩子呢，所以往往是大事化小，小事化了，可是有一次他却惹下了大祸，受到了惩罚。

这一天，他走出了母亲居住的库尔勒涅高峻的洞穴，一个人在山上漫游。在一条小溪流的沙滩上，他发现了一只懒洋洋晒太阳的大乌龟，龟壳有筛罗大小。他一个箭步跑过去，手一掀就把乌龟掀翻了过来。又找来一块大石头把它砸死，仿照阿波罗里拉琴的样子，在龟壳上装上琴弦和簧片。很快，一把琴就出来了。

赫耳墨斯真是心灵手巧，这把琴音色美妙，相当称手。他拉起琴弓为自己伴奏，唱起动听好玩的即兴儿歌。他整整拉了一个上午。大太阳出来顶在头上之时，他已经兴趣索然了。他惘然地抬头四望，群山莽莽，绵延不绝，他看到很远很

飞翔的墨丘利

波洛尼亚把墨丘利（即希腊神话中的神使赫耳墨斯）塑造成了一个行走如飞的美少年，身轻如燕，右脚腾起，一手指向天空，姿态轻盈优美，令人赏心悦目。

远的一座山的山坡上，有一些黑点在移动。他睁大了眼睛，运起神力，看清了那是自己异母兄弟阿波罗在皮埃里亚山放牧的牛群。他大喜过望，心里有了点子，快乐地回到了家里。

当天夜里，群星闪耀，四野寂静，赫耳墨斯来到了阿波罗在皮埃里亚山放牧的牛厩里。他用柳枝包扎住牛蹄，不让它发出声息。走了一阵之后，为了蒙蔽追踪者，他又赶着牛群倒着走，进了皮洛斯山区的一个洞穴。他把折下了的月桂树枝相互一摩擦，生起了一堆熊熊大火。两头小母牛被焚化了，作为献给十二天神（他把自己也包括在内）的祭品。

干了这一切以后，赫耳墨斯就心安理得地回家睡觉，俨然是一个纯洁无邪的新生婴儿！可是他的母亲却早就识破了这一切，她警告他：阿波罗可是不好惹的，他法力无穷脾气耿直，连天神宙斯都惧怕他三分。可是，阿波罗在赫耳墨斯眼里，只不过是一个好勇斗狠的大萝卜块儿。他得意扬扬地对满心担忧的母亲说："妈妈，你就放一百二十个心吧，我的手法巧妙着呢。"

阿波罗为了自己的两头小母牛大伤脑筋。到底是谁偷的呢，跟着牛留下的痕迹，他倒跟着来到了皮洛斯山区，发现了一堆熄灭的火烬，又发现了牛骨头。他终于跟踪追迹查到了这个还在襁褓之中的婴儿头上。

阿波罗怒气冲冲地来到了她们居住的地方，大声斥责这位逗人喜爱的婴儿。可是这个小调皮鬼压根就不买账，他煞有介

赫耳墨斯与幼年的狄奥尼索斯
神使赫耳墨斯要将宙斯的私生子狄奥尼索斯送往别处抚养。赫耳墨斯一手抱着幼儿，另一只已损的右手仿佛正在逗着孩童，小狄奥尼索斯也是一派天真烂漫。

事地拿父亲的名字发下重誓。他说："你完全是诬陷，我根本就没偷过牛。牛是什么样子的，我至今都没见过，而'牛'这个词，我还是第一次从你这儿听见的呢。"阿波罗咬牙切齿地怒骂着，小孩子却一口咬定他对偷牛一事一无所知。

口笨舌拙的阿波罗气得面红耳赤，直蹬脚，却拿这个小调皮鬼没办法。他总不

考验

赫耳墨斯想要考验一下希腊预言家忒瑞西阿斯灵不灵，便从忒瑞西阿斯家的牧场偷走了两头牛，再化作凡人样子，进城来到他家做客。忒瑞西阿斯从仆人的报告中，得知牛被偷，便带赫耳墨斯来到郊外，观察有关偷盗的征兆，并对赫耳墨斯说，如看见了什么鸟就赶紧告诉他。当赫耳墨斯看见一只鹰从左边飞到右边去，便马上报告他。忒瑞西阿斯却说，这毫不相干。随后赫耳墨斯又看见一只乌鸦飞到一棵树上，时而往上看，时而低头向下看，又跑去报告他。忒瑞西阿斯于是说："乌鸦向天地神发誓说，只要赫耳墨斯愿意，我的牛就可以找回来。"

能对一个还在褓褓之中的婴儿动手动脚吧。可是，阿波罗也是一个认死理的家伙。他好不容易想到了一个办法，那就是让法力无边的天神宙斯前来判决。

阿波罗狠狠数说赫耳墨斯：他从来没见过也没想过有这样聪慧早熟的偷牛贼、骗子和无赖。赫耳墨斯振振有辞地反驳说，他是个老实孩子，阿波罗只会欺侮他这个手无寸铁的、正在睡觉的、从没想过要"偷"牛的新生小婴儿。

库尔勒涅来的小孩子一边冠冕堂皇地大声辩解，一边对父亲眨巴着眼睛。宙斯见了不由得放声大笑。在宙斯的调停之下，双方和解了：赫耳墨斯把新做的里拉琴送给阿波罗；阿波罗则回赠这位神童一条金光闪闪的短鞭；并且任命他为牛群的放牧人。当然啦，赫耳墨斯要指着神圣的斯堤克斯河发誓：自己永远不要诡计向阿波罗行偷盗之术。而阿波罗则回报他一根司财富、幸福和梦想的盘蛇杖；然而，一个附加条件是，赫耳墨斯只能用手势符号来预言未来，像阿波罗那样用言语和歌曲来表达那是不能再想的了。赫耳墨斯尽管不情愿，可还是无奈地接受了，因为那根盘蛇杖太吸引人了。但是，这位信使之神对阿波罗强迫他修身正行感到不满，就发泄到其他神身上：他偷过维纳斯的腰带，拿走过海神波塞冬的三叉戟，借用过赫菲斯托斯的火钳，还盗窃过阿瑞斯的宝剑。

海神波塞冬修建城墙

［古希腊］

天后赫拉是宙斯的姐姐，克洛诺斯和瑞亚的女儿。她和宙斯的其他兄弟姐妹刚一出生就被父亲吞下了肚子里。后来宙斯用计下毒，让克洛诺斯呕吐出他吞下的儿女们。这些婴儿在父亲的肚子里成长起来，他们一跳出父亲的肚子，就加入了兄弟宙斯一方，反抗自己残暴的父亲。在宙斯成为天神之后，赫拉却退居到了克里特的杜鹃山中。宙斯虽然是天上的神灵主宰，却风流好色，对自己的同胞姐姐念念不忘。他好不容易到了杜鹃山上，跪倒在姐姐面前向他求爱，可是却遭到了赫拉的断然拒绝。她关上了门窗，闭门不出。宙斯苦苦纠缠，一直逗留在门外，又是诉衷情，又是唱情歌，可是却得不到一丝一毫的回应。

宙斯心灰意冷，打算撤退了。可是在转身的一刹那，突然记起了赫拉的房间里布满了无数的杜鹃花，而且小动物也不少，看来她是一个热爱鲜花，喜欢动物的人。有了诡计之后，他就摇身一变，扬长而去。

第二年春暖花开的时候，杜鹃花开满了整个山坡，嫣红一片。赫拉提着篮子，带着剪刀来到了山坡上。她不一会儿就采满了一花篮的杜鹃花，应该可以够这几天用的了。但是，前方不远处的一棵杜鹃花吸引住了她。那花，碗大的一朵，鲜艳如滴，挺立在花丛之中，皇后似的高贵显眼。她急忙过去，小心翼翼地剪下了它，却同

海神波塞冬

特洛伊国王拉俄墨冬是个专横武断、凶恶残暴的人，他不仅欺骗国人，也欺骗神。他为了扩军备战，想加固城墙。那时波塞冬因反对宙斯而漂泊人间，到了特洛伊。他无所事事，便向拉俄墨冬自荐，为国王干一年重活。国王同意了。波塞冬建造完的城墙又高又宽，十分坚固。可是，国王拉俄墨冬赖账，不给报酬，为此争论起来。国王下令把波塞冬驱逐出境。波塞冬非常恼火，恢复自由之后，派出恶龙，骚扰特洛伊，抓走了国王的女儿赫西俄涅，恰好赫拉克勒斯讨伐亚马孙人凯旋，救出了这位无辜少女。

时发现了一只杜鹃羽毛纷披站在树下。她放下了篮子，很怜爱地把它抱在了怀里，温柔呵护。谁知道，这只鸟儿正是狡猾的宙斯变化的，而后，他强暴了她。赫拉被逼无奈，只好嫁给了他。他们的新婚之夜是在杜鹃山上度过的，而且似乎天总是亮不起来。实际上，这是宙斯的诡计。因为天上一夜，人间已经过了三百年。

婚后的生活并不和谐。夫妻之间有许多的摩擦和不合。最让赫拉不能忍受的就是丈夫风流成性，拈花惹草。两个人争吵起来，往往以赫拉的失败而告终。尽管赫拉是宙斯的唯一的妻子，可是在她嫁给宙斯之后，好像就丧失了价值。宙斯对她的兴趣大减。如果惹怒他的话，他甚至都会用手中的霹雳击打她。赫拉没有办法，只能和他争吵，本来赫拉在结婚之前是一个温柔和顺的女孩子，可是就因为宙斯的好色，她变得脾气暴躁，性情多疑。

有一次，宙斯的傲气和喜怒无常的脾气实在太叫人难以忍受了。于是，这些饱受他的欺压的人：天后赫拉、哥哥波塞冬、太阳神阿波罗，乘宙斯躺在床上熟睡之际一拥而上，用生牛皮把他捆绑起来并打上一百个绳结，使他动弹不得。他威胁说要把他们立即处死，但他们早把霹雳放在他伸手莫及的地方，因而对他的威胁报以嘲弄的大笑。当他们欢庆胜利头脑又清醒之后，麻烦来了。偌大的宫殿里，一张金碧辉煌的龙座空在了那里。谁能来继承宙斯的这个宝座呢？一触及到这个实质性的问题，他们的联盟立即瓦解了。人们互相猜疑妒忌，争争吵吵，讨论纷纷，谁来继承宙斯王位的人选。

最有希望的三个人就是天后赫拉、海神波塞冬、太阳神阿波罗。三个人不相上下，支持他们三个人的神们都快争吵得打斗起

宙斯与赫拉
这是早期的宙斯与赫拉像，他们是希腊神话中的诸神之首。

来了。这个时候，异常失望的海上女神特提斯看到奥林匹斯山内战在即，便急匆匆把百臂巨人之一布里亚柔斯找来了。这位巨人把一百只手都同时用上了，迅速解开绳结给主神以自由。因为是赫拉领导了这场阴谋活动，宙斯便用金手镯拷住她的手腕，把她吊在空中，脚踝上还绑上铁毡。别的神气恼万分，但却不敢拯救赫拉，尽管她哭得昏天黑地，异常凄惨。

宙斯继续统治众神。他把赫拉捆绑起来，也不是个长法。他必须平息众神心中的怨恨，毕竟错误在他。他放掉赫拉，同时让赫拉成为他的合法妻子。不过，在释放赫拉之前，他和众神约定：大家起誓永远不再反他，他就既往不咎，当作什么也没有发生，大家依然还是好夫妻，好兄弟。其他神灵已经看到了反对宙斯的后果，那就是除了宙斯，其他的神灵也没有足够的威望来管理其他的神；与其谋反下来一场空，还不如老老实实当自己的神仙，享受凡人的香火祭祀算了。他们也都个个作了保证。

三个谋反的头目之中，赫拉得到了解放。恼火的宙斯却不会放过其他两位。他压下心头怒火，佯装着什么也没有发生似的和他们说说笑笑。波塞冬和阿波罗当然了解宙斯，他们以后行事小心翼翼，尽量不让宙斯抓到把柄，可是欲加之罪，何患无辞？终于海神被宙斯抓住了一个错误，只好接受惩罚，去了凡间，给国王拉俄墨冬当奴隶，修建特洛伊的城墙。

英雄赫拉克勒斯

[古希腊]

　　赫拉克勒斯是宙斯与阿尔克墨涅的儿子。阿尔克墨涅是珀耳修斯的孙女，是提任斯国王安菲特律翁的妻子，所以赫拉克勒斯很小就具有神的力量，当他还躺在摇篮里的时候，就曾毫不费力地捏死过两条毒蛇。18岁时，赫拉克勒斯就成了希腊最英俊强壮、勇敢无比的男子。

　　在赫拉克勒斯同俄卡利亚国国王欧律斯透斯学习射箭时，欧律斯透斯曾亲口答应如果有人在弓箭上能胜过他和他的儿子伊菲托斯，便可以娶他的女儿伊俄斯为妻。赫拉克勒斯不仅胜过了他亲手调教出来的儿子，而且还胜过了欧律斯透斯本人，欧律斯透斯却并没有履行他的诺言。无奈之下，赫拉克勒斯打消了娶伊俄斯的念头，在狂乱之中，他又把欧律斯透斯的儿子、自己的好朋友——伊菲托斯从城墙上推了下去。为此，他带着懊悔的心四处漂流。

　　这一罪孽深深地压在他的心头，他无数次想摆脱这件事在他心中的阴影。后来，赫拉克勒斯获得一则神谕：他需要卖身为奴，当三年的苦役，并且把卖身钱交给伊菲托斯的父亲欧律斯透斯，那样才能解除罪孽。

　　赫拉克勒斯来到小亚细亚，把自己卖给了翁法勒为奴。翁法勒是梅俄尼恩的女国王，是伊阿尔达奴斯的女儿。当赫拉克勒斯托朋友把三年的卖身钱送给欧律斯透斯时，欧律斯透斯拒绝接受，这位朋友只得又把钱转交给伊菲托斯的儿子。直到这时，赫拉克勒斯才又恢复了以前的力量。

　　在梅俄尼恩，翁法勒对赫拉克勒斯非常赞赏，并且与他结

小力士杀蛇
小赫拉克勒斯毫不费力地捏死两条毒蛇。

为夫妻。从此以后，赫拉克勒斯不思进取，后来，连妻子翁法勒也瞧不起他了。

突然有一天，赫拉克勒斯从沉沦中清醒过来。是用自己的力量造福呢？还是用自己的力量造孽？赫拉克勒斯选择了前者。

他来到基太隆山脚下，把凶猛的狮子打死，带领底比斯人打败了明叶人的进攻。他还前往特洛伊，射死了那个暴虐、刚愎自用的国王拉俄墨冬，杀死曾食言于他的伊利斯国王奥革阿斯。他这时娶了俄纽斯的女儿得伊阿尼拉。

名声越来越大的赫拉克勒斯让欧律斯透斯十分恐惧，于是给赫拉克勒斯布置了十项困难的任务，想让他在执行任务时丧生。赫拉克勒斯勇敢地接受了任务。

欧律斯透斯交给赫拉克勒斯的十项任务包括：剥下尼密阿巨狮的皮，战胜九头蛇怪许德拉，生擒刻律涅亚的牝鹿，把厄律曼托斯野猪带回迈肯尼，在一天时间内把奥革阿斯牛圈彻底打扫干净，赶走斯廷法罗斯湖的怪鸟，制服克里特的公牛，把色雷斯人狄俄墨得斯的一群牝马赶回迈肯尼，前往亚马孙女王希波吕忒那里夺取她的腰带并把它交给欧律斯透斯的女儿阿特梅塔，牵回巨人革律翁的一群壮牛。

历经千难万险，赫拉克勒斯终于完成了这十项任务。但欧律斯透斯却不承认其中的两项，赫拉克勒斯不得不再次冒险：去西海岸从巨龙拉冬身旁摘来赫斯珀里得斯的金苹果，从冥王那里牵回地府的看门狗——刻耳柏洛斯。赫拉克勒斯又经过了种种努力，排除了无数困难和障碍，完成了国王欧律斯透斯的任

休息的赫拉克勒斯

无论在艺术中，还是在希腊罗马神话中，他都是作为具有男子气概、拥有巨大力量与勇敢行为的理想英雄出现。表现他事迹的艺术品很多，其中这件雕塑最有名，最独具特色：它表现的是休息时的赫拉克勒斯力士，而不是战斗中的力士。

务，免除了国王对他的奴役，回到了底比斯。

回到底比斯后，赫拉克勒斯认为正是欧律斯透斯的食言造成了他后来一系列的苦难。所以，赫拉克勒斯召集一支队伍，围攻俄卡利亚，打死了欧律斯透斯，年轻漂亮的伊俄斯成了赫拉克勒斯的俘虏。

此时，正在家里焦急地等待着丈夫的得伊阿尼拉，听到宫殿里爆发出一阵欢呼声，随后仆人利卡斯急匆匆地跑了进来：

"尊敬的夫人，您的丈夫是多么的勇敢啊，他杀死了欧律斯透斯，还抓回来一批俘虏，他现在正在攸俾阿对众神进行献祭。不过，您可要好生对待这些人，尤其是那位不幸的年轻姑娘。"利卡斯指着伊俄斯对得伊阿尼拉说道。

善良的得伊阿尼拉问利卡斯："她是谁？看上去好像还没有结婚的样子，像是出身于高贵家庭。"

"夫人，我哪里知道，我只知道她是您丈夫的俘虏。"利卡斯的目光躲躲闪闪，像是隐瞒一桩秘密，说完马上带着俘虏退了出去。

这时，一个跟随赫拉克勒斯已久的仆人悄悄地走进来："夫人，您不要相信利卡斯的话，您知道您的丈夫为什么要攻打俄卡利亚吗？就是为了刚才那个女子啊，她就是伊俄斯，欧律斯透斯的女儿，您的丈夫对她早有爱慕之心，她可是您的情敌啊。"

仆人的话像是一个晴天霹雳。但她马上又平静下来，命人把利卡斯叫来，诚恳地说："亲爱的利卡斯，我知道你不会骗我的，这位姑娘是多么可怜啊，即使我的丈夫对我不忠我也不会迁怒于她，我只想知道真相，我是多么希望能减轻这位姑娘的痛苦啊。"

利卡斯便把一切都告诉了她。得伊阿尼拉没有责备利卡斯也没有责备她的丈夫，

赫拉克勒斯的战斗

只是吩咐利卡斯给丈夫捎去一件礼物，以庆祝他的胜利。

得伊阿尼拉从箱子里拿出一件衬衣，把它交给利卡斯："这是我亲手缝制的，除了我的丈夫之外，谁也不能穿这件衣服，这里可是融入了我对他的爱啊。"利卡斯捧着衬衣走出房间之后，得伊阿尼拉茫然地陷入沉思中。

当年，赫拉克勒斯从卡吕冬来到特拉奇斯，去拜访他的朋友刻宇克斯，中间要经过奥宇埃诺斯河。赫拉克勒斯请

守护金苹果

马人涅索斯抱着妻子得伊阿尼拉过河，但涅索斯垂涎于得伊阿尼拉的美貌，在河中间对她动手动脚。已经到达岸上的赫拉克勒斯见涅索斯这么无礼，弯弓搭箭，射中涅索斯的要害之处。当得伊阿尼拉上岸后，垂死的涅索斯叫住了她："我侮辱了你，为此我希望能做出补偿，你把我的伤口流出的最后一滴血保存起来。你把它涂在你丈夫的衣服上，他就不会再爱别的女人，只会爱你一个人了。"

虽然得伊阿尼拉当时并不怀疑丈夫对自己的忠诚，但她还是把涅索斯的最后一滴毒血保存下来，并制成了血膏。现在，为了唤回赫拉克勒斯的爱情和忠心，得伊阿尼拉把血膏涂在那件衬衣上。

当祭祀的烈火熊熊燃烧的时候，那件衬衣开始变小，赫拉克勒斯发出一阵阵的战栗，最后在地上翻滚起来。赫拉克勒斯痛苦地咆哮着，让儿子许罗斯赶快把他带回自己的国家，他不想死在陌生的国土上。

得伊阿尼拉得知丈夫即将因为自己的错误而死去时，她默默地走到丈夫的房间，拿起一把剑刺入自己的胸膛。

回到家乡，赫拉克勒斯按照神谕命人把他抬到俄塔山顶。他把自己的弓箭送给好朋友菲罗克忒忒斯，并命他点火。

木柴被点燃的瞬间，天上闪过的几道闪电迎着火苗扑过来，把赫拉克勒斯迎到了奥林匹斯圣山上。在天宫里，赫拉克勒斯被列为神，赫拉也同他和解，并把自己的女儿——青春女神赫柏嫁给了赫拉克勒斯。

忒修斯的故事

[古希腊]

忒修斯是埃勾斯和特洛曾国王庇透斯的女儿埃特拉的儿子。埃勾斯是雅典阿提刻国的国王，没有子嗣，他兄弟帕拉斯的五十个儿子对他的王位垂涎已久。为了使自己的王位不落到外人手里，埃勾斯决心再娶一房妻子。他把自己的想法告诉给了特洛曾小城的国王庇透斯。听完埃勾斯的决定，庇透斯把自己的女儿秘密地嫁给了埃勾斯。埃勾斯要离开特洛曾时，和妻子埃特拉来到海边，把他的宝剑和鞋藏在了一块巨石底下，对妻子说："我和你结婚是为了我的家族和王国。如果你生下一个儿子，就把他抚养成人，不要告诉他我是他的父亲。等他有足够的力量搬动这块石头时，你让他穿上这双鞋，拿着这把剑到雅典去找我。"

埃特拉生了一个儿子，取名忒修斯。忒修斯长成英俊少年以后，埃特拉把儿子带到海边那块巨石旁，告诉了他真实的出身，叫他取出埃勾斯留下的证物到雅典去。

当他历尽艰险来到雅典时，他看到的并不是一个和平欢乐的雅典，父亲埃勾斯也处于一个十分危险的境况中。

自从美狄亚离开伊阿宋之后，便来到了雅典，并得到埃勾斯的信任。依靠魔力知道埃勾斯的儿子到达雅典之后，美狄亚千方百计地要陷害忒修斯。在美狄亚的挑拨之下，埃勾斯认为忒修斯是一个来侦察情况的奸细，便宴请忒修斯，想在席间毒死他。忒修斯急于认父，拿出了父亲留给他的宝剑。埃勾斯一眼就认出了自己留给儿子的信物，立刻把已斟满毒酒的杯子打翻在地，紧紧地拥抱忒修斯，并命人把美狄亚赶出雅典。

埃勾斯对独子忒修斯百般地疼爱，但儿子做出的一个决定却让他痛苦不已。原来，雅典人要每年向克里特的国王弥诺斯进贡，进贡的贡品是七个童男和七个童女。这些童年童女被送到克里特国后，会被关进迷宫里，让凶残的怪特弥诺陶洛斯吃掉。雅典国民们对国王埃勾斯越来越不满。为了使父亲从无限的痛苦之中解脱出来，忒修斯毅然决定去克里特国营救那些童男童女，还要征服弥诺陶洛斯。

出发前，忒修斯到太阳神阿波罗的神庙里进行祷告。神谕让他选择爱神作为保护神，虽然忒修斯不解其意，但还是向爱神阿佛洛狄忒献了祭礼。

当忒修斯出现在克里特王宫时，弥诺斯的女儿阿里阿德涅被忒修斯的英俊潇洒吸引住了，向忒修斯表白了自己的爱慕之心，并给了他一个线团和一把魔剑："你把线的一头拴在迷宫的入口处，带着线团进入迷宫，一直走到弥诺陶洛斯身边，用这把魔剑将它杀死，再顺着线走出迷宫。"

雅典王子忒修斯与弥诺陶洛斯牛
忒修斯用有魔力的短剑刺死了这个怪物。

忒修斯按照阿里阿德涅的吩咐去做了，杀死了怪物弥诺陶洛斯，并安全地走出了迷宫。然后，他带着他的同伴和阿里阿德涅一起逃离了克里特。

在返回的途中，忒修斯和同伴们在狄亚岛休息。忒修斯梦到了神灵让他把公主阿里阿德涅留在岛上，否则他将遭遇一切灾祸。当天夜里，阿里阿德涅不知去向。

对于阿里阿德涅的失踪，忒修斯和他的同伴们都非常悲伤，他们甚至忘了换下表示哀恸的黑帆。坐在海岸上等待儿子归来的埃勾斯看到船上挂着的黑帆，以为忒修斯已死，绝望地跳进了茫茫的大海里。

忒修斯做了国王以后，废除了各城镇的议会和独立政权，建立了一个共同的议会。他还削弱了王权，使他的权力受到贵族会议和人民大会的约束。这一做法得到了全体雅典人民的赞同。

忒修斯的妻子希波吕忒是阿玛宗女儿国国王，是忒修斯去阿玛宗抢来的。阿玛宗是一个好战的女人执政的国家，她们一直在寻找机会报复。一天，趁雅典没有设防，阿玛宗妇女开始了她们蓄谋已久的入侵，希波吕忒战死。

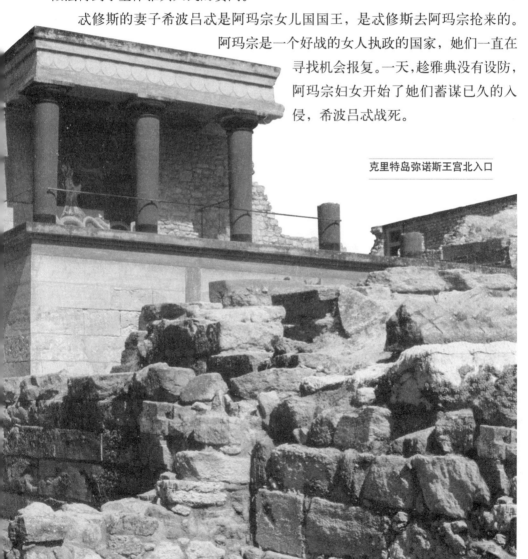

克里特岛弥诺斯王宫北入口

希波吕忒死后，忒修斯好长时间都没有再娶。后来，他听说阿里阿德涅的妹妹淮德拉美丽聪颖，就打算迎娶淮德拉。在他们结婚的第一年里，淮德拉就为忒修斯生下了阿卡玛斯和得摩福翁两个儿子。

淮德拉可不像她的姐姐阿里阿德涅那样忠贞，她越来越讨厌渐渐老去的忒修斯，喜欢上了忒修斯年轻的儿子希波吕托斯。当淮德拉向希波吕托斯表明自己的爱意时，这位年轻的王子回绝了继母。

淮德拉她决定以死来实现她的阴谋。当忒修斯归来时，发现淮德

忒修斯带走两个公主
忒修斯从克里特岛胜利归来，并带走弥诺斯两个美丽的女儿大公主阿里阿德涅与淮德拉。阿里阿德涅嫁给酒神。淮德拉则嫁给忒修斯，并喜欢上了希波吕忒与忒修斯的儿子——王子希波吕托斯。

拉已经自缢，她的右手里有一封信。读完妻子留下的信后，忒修斯暴跳如雷："天啊，我怎么会有如此的儿子？他竟然想强暴他的继母。尊敬的海神波塞冬，你像爱自己的儿子一样爱我，你答应过我会满足我的三个请求，现在我就请你不要让可恶的希波吕托斯活过今天。"说完，伏在淮德拉的尸体前恸哭起来。希波吕托斯走进来，忒修斯没等儿子辩解就把他逐出了雅典。

夜幕降临的时候，一名仆人悲伤地来通知忒修斯："陛下，您的儿子希波吕托斯已经受了重伤，马上要离开人世了，正是您的诅咒害了他啊。"

忒修斯面无表情，呆呆地望着淮德拉的尸体，说："希望我还能见他最后一

面，我要亲口问问他是否对自己的行为感到后悔……"忒修斯的话还没有说完，一个披头散发的老妇人就打断了他："可怜的国王，我实在不想再保持沉默了。您的儿子希波吕托斯并没有错，错的是他的继母，是她想勾引您的儿子。"

忒修斯抬头看去，原来是淮德拉的老奶妈。这一切来得都太突然了，还没等他回过神来，仆人们抬着希波吕托斯走了进来。希波吕托斯用仅存的最后一口气问父亲："您一定知道我的清白了吧，我可怜的父亲，我并不怨您。"说完，他闭上了眼睛。

妻子淮德拉和儿子希波吕托斯死后，忒修斯越来越觉得孤独，于是，他与年轻的英雄庇里托伯斯商议着去抢一个妻子。当二人到达巴格达时，被年轻美丽的海伦吸引住了。他们把海伦抢走，通过抓阄的方式，海伦归忒修斯所有。然后二人又继续远征，这次二人决定去冥界劫持冥后珀尔塞福涅。但这次的计划却失败了，不但没能掳走冥后，反而被罚永囚地狱。

忒修斯囚禁在地狱的时候，海伦的两个哥哥——卡斯托耳和波品丢刻斯进攻雅典，带走了海伦，雅典城内也发生了动乱。忒修斯回到雅典后，虽然镇压了叛乱，但他还是放弃了王位，去了斯库洛斯岛。

斯库洛斯的统治者吕科墨得斯一直想除掉这个眼中钉，因为他不想把忒修斯的财产归还忒修斯。一天，吕科墨得斯带忒修斯来到岛上最高的岩峰上，让忒修斯从这里看忒修斯父亲留在这里的财产，当忒修斯高兴地向远方眺望时，吕科墨得斯从背后把忒修斯推下了万丈悬崖。

阿里阿德涅公主的下落

相传酒神狄俄尼索斯爱上了她，在忒修斯王子即将带走她并娶为妻子时，酒神托梦给忒修斯，要他在狄亚岛留下公主阿里阿德涅。忒修斯不敢违抗神意，将公主留在岛上。酒神将公主带走并娶为妻子。

不和的金苹果

[古希腊]

智慧女神雅典娜很聪明，可她却干了一件非常愚蠢的事，竟然要与天后赫拉、美神阿佛洛狄忒比美。这事发生在珀琉斯和海中仙女忒提斯举行婚宴的时候。那天，天上所有的神都受到邀请，唯独遗漏了不和女神厄里斯。她一怒之下，决心进行报复。她将一只金苹果摔到宴席桌上，金苹果上刻着一行字："给最美者"。赫拉、阿佛洛狄忒，还有雅典娜，立即起而争夺这只苹果。她们都认为自己长得最美，最配得到这只苹果。三人各不相让，争执不休，事情一直闹到众神之父宙斯面前，她们请求宙斯给予评判。宙斯感到十分为难，因为站在他面前的，有他的妻子，还有他心爱的女儿。于是，他推脱责任，叫她们去人间找特洛伊王子帕里斯评判。

帕里斯将金苹果判给了爱神

在神界，一只不和的金苹果引起了内战。三个最有权势的女人：天后赫拉、智慧女神雅典娜与美爱之神阿佛洛狄忒，代表着权力、智慧与美和爱，争夺这个只属于最美者的金苹果。宙斯左右为难，将灾祸转移到人间的富足之乡——特洛伊。由于帕里斯王子爱美人不爱江山，将金苹果判给爱神，从而导致了十年的特洛伊之战。

帕里斯是一位英俊美貌的青年，他正在伊达山里放牧羊群。三位女神一齐来到帕里斯的跟前，求他评判，并且各自许愿给他最好的礼物。赫拉答应给他无上的权力和财富，雅典娜答应给他最高的荣耀——战场上的节节胜利，而阿佛洛狄忒呢？她答应让世上最美的女人做他的妻子。帕里斯听了她们的许诺之后，便将苹果判给了阿佛洛狄忒。这样一来，便得罪了另外两位女神。

　　阿佛洛狄忒得到金苹果后，决定实践自己的诺言。她让帕里斯漂洋过海，到希腊去做客。斯巴达王墨涅拉俄斯殷勤地接待了他。可帕里斯回家时，却将墨涅拉俄斯的妻子——美丽非凡的海伦拐骗走了。当年海伦在选择夫婿时，所有的求婚者曾经一致立下誓言，不管能否成为海伦的丈夫，在今后的日子里，只要海伦遇到危难，都要竭尽全力保护她。现在海伦被拐，墨涅拉俄斯便向希腊各地的英雄们（他们过去都曾向海伦求过婚）发出呼吁，请求他们出兵给予支援，夺回海伦，并给帕里斯最严厉的惩罚。

　　首先响应墨涅拉俄斯呼吁的是他的兄长阿伽门农。随后，许多英雄也相继带兵前来参战，只有伊色卡王奥德修斯因为已经同珀涅罗珀结婚，刚刚生下一个男孩（取名忒勒玛科斯），正享受着天伦之乐，所以不想卷进这件麻烦事里来。他前思后虑、犹豫不决，墨涅拉俄斯便派帕拉墨得斯来劝他出征。当帕拉墨得斯到达伊色卡时，奥德修斯假装发疯，驾起一头驴来耕地，还将食盐当作种子撒到地里，帕拉墨得斯看透了他的心思，便将他的新生婴儿忒勒玛科斯放在犁头必经之处，奥德修斯犁到自己孩子跟前时，不得不把犁头轻轻提起，以免碰

抢劫海伦
迷人的海伦露出娇羞的神态，特洛伊的王子帕里斯挽着海伦的手，一副志满意得的表情，殊不知这将给特洛伊带来毁灭的灾难。

伤婴儿，这就清楚地证明他并非真疯。奥德修斯无法再拒绝实践自己的誓言了。

奥德修斯决定出征之后，便帮助墨涅拉俄斯去劝其他还在犹豫中的将领，比如说阿喀琉斯。阿喀琉斯勇敢善战，闻名全希腊。他的母亲就是当年在举行婚宴时，被不和女神用金苹果捣乱过的海中仙女忒提斯。忒提斯能够预卜未来，她知道自己的儿子如果远征特洛伊，定将夭亡在战场上，所以她极力阻止他前往。她叫他躲到斯科洛斯岛国王吕科墨得斯的宫里，并且让他乔装打扮成一个女郎，混在国王的女儿群里。奥德修斯听说他在斯科洛斯岛，便假装成一个商人来到那里。他拿出许多女人用的装饰品，其中还暗藏着一些兵器。当国王的女儿们争相挑选那些美丽的装饰品时，美貌的阿喀琉斯却被那些兵器所吸引，这样就很快暴露了自己，并被奥德修斯所识破。奥德修斯没费多大力气便说服了这位年轻的英雄，让他加入了出征的队伍。

特洛伊王国位于小亚细亚西北岸，它的国王名叫普里阿摩斯，帕里斯便是他众多的儿子中的一个。帕里斯在出生时，天神曾经预言他将给特洛伊王国带来毁灭性的灾难，所以普里阿摩斯才将他放到偏僻的伊达山里，交给那里的牧羊人照管。现在，希腊人积极武装，决定联合出兵跨海远征特洛伊，神谕的预言很快就要应验了。

阿伽门农黄金面具
纯金制作，据说依国王阿伽门农的面部特征制成。

希腊联军方面，人们共推墨涅拉俄斯的兄长阿伽门农为统帅。阿喀琉斯是大家公认的最杰出的武将；此外，在众多的英雄中，还有身材魁梧、力大无穷的埃阿斯；在作战本领上仅次于阿喀琉斯的狄俄墨得斯；以足智多谋而闻名的奥德修斯；还有久经沙场、受人尊崇的老将涅斯托耳等等。不过，特洛伊人也不是好对付的。普里阿摩斯王虽然老了，但他一向很贤明，把国家治理得很好，还同邻国结成联盟，共同

狩猎女神阿尔忒弥斯
她思维敏捷，做事果断、奔跑迅速。据说她会毫不犹豫地把她那能够置人于死命地箭射向阻止她前进的人。

防御外来的敌人。不过，他的王国主要支柱是他的儿子赫克托耳。赫克托耳是一个武艺出众、品德高尚的英雄。他已经结婚，妻子叫安德洛玛刻，他们生下了一个儿子。他早就预感到自己的国家会遭到不幸，可他还是以坚强的毅力对付眼下即将爆发的战争。在赫克托耳统率下，特洛伊方面有著名的将领埃涅阿斯、得伊福玻斯、格劳科斯和萨耳珀冬等人。

十万希腊联军集合在奥利斯港，他们一面日夜进行操练，一面积极赶造巨型战舰。用了整整两年的时间，才把一切准备就绪。可是，在这期间，阿伽门农在打猎时，射死了一只赤牡鹿。赤牡鹿是献给狩猎女神阿尔忒弥斯的祭品，因而大大触怒了女神。女神为了报复，把瘟疫撒到希腊联军当中，使许多将领和士兵突然死亡，或者久病不愈，同时，她还叫海面纹丝不动，不起一丝风，使希腊的战舰无法起航。人们不得不去询问先知卡尔卡斯，得到的回答是，由于阿伽门农得罪了狩猎女神，所以女神才这样报复。要平息女神的愤怒，唯一的办法是将阿伽门农未出嫁的女儿作为祭品献给女神。这个回答使阿伽门农十分震惊，但是，为了能让希腊联军顺利出征，他被迫同意交出自己的女儿伊菲革涅亚。他借口要将她许配给勇敢善战的阿喀琉斯，派人去把女儿带来。当伊菲革涅亚即将作为祭品被杀死时，狩猎女神突发慈悲，她让一片乌云裹起伊菲革涅亚，把她带到遥远的陶里斯国。那里有座狩猎女神的神庙，伊菲革涅亚便在那里做了神庙的女祭司。

现在，海上吹来一阵阵的顺风，希腊联军立即拔锚起航，向着小亚细亚的海岸挺进。那边，特洛伊军也早已严阵以待，随时准备迎战跨海而来的希腊人。历史上有名的特洛伊战争就这样开始了。

阿喀琉斯的愤怒

[古希腊]

　　希腊人围攻特洛伊城已有九个年头了。且不说地上的各方将领非常关心战局，连天神也不例外。他们由于各种关系分成两派。天后赫拉和女战神雅典娜由于自己的美貌不被帕里斯承认，当然站到了特洛伊的敌对方面。美神阿佛洛狄忒恰好相反，站到了特洛伊一边。同时，阿佛洛狄忒得到了她的老情人阿瑞斯的支持。而海神波塞冬则支持希腊人。太阳神阿波罗想保持中立，所以他有时帮助希腊人，有时又帮助特洛伊人。至于众神之父宙斯，虽然他对贤明的老王普里阿摩斯怀有好感，但他还是尽量克制自己的感情，对战斗的双方保持不偏不倚的态度。

　　战争没有任何进展，双方都在僵持着。就在双方吃紧的时候，希腊联军统帅阿伽门农和英勇善战的阿喀琉斯为了一个女战俘发生了争吵。愤怒的阿喀琉斯当场宣布，由于受到侮辱，他决定不再参加战斗，他将把部队拉回船上，只待海上顺风，就开船返回希腊。阿喀琉斯的母亲——海中仙女忒提斯则因爱子受到的侮辱非常气恼。她飞到宙斯跟前，恳求宙斯赐福给特洛伊军。忒提斯的提议正合心意，宙斯很痛快地答应了她的请求。这样一来，特洛伊人每战必胜，他们步步进逼，把希腊人从海滩战场一直赶回到战舰上。

　　形势危急，希腊人都认为只有劝说阿喀琉斯重新加入战斗，希腊才能获得胜利。为此，阿伽门农答应把女俘归还给阿喀琉斯，并给他一笔偿金。可是，愤怒的阿喀琉斯仍然拒绝参战。但他也作了一定的妥协，同意他最要好的朋友帕特洛克罗斯带队出兵。临走之前，阿喀琉斯将自己的铠甲借给了帕特洛克罗斯。

　　帕特洛克罗斯一马当先，率兵冲入敌阵，和敌人厮杀起来。希腊人以为阿喀琉斯又参战了，情不自禁地欢呼起来。特洛伊人看到他们闻风丧胆的阿喀琉斯又出现了，仓皇逃走。特洛伊英雄赫克托耳好不容易才勒住马头，从狂奔的人群中解脱出来。他驾着战车迎了上去。

阿喀琉斯被阿伽门农当众羞辱后愤而退出战场，导致希腊联军战事不利。阿伽门农不得不亲自登门请求阿喀琉斯返回战场，这时因失意愤怒而纵意琴瑟的阿喀琉斯已无意沙场。图左人物为阿喀琉斯，其右为挚友帕特洛克罗斯，中为奥德修斯，最右为阿伽门农。

　　两个英雄打得难分难解。关键时刻阿波罗出战了，他击落了帕特洛克罗斯的长矛。与此同时，一个躲在暗处的特洛伊人从背后刺了他一枪，赫克托耳又从正面给了他一剑。帕特洛克罗斯倒下了。希腊人在宙斯的帮助下抢回了帕特洛克罗斯的尸体。

　　帕特洛克罗斯死了，阿喀琉斯陷入难以抑制的悲愤之中。海洋女神忒提斯被儿子的哭喊声惊动，匆忙赶来。她劝慰阿喀琉斯说："孩子，你要报仇，我支持你。可是，你现在一无盔甲，二无武器，莽撞地去报仇，我担心你不但报不了仇，自己反而会送上性命！"她接着说："儿子，我马上赶往奥林匹斯山，为你取到最好的盔甲与武器。"忒提斯一路疾飞，赶到了赫淮斯托斯的火炉前。听完忒提斯的请求后，赫淮斯托斯立刻放下手中的活计，连夜锻造铠甲、兵器。

　　阿喀琉斯放弃和阿伽门农的仇怨，希望全军上下立即投入复仇的战斗。阿伽门农也反思自己，认为自己过于贪心。两位英雄在特洛伊城墙下，握手言和重归于好。

　　战斗又一次爆发了。满怀怒火的阿喀琉斯英勇无比。特洛伊人一见到这位英雄，就四散逃跑。阿喀琉斯在战场上来回寻找杀死好友的罪魁赫克托耳。特洛伊老王在城头观战，看见特洛伊军如潮水般败退，便大开城门，让他们尽快通过，然后及时关门，封住敌人。

特洛伊人纷纷退进城来，唯独赫克托耳却还站在城外。赫克托耳只好跟阿喀琉斯一决雌雄。等赫克托耳走到他长矛所能及的范围内，阿喀琉斯瞄准对手，长矛脱手而去，正扎中赫克托耳。赫克托耳应声倒下。阿喀琉斯剥下对手的铠甲，把尸体倒拖在战车上，在城墙前沿不停地狂奔。

普里阿摩斯王、赫克托耳的父亲，在宙斯的鼓励下恳求阿喀琉斯交还儿子的尸体："阿喀琉斯，可怜可怜吧，你也有父亲，他肯定和我一样苍老。也许，他现在肯定很孤独，忧伤难熬，可是，他只要一想到自己的儿子还活着，便会满心欢喜起来，并且坚信总有一天会与儿子重新相见。而我，却再也没有什么可以自慰的了。我勇敢的儿子，都一一战死了。现在，我那唯一的赫克托耳，也为保卫祖国，死在你的手下。我是为赎取他的尸体而来的，我带来了赎金。阿喀琉斯，请想想你在家乡的父亲吧！看在他的分上，可怜可怜我吧！"

这些话，深深地打动了阿喀琉斯的心，他双手扶起老王，说："我知道你是靠着神的帮助才能到这里来。现在，我服从天神意志，接受你的请求。"他一边说一边站起身，卸下车上的物品，留下两件锦袍和一件内衣，以便遮盖赫克托耳的尸体。临别之时，阿喀琉斯告诉老迈的国王："请安心地祭奠你们的英雄赫克托耳吧！

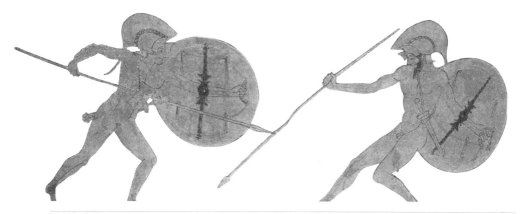

英雄与英雄的决斗
内心燃烧着复仇的欲望，阿喀琉斯正向特洛伊最高贵的武士赫克托耳猛刺过去。荷马史诗对特洛伊战争的描述，没有好人与坏人的判断。杀死赫克托耳的阿喀琉斯是英雄，同样，被杀的赫克托耳也是英雄。

十二天之内，我们希腊人将停止战斗！"

特洛伊人心目中的英雄赫克托耳战死了，他们的支柱断裂了，可是特洛伊城并没有陷落。他们悲痛英雄之死，团结一致上下齐心，而且，他们邻近盟国的支援也来了。特洛伊人和援兵一次又一次地阻挡住希腊人潮水一般的进攻。战争又陷入僵局。

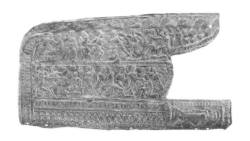

镀金箭筒

一个充满魅力、歌颂战争、不畏死亡的民族，其对待战争与死亡的态度，如同对待一件艺术品那样平静。在英雄们死后，这些做工精致的武器，可以赠予朋友，亦可以随葬入坟墓。

一个非常偶然的机会，阿喀琉斯看见了普里阿摩斯王的女儿波吕克塞娜，立刻被她吸引了。他产生了厌战情绪。他在辗转反侧苦思多日之后，终于想出一个方法，既能满足自己的单相思，又能让双方接受。

这天，借巡城之际，阿喀琉斯把一封写好的信绑在箭杆上，射进特洛伊城。信中说，他想娶波吕克塞娜为妻，而且他愿意运用他在希腊联军中的威望，说服希腊的将领们与特洛伊和解。

对方愿意和解，老国王普里阿摩斯求之不得。但他的小儿子帕里斯劝住了他。他对父亲说："爸爸，你之所以如此害怕希腊人，不就是因为一个阿喀琉斯吗？难道你就忘记了我哥哥赫克托耳的仇恨了吗？现在，他来向咱们求和，正是天赐良机，可以除掉这个家伙！我们不妨假装答应他的要求。和他见面时，乘机下手除掉他。"老国王被他的话说动了。

接到国王的回信，阿喀琉斯欣喜如狂。在得到希腊众将领同意后，阿喀琉斯给普里阿摩斯回了一封信，双方商定好会谈的日期和地点。

天一亮，双方代表来到他们约定的地方——特洛伊城中的阿波罗神庙。特洛伊这方面谈判的代表是老国王普里阿摩斯。他和阿喀琉斯双双跪倒在神像面前。谈判的时候，不管阿喀琉斯说什么，老国王都毫不犹豫，满口答应。阿喀琉斯一看谈判如此顺利，准备爬起身来告辞，埋伏一边的帕里斯，引弓射箭，一箭飞过去，正中阿喀琉斯的致命处——脚踵。阿喀琉斯大叫一声，当即死去。

就这样，两军之间那一点点的和平契机丧失了，双方又陷入混战之中。

木马计

[古希腊]

特洛伊的赫克托耳死了，希腊人的英雄阿喀琉斯也死于阴谋诡计。希腊人围攻特洛伊城，久久不能得手。他们面对着这固如金汤的城墙束手无策。这个时候，他们的预言家卡尔卡斯站出来了。他抚摸着自己的白胡子，说："你们这些人怎么只知道强攻呢。强攻不行，就应智取。看那雄鹰追逐鸽子，从来都不是正面出击，而是躲在灌木丛中。鸽子一旦出现，雄鹰立马捕获。"

特洛伊城所在安纳托利亚地区的拱门遗址异常坚固，历经风雨而能屹立千年。雅典娜胸像位于拱门中央。

素来以智慧著称的奥德修斯突然有了一个好计谋。他马上让阿伽门农附耳过来，如此这般说了一阵。阿伽门农听后非常高兴。

被围困在城里的特洛伊人随时观望着敌军的情况。虽然对方攻不进来，可是他们也打不过去。双方僵持着。特洛伊人这天奇怪地发现希腊联军撤退了。他们不敢相信这件事情是真的，观望了三天。三天之中，希腊的战船从海面上消失，战场上到处都是丢弃的东西。不过，让他们惊奇的是，一匹巨大无比的木马停放在战场之上。他们围着它，惊讶地打量它，因为它实在是一件令人赞叹的杰作。士兵们争论起来，有的主张把它搬进城去，放在城堡上，作为胜利的纪念品。有的人不相信希腊人留下的这件礼物，主张将它推入大海，或者用火烧掉。

正当他们犹豫不决的时候，海神波塞冬神庙的祭司拉奥孔从人群中挤出来，大声说："你们都疯了吗？难道你们还没有尝够希腊人的厉害吗？依我看，希腊人留下这件东西，其中必有阴谋！"说着，他用长矛朝着木马的腹部捅了几下，只听得一阵"嘭嘭"的响声，就像木马在低声呻吟似的。这时从远处跑来一群兵士，他们带来一个刚被俘获的希腊人。这个希腊人自称名叫西农，说是由于得罪了奥德修斯，所以希腊人在撤退时没有带他回国。现在，他的生死全系在他是否老老实实地回答出这木马的用途上了。他吓得浑身发抖，过了好一会儿才开口说："这是献给雅典娜的祭品。据先知卡尔卡斯说，如果特洛伊人得到了它，雅典娜就会保佑他们取得胜利，所以希腊人把它造得这样高大，就是为了不让人们把它拉进城去。"这番话解除了人们心头的疑惧，他们开始觉得不应错过机会，应将木马赶紧拉进城去。就在这时，发生了一件神奇的事情，更加坚定了他们的主意。

只见从远远的海面上游来两条巨蟒，它们一登上岸，便向拉奥孔和他的两个儿子直扑过去。它们先将两个孩子缠绕起来，用它们的毒舌舐噬孩子们的双颊。做父亲的想去救他们，也被巨蟒紧紧缠住。他使劲扳开蛇身，想挣脱出来，但却敌不过两条巨蟒，父子三人终于被巨蟒缠死了。人们认为这件事清楚地显示出天神对于拉奥孔的愤怒，因为他竟敢亵渎献给神的祭品。这个时候，胜利冲昏了他们的头脑，连预言家公主卡桑德拉的话也不听了。人们不再犹豫，立即将木马拖进城去。

但是特洛伊人完全上了聪明的奥德修斯的当。原来，他见强攻不行，就想出一个妙计。

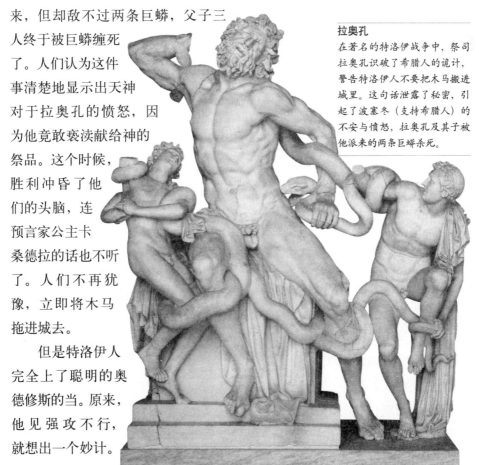

拉奥孔

在著名的特洛伊战争中，祭司拉奥孔识破了希腊人的诡计，警告特洛伊人不要把木马搬进城里。这句话泄露了秘密，引起了波塞冬（支持希腊人）的不安与愤怒，拉奥孔及其子被他派来的两条巨蟒杀死。

人们将木马拖进城去
特洛伊战争中的木马计被广为传诵，后人通过绘画、建筑等不同艺术形式对此加以诠释。

他让希腊的能工巧匠、英雄厄珀俄斯造出这匹举世无双的高大木马。木马腹部中空，装满了携带兵器的士兵。由于厄珀俄斯设计巧妙，机关开口一般人根本找不到。然后希腊人撤退到特洛伊人的视线之外。这样，特洛伊人就有可能会把这木马拖进城里。此外，还需要在木马附近留一个胆大机灵的人，使特洛伊人能够按照他的想法去做。奥德修斯正在为难的时候，西农挺身而出。他说："奥德修斯，我愿担任这一任务。让特洛伊人折磨我，让他们把我活活烧死吧，我已下定了决心！"他的话受到大家的欢呼。他竟然成功地欺骗了特洛伊人，让他们相信了他的谎话。

夜晚的时候，特洛伊人唱歌跳舞，饮酒狂欢，庆贺胜利。到了深夜全城的人都熟睡之后，西农悄悄地跑到木马跟前，打开机关，放出希腊武士。武士们立即放火烧城，同时打开城门，让重又返回的希腊人冲入城来。

突如其来的进攻使特洛伊人惊恐万状，不知所措。只见火光映红了整个特洛伊城的上空，到处都是手持武器的希腊人，他们见到特洛伊人便杀。可怜的老王普里阿摩斯也在这天夜里倒在希腊人的剑下。许多妇女被俘，即使是王后赫卡柏、赫克托耳的妻子安德洛玛刻也没有幸免。就这样，整整打了十年的特洛伊战争，最终以希腊人的胜利、特洛伊城的毁灭而结束。

奥德修斯的故事

[古希腊]

奥德修斯是拉厄耳忒斯的儿子，是伊塔刻的国王。应斯巴达国王墨涅拉俄斯的邀请，他参加了攻打特洛伊城的战争。当幸免于难的希腊英雄们返回家园、尽享天伦之乐的时候，奥德修斯却不幸迷途。

这时，他的国家和他的妻子正面临着不幸。原来，当奥德修斯迟迟不归时，那些嫉妒奥德修斯的人从四面八方涌来，他们借口向奥德修斯依然年轻的妻子珀涅罗珀求婚，无耻而又蛮横地享用着奥德修斯的财产。无奈的珀涅罗珀表面上对所有的求婚者表示好感，但心里想的却完全是另一个样子。她对求婚者承诺：等我为我丈夫年迈的父亲拉厄耳忒斯织好葬服用布，我就决定嫁给你们当中的某个人。珀涅罗珀的确是整天地坐在机前织布，但一到夜里，她就会把白天织成的布重新拆掉。这样，她才能够拖延了三年之久。

二十年后，历尽艰险的奥德修斯化装悄悄返回故乡。为了让那些胡作非为的求婚者得到惩罚，智慧女神雅典娜使用神力没有让伊塔刻的人们认出他们的国王。在雅典娜的指点下，奥德修斯找到了一直忠诚于他的牧猪人欧迈俄斯。在欧迈俄斯的家里，奥德修斯见到了他的儿子、年轻的忒勒玛科斯。

奥德修斯欲拔剑迎敌

奥德修斯等人在西西里岛靠岸时，出于勇敢和好奇，他来到岛上，结果被这里的霸主独目巨人波吕斐摩斯捕获，奥德修斯设计将巨人独目刺穿得以逃脱。

起初忒勒玛科斯根本不认眼前的这个乞丐，经过奥德修斯的解释，父子俩抱头痛哭。奥德修斯对儿子说："忒勒玛科斯，如果我们两个人对付不了那些无赖的求婚者，我们可以去寻找同盟兄弟的帮助。"

父子俩商量了好久，决定先让忒勒玛科斯返回宫殿，而奥德修斯继续装作乞丐到求婚者当中，直到惩罚了那些求婚者为止。

而此时，珀涅罗珀已经到了山穷水尽的地步。这时，乞丐模样打扮的奥德修斯走进他的王宫。珀涅罗珀对他说："外面那些人都是来向我求婚的，可我不想在他们之间做出任何选择。我深爱着我的丈夫，可我的父亲和儿子都已厌倦了这种生活，我实在不知道该怎么办。"

奥德修斯有所隐瞒地向珀涅罗珀讲述了自己的故事，珀涅罗珀被感动得热泪盈眶，然后对他说："让忠实的欧律克勒斯为你洗洗脚吧。"

看到奥德修斯的那双脚和右膝上的那道疤痕时，年迈的欧律克勒斯禁不住泪流满面："奥德修斯，我的孩子，我终于等到你回来了。"

"你没有看错，奥德修斯是回来了，但是，你要装成什么也不知道，否则我会被这些求婚者害死。"奥德修斯示意欧律克勒阿不要声张。

珀涅罗珀对奥德修斯说："唉，马上就到决定我嫁给谁的日子了，明天会有一场比赛，如果有人能使用我丈夫生前使用的硬弓穿过十二把依次排列的斧孔，我就嫁给他。"珀涅罗珀叹了口气。

奥德修斯对珀涅罗珀说："你要相信，还没等到飞箭穿过十二个斧孔，奥德修斯就会回来了。"

赛箭的日子到了，珀涅罗珀带着奥德修斯的硬弓和箭筒来到了大厅里。她扫视了一遍大厅里的人，然后拿过丈夫的那张硬弓说："这是我丈夫留下来的宝物，那里立有十二柄斧子，如果谁能轻松地拉开硬弓，让箭矢穿过十二柄斧子的穿孔，我就会嫁给那个人。"

求婚者相继试着拉开硬弓，却没有一个成功的。奥德修斯走上前去，说："请容许我试试这张硬弓吧，说不定我的肢体里还残留着一线老力。"人群骚动起来，人们怎么也不会想到这么一个老乞丐会提出这样的要求。

忒勒玛科斯制止了骚乱："至少这个时候，我还有权力做主，谁也阻止不了我把弓箭交给这位陌生人。母亲，请你到内房里去吧，射击本就是我们男人的事。"珀涅罗珀顺从地走入了内房。

奥德修斯仔细地端详着自己二十年前用过的硬弓，心潮澎湃。他弯弓搭箭，沉着地射出了箭。箭从第一把斧子穿孔进去，从最后一把斧子的穿孔里飞了出去。

"第一轮比赛已经结束了，我们将举办一次节日的盛宴。"奥德修斯对惊愕的求婚者说。等一切安排妥当，奥德修斯又对求婚者说："接下来进行第二轮比赛，现在该选择目标了。"

说完，奥德修斯拉开弓，瞄准了求婚者安提诺俄斯，飞箭正中安提诺俄斯的咽喉，从脖子后面穿了出来。其他的求婚者看到安提诺俄斯倒了下去，都站起来寻找武器，但他们既找不到矛也找不到盾，只能以激烈的语言来发泄自己心中的怨愤。他们以为陌生人是不小心误伤了安提诺俄斯，但却不知道他们也面临着同样的命运。

"可恶的家伙们，你们挥霍我的财产，在我还没有死之前就向我的妻子求婚，多么可耻的事啊，今天我要让你们为此付出代价。"听到奥德修斯说出这样的话，顿时，求婚者吓得面如土色，各自寻找着逃跑的途径。

希腊武士像
古希腊人崇拜英雄。在荷马史诗中描绘了三个出色而又完全不同的英雄：力士赫拉克勒斯，为希腊全岛所崇拜；忒修斯、奥德修斯，属于机智多谋的勇士，是雅典人喜欢的类型，同时他们也受到雅典娜的青睐。

但在强大的奥德修斯面前，所有的人都是跑不掉的。在儿子忒勒玛科斯和两个忠实的仆人——牧猪人欧迈俄斯和牧牛人菲罗提俄斯的帮助下，在智慧女神雅典娜的佑护之下，除了无辜的歌手和使者墨冬没有被奥德修斯杀死，其余的人都倒了下去。

奥德修斯吩咐忠实的女管家欧律克勒阿把不忠实于他的女仆们都召集到一起，对儿子忒勒玛科斯说："让她们把这些尸体扛出去，用海绵把桌椅都擦洗干净。等把这一切完成以后，用利剑杀掉这些女仆。"然后，奥德修斯又对欧律克勒阿说："用炭火和硫黄把大厅、宫殿内室和前院彻底用烟熏一遍吧。顺便把那些忠诚的女仆叫来。"

忠诚于主人的女仆蜂拥而来，她们围着主人，欢迎他的凯旋，奥德修斯激动得热泪盈眶。

当欧律克勒阿把奥德修斯已经回来的消息告诉珀涅罗珀时，珀涅罗珀怎么也不敢相信曾经的那个衣衫褴褛的乞丐就是自己英俊的丈夫，直到奥德修斯说出了只有他们两人才知道的秘密，她才激动地跑过去亲吻着奥德修斯，用眼泪诉说着二十年的想念。

那些被杀的求婚者的亲人们从四面八方涌来。他们聚集在广场上，举行了国民大会。被安提诺俄斯的父亲奥宇弗忒斯煽动起来的一部分人全身披挂，集合在城前的空地上，决心为死去的亲人报仇雪恨。

得知敌人的到来，拉厄耳忒斯、奥德修斯、忒勒玛科斯等组成了一支斗志昂扬的队伍。奥德修斯和忒勒玛科斯及其他伙伴们像愤怒的老虎跃入了羊群，砍伤了大部分人。正在这时，受宙斯的指点，智慧女神雅典娜制止了这场战争，并把神的声音传入了每个人的耳中："退出这场地不幸的战斗吧，你们已经流够了鲜血，你们最需要的是和平。"雅典娜又对奥德修斯说："撤离战斗吧，不要再厮杀了，否则，你会惹怒宇宙之王的。"奥德修斯听从了雅典娜的劝告，跟着雅典娜进了伊塔刻城。

所有的人都心平气和了。奥德修斯成了这个国家的国王和佑护主。

丘比特和普赛克

[古罗马]

小爱神丘比特是爱神维纳斯与火神伍尔坎的儿子，他一生下来就长了一对金色的翅膀，背着一张超小的弓箭四处游荡。如果谁被丘比特的金箭射中，那么他或她就会爱上对方，如果只是一方被射中，那么他或她就只能单相思了。强大的太阳神阿波罗，看不起这个体形比自己小百倍的小爱神，但却还是被那张小弓箭所伤，爱上了达夫尼。

一天，爱神维纳斯把儿子丘比特叫到身边，气呼呼地对儿子说："某城的一个国王有一个叫普赛克的女儿，听说她长得非常漂亮，难道她真的会比我还要漂亮吗？你马上去那个地方，用你的聪明让普赛克爱上世界上最卑贱最不幸的人。"为了平息母亲的怒气，丘比特朝着那个国家飞去。

那个国家的国王有三个女儿，普赛克是最小的一个，也是最漂亮的一个，两个姐姐都嫁给了邻国的国王，唯有普赛克因为长得太漂亮而没有人上门提亲。眼看普赛克到了出嫁的年龄，国王显得非常着急。于是，国王去太阳神的神殿里求神卦。按照太阳神阿波罗的神谕，普赛克应该送到山野里被怪兽吞食掉。

国王对普赛克这个最小的女儿疼爱有加，怎么舍得把她一个人放去山野呢？但神的旨意又不能违背，国王夫妇一边哭一边将普赛克送往高山深崖处。

夜幕很快降临了，四周冷清清的，只有草地里的小动物们在唱着歌陪伴普赛克。一阵寒风吹来，普赛克打了一个冷战，刚才的勇气顿时消失得无影无踪。她轻轻地抽泣着。哭了好长一段时间后，她竟迷迷糊糊地睡着了。

当普赛克醒来时，她看见了一座美丽的宫殿，比父亲的王宫还要漂亮，宫殿前是一条宝石铺成的路。普赛克再也禁不住诱惑了，向宫殿里走去。

"这里是哪里呢？"普赛克被眼前的景色惊呆了，正当她想去询问宫殿的主人时，一个悦耳的声音传来：

"亲爱的普赛克，很高兴你能来到这里，以后这里就是你的家了，我就是你的丈夫，你如果答应我永远不再见你的家人，永远不要见我，那么你会永远幸福的。"

普赛克是多么的希望生活在这里啊，这里和天堂一样美丽，而且自己虽然见不到丈夫，但他却有着如此悦耳的声音。普赛克不再感到害怕，很快答应了那个声音的要求。

一天，在宫殿外散步的普赛克听到了一阵哭声。"那哭声不正是自己的姐姐们发出来的吗？"经过仔细分辨，普赛克确信那哭声的确是来自自己的姐姐们，姐姐们的哭声唤起了普赛克对亲人的思念："我在这里快活地生活着，而亲人们却以为自己已死而痛心疾首。我还是告诉他们真相吧，丈夫爱我爱得那么深，他应该不会和我计较这些的，就算他生气了，我也可以耐心地向他解释啊！"想到这里，普赛克忙派仆人把两个姐姐带到这个秘密的宫殿来。

两个姐姐见自己疼爱的小妹妹还活着，高兴地跑过来拥抱普赛克，见妹妹在这里有享不尽的荣华富贵，姐姐们都为妹妹高兴。普赛克把自己遭遇的前前后后向两个姐姐说了一遍，并让她们回去后告诉父母不要担心。

最后，两个姐姐问到了普赛克的丈夫，普赛克回答的有些支支吾吾。天马上要黑了，普赛克对两个姐姐说："虽然我很希望我们姐妹多聚一会儿，但我们该分手了，否则天黑前你们到不了家我会担心的。带一些宝石和首饰回去吧，反正我也用不了这么多。"说完，普赛克去了另一个房间。

两个姐姐虽然很想念妹妹，但当她们看到了普赛克的幸福生活时，马上产生了嫉妒。在看到普赛克谈到自己丈夫时那一无所知的神态时，两个姐姐觉得这里面肯定有问题。趁普赛克出去的机会，两个姐姐想出了一个诡计。

"普赛克，我看你根本没见过你的丈夫，他一定是一个可恶的家伙，说不定是一条巨龙呢。他把你养在这里，等用美餐把你养胖后再吃掉你……你想想当年太阳神的神卦吧。"大姐对普赛克说道。

看到普赛克真的被吓住了，二姐接着说："我给你想出了一个办法，你把这盏灯藏在挂毯后面，等你丈夫睡着后你突然把挂毯拿掉，然后拿匕首刺入他的胸膛。"

送走姐姐们后，普赛克举棋不定，她也很想看看自己的丈夫。于是，她按照姐姐们说的办法去做了。出乎她的意料，在挂毯后面，她看到的不是怪物，而是英俊的小爱神丘比特。丘比特狠狠地瞪了普赛克一眼，抓起身边的弓箭。普赛克对自己的做法也非常悔恨，看丘比特要飞走，她慌忙抓住丘比特的一只脚，随着丘比特飞上了夜空。没飞出多远，她不小心摔落下来，正好落在了河边。充满失望的普赛克想投河自尽，被好心的牧神潘所救，为了能得到丘比特的宽恕，普赛克决定坚强地活下去，直到找到丘比特的那一天。

爱神与普赛克
普赛克公主对每夜来访的丈夫心生疑虑。在姐姐们的教唆下，她手持油灯与匕首悄悄走到床边，却意外地发现从未见过的丈夫是个英姿焕发的美少年。丘比特被油灯滴落的油惊醒，在看到面前这一幕后，他伤心地飞走。这个神话故事有另一层寓意：在爱情中，尊重对方的隐私，是维护爱的重要条件。

当一只多嘴的海鸥把丘比特爱上普赛克的事告诉爱神维纳斯后，维纳斯非常恼火。她宣称谁要是抓到普赛克谁就能得到她的七次亲吻。最后，可怜的普赛克被维纳斯的一个仆人带到了维纳斯宫殿里。维纳斯想尽了一切办法去折磨普赛克，但每次普赛克都能顺利地完成维纳斯交给的那些凶多吉少的任务。

维纳斯交给普赛克的最后一个任务是去地狱向普罗塞耳皮娜夫人借一点美

色，并要她把借来的美色放在一个小盒子里。在经过一座高塔的指点后，普赛克从死神普罗塞耳皮娜那里借来了美色。在最后的时刻，普赛克再也忍不住她的好奇心，打开了那个小盒子，她想看一看美色到底是什么样子，但普罗塞耳皮娜的美色却是死亡。

当普赛克奄奄一息时，小爱神丘比特出现在她的面前。原来在维纳斯把丘比特囚禁起来后，丘比特一直都在思念着普赛克，当看守他的女仆刚打开窗子后，他便趁机飞了出来。他终于找到了日夜思念的爱人。看到马上要死去的普赛克，丘比特心如刀绞。虽然他们是夫妻，但他从来没有吻过自己的妻子。丘比特满眼含泪地俯下身去吻普赛克，奇迹出现了，已渐渐冷去的普赛克的身体又开始变得温热起来，丘比特听到了普赛克的心跳声，普赛克睁开了眼睛，朝着丘比特献上了最美的笑。

丘比特与普赛克在经过千难万险之后，终于有了一个幸福的结局。他们的夫妻关系得到了朱庇特的认可，朱庇特还赐给了普赛克一杯能永生的仙酒。维纳斯与普赛克的关系也得到了和解。众神们为丘比特与普赛克举行了一场隆重的婚礼。

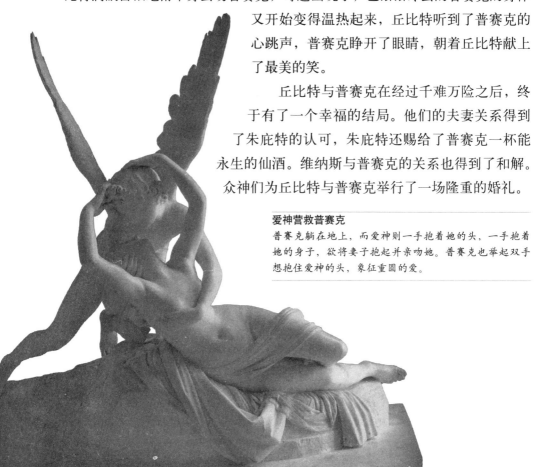

爱神营救普赛克
普赛克躺在地上，而爱神则一手抱着她的头，一手抱着她的身子，欲将妻子抱起并亲吻她。普赛克也举起双手想抱住爱神的头，象征重圆的爱。

埃涅阿斯

［古罗马］

埃涅阿斯一家逃离了一片火海的特洛伊后，来到了爱达山下的小城安唐特洛斯。在这里，已经聚集了一批逃难的特洛伊人，当他们看到埃涅阿斯到来后，纷纷向他围拢过来。

"埃涅阿斯，你是英雄安喀塞斯的儿子，带我们去寻找一块新的家园吧。特洛伊已经毁灭了，但我们的信心并没有随之而去啊。"

在埃涅阿斯的带领下，人们强打精神，从爱达山下砍伐了些树木，造成了一些大船。春暖花开的时候，埃涅阿斯率领船队扬帆击桨，载着哭泣的人们告别了故乡，驶入了茫茫的大海。

人们已不记得船队在大海上漂泊了多少天，最后，船队来到了色雷斯地界。色雷斯曾是特洛伊的结盟国家，特洛伊国王普里阿摩斯把小儿子波吕多洛斯送给色雷斯国王波林涅斯托耳作养子。当特洛伊遭受劫难时，波林涅斯托耳毫无情义地把波吕多洛斯交给了希腊人，可怜的王子被希腊人当着父亲普里阿摩斯的面用乱石击死，色雷斯以此换得了和平。

奥古斯都
罗马帝国的第一位皇帝，自称是埃涅阿斯的后代。

这群逃难的人们并不知道眼前的国家就是色雷斯，当他们看到这片陆地时，欢呼着跳了起来，抛锚下船，准备在这里奠基新城。

"虽然现在不可能准备真正的祭坛，但我相信这样的天然祭坛众神会喜欢的，不过，我还需要把这块天然祭坛装饰一番。"埃涅阿斯一边想着，一边走上附近的一座山坡，打算给众神献上祭祀。

山坡上长满了灌木和杂草，偶尔的几株野花挺立其中，好美的地方啊。正当埃涅阿斯撼动一株矮树的时候，可怕的事出现了。从矮树的躯干上渗出了一滴滴黑色的污血，埃涅阿斯连忙把手缩了回来。

"森林女神和山野的保护神巴克科斯，请佑护可怜的特洛伊人吧，为什么会出现如此怪异的现象呢？难道这里不是我们的立足之地吗？"说着，埃涅阿斯又抓起另一株小树，试图把小树连根拔起。

"不幸的特洛伊人，你为什么要折磨我呢？要知道，我和你一样的不幸啊。这个国度是色雷斯，我是普里阿摩斯的儿子波吕多洛斯，我被希腊人用乱石击死，同情我的色雷斯人把我的骸骨捡了回来，埋葬在他们国土上。这里也曾经是我孩童时期的游玩之地，我的灵魂停留在这块土地上。我劝你离开这片海岸吧，它被叛徒的家族所统治，在这里建造新城是十分危险的。"地下一个声音这样说。

埃涅阿斯停止了他的行动，对着这片树林祷告："可怜的波吕多洛斯，我们都是特洛伊的子民，保佑我们在不久的将来能顺利的重建家园吧。"

回到岸边，埃涅阿斯把波吕多洛斯的这番忠告告诉给大家，已经开始的工作立刻停止下来。大家祭献了波吕多洛斯，然后把船只推下海滩，一阵顺风又把他们送入了广阔无垠的大海。

不久，在这群逃难的人们面前又出现了一座美丽的小岛，它曾经是一座漂流的岛屿，名叫特洛斯，太阳神阿波罗就出生在特洛斯岛上。埃涅阿斯的船队在特洛斯岛登了陆，人们涌向了祭祀太阳神的庙宇。

"伟大的太阳神，给我们一块栖身之地吧，我们应该在哪里建立起第二座特洛伊城呢？"埃涅阿斯在神庙前请求神谕。

"你们建立新城的地方是你们先祖诞生的地方，埃涅阿斯的子孙们将在那里成为世界的主宰。"神庙里传来了阿波罗的声音。

大家欢呼着，可神谕中先祖诞生的地方指的是哪里呢？

"我们族第的摇篮叫克里特岛，那也是众神之父朱庇特诞生的地方，就让我们遵从神谕吧，从这里到达克里特岛只需要三天航程。"安喀塞斯提醒了大家。

第三天清晨，逃难的特洛伊人航行到了克里特岛海岸。当地居民热情好客，用各种食物接待了难民们。埃涅阿斯率领大家努力开始建造新城的工作，不久，城墙和房屋从平地上耸起，人们把这座新城称为伯加马斯。

正当难民们为终于重建了家园而欢庆的时候，一场新的灾难来临了。

当年夏天，克里特岛出现了少有的干旱，大地一片焦黄，颗粒无收。大批的特洛伊人死亡了，幸存下来的也陷入了绝望之中。有些人提议回到特洛斯岛重新聆听神谕，可又实在不忍心放弃这座几乎要竣工的城市。

正当埃涅阿斯左右为难的时候，特洛伊的几位家神来到他的床前："你把我们从火海中抢救出来，带着我们转战南北，我们和你一起经历了惊涛骇浪。所以，我们将为你的子孙们寻找一块乐园，并让他们执掌统治世界的权柄，而你注定要为显赫的后代准备住址。阿波罗派我们来告诉你，你的国家还在遥远的地方，那里被称为意大利，是根据当地的国王意大罗斯命名的。快去寻找意大利吧，朱庇特拒绝你们在克里特岛安身立命。"

埃涅阿斯从半睡半醒中惊醒，一骨碌从床上跳了起来，像是受到了极大的安慰。当他把家神的预言告诉人们时，人们高兴得大声欢呼起来，只要有确切的目标，哪怕再大的风浪，他们也愿意往前闯。

没有病愈的一批人被留在了克里特岛上的伯加马斯城，另一批人则扬帆起锚，在埃涅阿斯的指挥下驶入大海。

埃涅阿斯得到盔甲
这幅油画描绘了埃涅阿斯受到美和爱神维纳斯的指引，得到一副黄金盔甲。

洛摩雷斯和雷姆斯

〔古罗马〕

拉丁姆在拉丁奴斯、埃涅阿斯、尤鲁斯和西尔维乌斯的统治下过去了300多年。随着黑铁时代的到来，拉丁姆开始动荡起来。

阿尔巴·隆伽的国王普罗卡斯死后，留下了两个儿子，奴弥陀耳和阿摩利乌斯。按照惯例，长子奴弥陀耳继承了王位，次子阿摩利乌斯继承了大片土地和财产。阿摩利乌斯是一个贪得无厌的人，面对大片的土地和堆积如山的财产他并不满足，而是觊觎哥哥的王位。为了达到目的，他使用了诡计和暴力，发动了一场宫廷政变，把哥哥奴弥陀耳从王位上赶了下来。但是，阿摩利乌斯并没有胆量杀死奴弥陀耳，而是把他流放到一片幽寂的树林里，让他过着生不如死的生活。

登上王位的阿摩利乌斯如坐针毡，他害怕哥哥的后辈会前来报复，于是，他残忍地杀死了奴弥陀耳的儿子，让奴弥陀耳的女儿当祭司，而且立誓永不得和男子生儿育女。

奴弥陀耳的女儿叫瑞亚·西尔维亚，在阿摩利乌斯的迫害下，她终日跟其他处女们看护着维斯神庙里的圣火。

一个偶然的机会，瑞亚·西尔维亚误闯入战神马尔斯的圣地，做了马尔斯的新娘，并生下了两个男孩。当她抱着两个儿子骄傲地走进神庙的时候，遭到了祭司长和其他女祭司的嘲笑，女祭司把瑞亚·西尔维亚带到了国王阿摩利乌斯那里。阿摩利乌斯怕这对尚在襁褓里的兄弟将来会来夺取他的王位，他们正是合法的王位继承者啊。

"难道我要与神作对吗？"但阿摩利乌斯马上又否定了自己这愚蠢的想法，"我怎么能与神作对呢？不过，根据维斯太女神的法律是完全可以把他们送到死神那里去的。"按照法律，瑞亚·西尔维亚和她的两个孩子被判沉水而死。

在行刑那天，当刽子手们把瑞亚·西尔维亚投入台伯河时，河神台伯律奴斯把这个可怜的女人解救了。刽子手们惊慌失措，把装有两个孩子的篮子扔在河岸上匆忙逃离了台伯河。

河水冲击着篮子，两个孩子哭了起来，正在此时，一头母狼经过这里，它打量着篮子里的两个可怜的小东西，把两个孩子一一叼回了狼窝，用自己的奶喂养着两个嗷嗷待哺的小家伙。

一天，一个叫福斯图鲁斯的牧人从这里经过，当他看到狼窝里的两个孩子时，不禁欣喜若狂，他的小儿子刚刚夭折，他是多么希望能有一对这么乖巧的孩子啊，他把两个孩子抱回了家，给他们起名叫洛摩罗斯和雷姆斯。

福斯图鲁斯越来越感到，这两个孩子并不像凡人，他们的智力超过了他们的伙伴，渐渐成熟的脸型上显露出了已被废黜的国王奴弥陀耳的影子。当他听

战神马尔斯与美神维纳斯
战神是个英俊的少年，是维纳斯的情人。同时马尔斯又有许多情人，瑞亚即是其中之一。

母狼青铜雕像
讲述的是洛摩罗斯与雷姆斯幼年由母狼抚养的故事。该像铸于公元前480年，这是一只机敏警惕的母狼，成为罗马的象征。

到瑞亚·西尔维亚因与战神马尔斯生下了两个孩子被扔下台伯河后，更加坚信了洛摩罗斯和雷姆斯是神的儿子。

在欣喜中，福斯图鲁斯也感到了悲伤，如果真是这样，两个儿子迟早会离开他而去。

福斯图鲁斯的担心不久之后便得到了证实。

由于有健壮的体魄，每次因放牧与其他牧人发生争执时，洛摩罗斯和雷姆斯都会取得胜利，这种胜利对于拉文丁山上的牧羊人来说则是个极大的侮辱，牧羊人决定在卢泼卡利恩节上好好惩罚一下这两兄弟。

卢泼卡利恩节很快就到了，年轻人披着狼皮，载歌载舞进行狂欢，他们还要围着帕拉丁山进行赛跑，当然，洛摩罗斯和雷姆斯两兄弟又会在这次赛跑中成为胜利者，这也是牧羊人早已经料到的，所以牧羊人计划趁机向两兄弟发动攻击。

人们把祭供的牺牲摆放整齐，点燃火焰，在熊熊的烈火中，全部供品被天上的众神取走，人群欢呼着，祈祷着来年的风调雨顺。人们做着各种扮相，开始了各种游戏，欢笑声、叫喊声、音乐声混成一片，好不热闹。

赛跑很快也拉开了战势，洛摩罗斯和雷姆斯像一阵旋风一样很快就把其他的人甩在了身后，但他们根本没有想到，一群牧羊人正躲在前面不远处的灌木丛中，伺机进行攻击。时机已到，牧羊人从灌木丛中窜到跑道中央，洛摩罗斯和雷姆斯被眼前发生的一切惊呆了，尽管他们奋勇反击，但雷姆斯还是被制服，洛摩罗斯则逃离了危险。

在逃回家的途中，洛摩罗斯遇到了福斯图鲁斯。

"父亲，刚才在赛跑时，雷姆斯被埋伏在路旁的阿文丁山上的牧羊人抓住了，

双胞胎洛摩罗斯和雷姆斯

那些人会杀害雷姆斯的。"洛摩罗斯向福斯图鲁斯讲述着刚才的遭遇，并建议用武力拯救雷姆斯。

"孩子，让我去向他们解释吧，如果那些阿文丁人知道你们的身世，他们一定会顶礼膜拜。我不需要再向你隐瞒了，你们的母亲是瑞亚·西尔维亚，父亲是战神马尔斯，而你们的祖父则是阿尔巴·隆伽合法的但已被废黜的国王奴弥陀耳。"

"您是说，我们是战神马尔斯的儿子，且是这个王国的合法继承人吗？"洛摩罗斯不相信。

"是啊，所以你不用担心雷姆斯的安危，神会保护他的。"为了安慰洛摩罗斯，福斯图鲁斯带着他来到了阿文丁山，建议不知如何处置雷姆斯的阿文丁人寻找被流放的国王奴弥陀耳以证实两兄弟的身份。

他们相拥着来到森林深处的西尔瓦诺斯庙里，找到了老国王奴弥陀耳，奴弥陀耳一眼就看出了眼前两个英俊的青年就是自己的继承人，因为两个青年的脸庞与身材与自己年轻时一样。

了解了自己的身世，洛摩罗斯和雷姆斯当即立下誓言，进攻阿尔巴·隆伽，为母亲报仇。在两兄弟的带领下，那些早已经痛恨阿摩利乌斯的人们纷纷拿起武器，向阿尔巴·隆伽进发。在激战中，阿摩利乌斯被洛摩罗斯所杀，奴弥陀耳又重新登上了阿尔巴的王位。

扫码获取更多资源

建立罗马城

[古罗马]

　　奴弥陀耳重新登上阿尔巴王位后，对洛摩罗斯和雷姆斯十分宠爱，他希望两个孩子将来能够替他掌管阿尔巴。正当奴弥陀耳为自己的想法而暗暗高兴的时候，洛摩罗斯和雷姆斯却来向外祖父辞行，他们不打算继承外祖父的王位，而希望白手起家，通过自己的努力大展宏图。奴弥陀耳还得知，两个外孙儿想在台伯河下游建造一座城市，以纪念他们的母亲瑞亚·西尔维亚。奴弥陀耳被两个孩子的想法感动了，他把大片的土地赠给了两个孩子，帕拉丁和阿文丁牧人则成了这片土地上的第一批居民，此后，各地受迫害者纷纷来到这一地区，这一地区的人口迅速增长。

　　洛摩罗斯和雷姆斯的抱负得到了很多人的赞同，但是，真的要建造一座城池的话，到底应该以兄弟俩谁的名字命名呢？而这座城池是应建在帕拉丁山上还是阿文丁山上呢？为此，两兄弟开始起了纷争。最后，他们决定让上天来对这一纷争进行裁决。

　　一个星光灿烂的深夜，洛摩罗斯率人登上了帕拉丁山，雷姆斯则登上了阿文丁山。大祭司在两山交界处画了一道界线，然后大家都静静地等候着神谕的出现。

　　拂晓时分，东方飞来了六只雄鹰，它们围着阿文丁山转了几圈后飞出了人们的视野。雷姆斯欢呼着，向对面的洛摩罗斯示意，自己是上天选中来管理这个城市的。正当雷姆斯为此沾沾自喜的时候，从西方又飞出了十二只雄鹰，且径直朝着帕拉丁山飞去，鸣叫几声后迎着初升的太阳飞去。

　　大家明白，这些雄鹰都是神派来的，但到底该由谁来建造这座城池呢？雷姆斯强调，虽然从东方飞向阿文丁山的六只雄鹰不敌从西方飞向帕拉丁山的十二只多，但却是在先，而洛摩罗斯则要与雷姆斯比雄鹰的数量。最后，两方的争执愈演愈烈。雷姆斯意识到自己的力量不敌洛摩罗斯，不得不做出让步，允许洛摩罗斯建造城池。

洛摩罗斯把台伯河下游地区的所有青年男子召集在帕拉丁山的周围，给众神摆上祭供，宣布以雄鹰作为这座新城的城徽。然后，洛摩罗斯命人牵来一头公牛和一头母牛，套到耕犁上，他扶着犁耙，

王政时代的罗马

罗马建立之初，只是台伯河左岸拉丁姆地区的一个大部落联盟。从传说中的洛摩罗斯建城到公元前509年罗马共和国的建立，这段时期称为"王政"时代。洛摩罗斯建城年代据说是公元前754～前753年，是古罗马人纪元的开始。王政时代前期实行军事民主制，主要管理机构有库里亚大会、元老院与勒克斯。王政时代后期，受伊达拉里西文化、希腊文化影响，罗马进入阶级社会。

吆喝着耕牛在打算建城的地方划出了一个圆场，然后在将要建城门的地方停了下来，把犁抬离地面，跟在他身后的人们会跑上前去把犁松了的大土块搬起向画出的圆场内扔去，以增加城内的土力。最后，那两头辛苦的公牛母牛被杀祭献给了众神。

紧接着，帕拉丁人和阿文丁人开始建造自己的家园，他们先在地面上挖了一道浅沟，顺着浅沟搭起了低矮的围墙。围墙虽矮，但它是安全的标志，对于人类是神圣的，是防范周围一切潜在威胁和危险的得力措施。然而，这一标志竟受到了亵渎。

一天，雷姆斯看到人们建造的低矮的围墙，一边耻笑着这些围墙是多么的不起作用，一边从上面跑了过去。所有的人都惊呆了，看着洋洋得意的雷姆斯他们不知所措起来。洛摩罗斯没有想到胞弟竟会以这种方式与自己对抗，他实在忍无可忍，拔刀刺向了雷姆斯。雷姆斯倒地的一刹那，洛摩罗斯虽然有些后悔，但他知道，只有这样才能给那些满怀期待的人们一个交代。在人们诧异的目光中，洛摩罗斯高声喊道："谁敢逾越这些围墙，下场和他一样。"欢呼声中，人们又投入到建城的劳动之中。

不久，城池竣工了。洛摩罗斯并没有流露出一丝喜悦，为了惩罚洛摩罗斯杀了自己的兄弟，众神给这座新建的城池带去了灾难：在烈日的烧烤之下，田野上一片枯焦，而冰雹却由天而降。此外，城里传播着瘟疫，几乎所有的人都患上了重病。其实，洛摩罗斯也一直在为杀死自己的兄弟而感到内疚。于是，洛摩罗斯向人们宣布原谅雷姆斯的罪过，他还在自己的宝座旁放了另一把宝座，

以象征第二个王位，把自己的权杖和王冠放在空着的宝座上，表示他愿意与死去的雷姆斯共同管理这个城池。

人们对洛摩罗斯的做法看法不一，有的人反对这种死人与活人共同执掌的国家，认为这将是一个恐怖的地方，所以就逃离了；而另外一些人则对洛摩罗斯的这一做法表示赞同，认为在这样一个大度的国王的领导下这个国家必将有一个好的发展，于是，留了下来。对留下来的人们，洛摩罗斯给予了奖励，从此后开始精心治理国家。瘟疫慢慢地在城内消失了，田野里也恢复了以前的绿意，留下来的人们欢呼雀跃。

根据自己的名字，洛摩罗斯将这个城市命名为"罗马"。为了使罗马固若金汤，在洛摩罗斯和他的后人的带领下，城墙不断地被升高，防范也越来越严密，为这座年轻的城市后来成为世界的中心奠定了基础。

抢夺萨宾妇女

罗马城建立之初，只有男人没有女人。洛摩罗斯与雷姆斯想了一条计策：举行竣工宴，邀请临近部族来赴宴。这些罗马人发现萨宾妇女个个都很美貌，于是赶走萨宾男人，抢夺萨宾女人作为妻室。这幅名画表现的就是这样一个场面：强壮的罗马男人抱走自己中意的萨宾女人。

创世纪

［希伯来］

在最初，上帝虽然创造了天地，但世界却尚未形成，天地间一片混沌。这时，天地间没有太阳，没有月亮也没有星星；没有高山，没有平原也没有大海；没有草木，没有鸟兽更没有人类，整个世界都被无尽的黑暗笼罩着。

万能的上帝决定改变这混沌的、没有生气的、枯燥的世界。于是他施展无所不能的力量，开始了世界的创造。

上帝创造天地万物仅仅用了七天。在这七天里，他根据自己的意愿创造出了所有他认为世界上应该有的东西，每一种东西的产生都是那么的神奇。

第一天，上帝觉得混沌的世界太过于黑暗了，就说："要有光"，光瞬间就产生于黑暗的世界之中。上帝觉得他创造出来的光是有用的，是好的，就把光明和黑暗分离开来，让它们交替出现在世界上。为了加以区别，上帝把光明称为"白天"，把黑暗称为"夜晚"。就这样，世界上有了白天和黑夜之分。

第二天，上帝认为世界上所有的水都混在一起，需要将它们分开。于是他说道："要有空气。这些空气要产生在世界上的诸水之间，将整个世界的水分为上下两部分。"于是，世界上产生了空气，而空气又把水分开了。上帝觉得这些空气还应该有个名字，于是就把它们统称为"天"。

第三天，上帝开始处理地面的水，他说："天下的水应该汇集到一处，好让大地能够裸露出来。"这样，世界上就出现了大地，所有的水也都汇聚到了一起。上帝觉得大地和水都应该有自己的名字，于是就把露出水面的土地称为"陆地"，把汇集到一起的水称为"大海"。

上帝觉得陆地太单调了，就命令说："陆地上要长出各种青草、鲜花、蔬菜和果树，其中果树能结出果实。所有的这些东西都要能结出种子，但果树的种子需要长在果实里。"如此一来，世界上就有了各种植物，而果树所结出的果实中又都含有核。

第四天，上帝觉得世界上应该存在发光的天地。有了光体就能发出光明来普照大地；有了天体就可以区分白天和黑夜，就可以定节令、算日子、记年岁；有了天体还可以进行记事、做记号等活动。于是，上帝就创造出了两个大小不同的发光的天体。上帝让大一点的光体发出强烈的光，并让它掌管白天，这就是太阳；又让那个小一点的光体发出较为柔弱的光，并让它掌管黑夜，这就是月亮。上帝觉得，既然陆地上有花草果蔬点缀，那么天空中也应该有什么东西点缀一下，于是他又创造出了无数的星星，放在了天空上。

第五天，上帝认为世界上还应该有各种各样的有生命的物质，而这些物质应该最早出现在水里。他说道："水要多多滋生孕育出有生命的物质。"于是，水中出现了各种各样的、生机勃勃的、充满活力的生物，上帝还把它们分成了很多的种类。

之后，上帝觉得天空中也要有各种生物，于是说道："天空中要有鸟雀飞翔。"这样，世界上又出现了各种各样的飞鸟，上帝也把它们分成了很多的种类。上帝决定让它们能够世代繁衍下去，遍布于世界上所有的水里和空气中。于是，他施展法力，给这些的生物都赐了福，让它们按照他的意愿发展。

创世纪

这是《创世纪》中上帝创造亚当的情景。亚当的左手显得无力，缓缓前伸，像处于控制中；上帝则将右手食指伸出，赐予创造物以生命。它表现的是上帝赐予人类生命灵性前的一刹那。

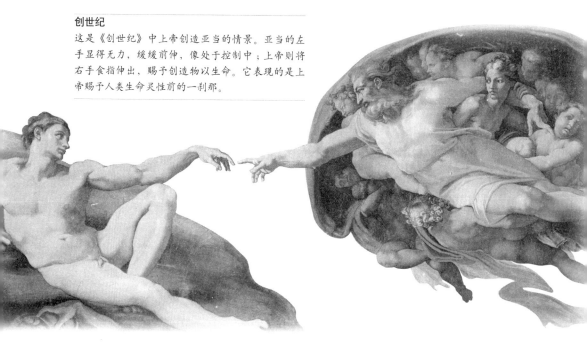

第六天，上帝开始在陆地上创造生物，他说："陆地上也要生出很多的生物，要有昆虫、牲畜，还要有各种野兽。"这样，陆地上出现了上帝想要的各种生物，它们也按照上帝的意愿，被分成了很多的种类。上帝也给它们赐了福，让它们能够世代繁衍下去，遍布于世界的所有陆地之上。

这时，上帝又觉得这些水里的、空中的和陆地上的生物需要一个首领。他决定创造出一种新的生物来作为万物的主宰。上帝在陆地上拿起一块泥土，捏成自己的样子，然后他往泥坯中吹入了生命气息，使得泥坯变成了具有活力和生机的生物，创造出了第一个"人"，并给他取名为"亚当"。上帝觉得，如果只有亚当一个人，会觉得很孤独、很寂寞，应该给他找一个配偶。于是上帝就趁亚当熟睡的时候，从他身上取出一条肋骨，造出了另一个人，并给她起名为"夏娃"。

上帝对亚当和夏娃说："你们是我按照我的样子造出来的，你们是世间万物之灵，是万物的主宰。"然后，上帝又赐福给亚当和夏娃，对他们说："你们要生养后代，要让你们的子孙遍及所有的陆地。我把世界上一切结种子的菜蔬和结有核的果子全都赐给你们作为食物。你们要治理地上的一切。不仅这样，水中的鱼类、空中的鸟类以及陆地上的昆虫、牲畜、野兽等所有的一切生物都要接受你们的管理。"

第七天，上帝完成了天地万物的创造，包括日月星辰、江河湖海、高山平原、花草树木、鸟兽鱼虫，还有人类等等。上帝非常满意他所创造出的这个世界，也非常满意他创造出来的所有生物。他"工作"了六天，觉得很累了，需要休息。于是，上帝赐福给这一天，圣化它，把它定为特别的日子，规定这一天为"圣安息日"。这是因为，在第七天中，上帝完成了他所有的伟大的创造，他在这一天里停止工作，安息了。

后来，人们把上帝创世所用的时间设为一个小周期，称为"星期"。因为上帝给一个星期中的第七天赐了福，又将这一天定为"圣安息日"，所以人们就把星期天作为休息日，又把它称为"安息日"。

亚当夏娃

［希伯来］

上帝在创世的第六天，按照自己的样子用泥土创造出了世间万物的主宰——人，并给他取名为"亚当"，意思是"人类"。上帝在东边的伊甸开辟了一所乐园，把亚当安置在里面。

伊甸园是西方的人间天堂，地面上生长着各种各样的树木，树上不仅能开出好看的花，而且还能结出美味的、可以作为食物的果实。院子里还有两棵神奇的果树：一棵是可以让人拥有永恒生命的生命树，另一棵是可以让人分辨善恶的智慧树。有一条河在园子里流淌，滋润灌溉着园中的土地，之后，这条河流出伊甸园，然后分为四条支流。

上帝让亚当看管伊甸园，并吩咐他说："园中的各种果实都是你的食物，在你饥饿的时候，你可以取用它们。但是有一点，园中那棵善恶树上的果子你是无论如何也不能吃的，因为吃了它，你就会死去。"亚当牢记了上帝的告诫。

上帝觉得他一个人很孤独，就造出了各种鸟兽鱼虫，并把它们带入伊甸园里。亚当看到这些动物时一一给它们取了名字，但没有找到一个和自己一样的生物，所以他依然感到很孤单。于是，上帝使他沉睡，在离他心脏最近的地方取出一根肋骨，又把肉连起来，创造出了另一个人，并取名"夏娃"，意思是"生命之源"。

亚当看到夏娃时又惊又喜，他说："她与我骨肉相连，是我的骨中骨、肉中肉，她是从男人身体里面取出来的，就叫她女人吧。"因为亚当的这番话，我们后世的男人和女人要离开抚养我们的父母，彼此结合，融为一体。从那以后，亚当和夏娃共同管理着伊甸园，因为他们没有"智慧"，所以他们虽然是赤身裸体的，但彼此之间并没有感到羞耻。

在当时，伊甸园中所有的动物都非常温顺，也很善良，他们与亚当和夏娃相处得非常融洽。但是，有一种动物却十分狡猾，那就是蛇，因为它已经被魔王撒旦附体。撒旦原本是上帝的使者，因为反对上帝而堕落成了魔鬼的首领。他怀恨在心，一直寻找机会报复上帝。

撒旦以蛇的姿态出现在夏娃的面前，试探着对她说："上帝真的不允许你们吃这伊甸园中所有的果子吗？"夏娃对蛇没有丝毫的戒心，她如实地回答说："上帝允许我们食用这园子里各种果子，但只有那棵分辨善恶树上的果子是不能食用的。因为上帝说吃了善恶树上的果子，我们会死掉的。"

蛇用狡猾的语气对夏娃说："上帝是在骗你们，你们吃了那善恶树上的果子，根本不会死掉。他之所以那么说，是因为你们如果吃了树上的果子，你们就会拥有智慧，你们就会和他一样眼睛明亮，能够分辨善恶。"

夏娃听了蛇的话以后，心中对上帝的信仰开始动摇。她看到善恶树上的果子的确非常的好看，也非常的鲜嫩，而且她从蛇那里得知，吃了树上的果子，就可以和上帝一样拥有智慧，所以，夏娃便把上帝对她的告诫抛在脑后。她伸出手，摘下果子，吃了下去。不仅这样，她还从树上摘下另一颗果子，让她的丈夫——亚当也吃下去。

亚当和夏娃吃了果子后，果然和蛇说的一样，眼睛明亮了，精神清晰了。他们真的有了智慧，有了

人类的堕落

亚当羞涩地遮住身体的某个部位；夏娃摘下一只苹果正准备给亚当，而亚当不由自主地、顺从地举着手去接；变成人蛇的撒旦眼含渴望，这种表情激起亚当夏娃的同情，也是他们堕落的诱因。

自我意识。他们发现自己赤裸着身体，于是就用无花果的叶子为自己编织裙子，围在腰上用以遮掩羞处。

人类违背上帝的意愿，为以后受苦受罪种下了祸根。他们必须为此付出代价，必须要世代救赎这无尽的罪孽，因为他们放弃了对上帝的信念，丢弃了上帝对他们的告诫，辜负了上帝对他们的信任。

傍晚时分，上帝来到伊甸园，亚当和夏娃听见上帝在园中行走的脚步声。他们有了智慧，他们心中有了负罪感，他们觉得不能出来见上帝，于是他们开始在园子里躲避上帝。

上帝没有看到亚当和夏娃，没有看到那两个纯真善良的人，他在园中呼喊道："人，你在哪里？"亚当听见上帝的呼唤，回答说："上帝！我在园中听见了您走近的脚步声，心里非常的害怕。因为我没有穿衣服，我是赤身裸体的，我不能出来见您。"

万能的上帝此时已经知晓，这个由他创造出来的人已经违背了他的意志。他责问道："你怎么知道你是赤身裸体的？是谁告诉你的？难道你已经吃了那善恶树上的果子？"

亚当回答说："是夏娃，是您赐给我做伴的那个女人摘下树上的果子给我吃的。"

上帝回头问夏娃："你都干了些什么？你怎么可以做出这种事来？"

夏娃赶忙辩解道："我是受蛇的引诱才去吃那树上的果子的。"

上帝很是伤心，但他知道这已经是不能挽回的事了。他要惩罚他们，要让他们得到应有的报应。

第一个要惩罚的就是蛇。上帝对蛇说："你干出了如此卑劣的事，要受到诅咒，比任何的牲畜野兽都严重。你将用肚子在地上爬行，泥土会是你的粮食。你还要与夏娃结下仇怨，而且世代相传。她们会打伤你们的头，而你们则要咬伤她们的脚跟。"

接下来是夏娃，上帝对她说："我必加深你怀胎的痛苦，在你分娩的时候也必须受到极大的痛楚。此外，你还要永远永远依赖你的丈夫，听他的管束，做他的仆人。"

最后轮到亚当，上帝对他说："你没有听从我的警告，却听从你妻子的话，吃了那不该吃的禁果，土地将会因为你而受到诅咒。你一生都要在土地上艰苦

的劳作，只有那样，你才能获得地里长出的粮食。此外，荆棘和蒺藜将会伴你终生。你还要吃野生土地上长出来的植物，而且你必须汗流满面才能养家糊口，维持生计。你的一生将充满艰辛，直到你最后归回大地中的尘土。因为你本就是尘土，所以最终还是要回归尘土。"

说完后，上帝把亚当夏娃赶出了伊甸园。为了不让亚当和夏娃返回伊甸园，为了防止他们或他们的后代来偷摘伊甸园里生命树上的果实，上帝派基路伯（上帝的天使）把守在园子的东边，并在通往生命树的路上放了一把四面旋转能发出火焰的宝剑。

更多资源获取
扫码

逐出伊甸园

家园和幸福忽然变成流浪和苦难，亚当将脸埋在痛苦的忏悔中，夏娃则用手护着身体，她无法忍受这可怕的暴露，她扬着脸、张着嘴，发出了原始的尖叫。

最早的天神

[北欧]

据说北欧人最早的世界，一切都是不可知的。宇宙这个东西只不过是一个名字，它没有实体、没有形状，看不见、摸不着，没有人知道它从什么地方来，会到什么地方去。那时的宇宙非常奇妙，到处都是一片黑暗，有一种奇怪的东西在里面孕育生长。这种东西也是看不见、摸不着的，但却是存在的，它的名字叫作奥尔劳格，即"万物的主宰"的意思。

在这最初的宇宙中，天、地、空气、雨水、云层等都是不存在的，只有在那没有起点也没有终点的浩瀚的太空中央，有一个巨大的、无底的深渊，这个深渊被称为"金恩加格"。

"金恩加格"是个可见的实体，因为它有起始和终止的地方。在"金恩加格"的尽头，有一个看不见但是能感觉到的

挪威的雪山

北欧寒冷的气候，使得此地区的先民在试图解释世界的尝试中，也带有一丝寒气。只有在北欧的神话中，才会出现巨大的冰山、霜巨人等独有的东西。这些霜巨人的存在，也是人类童年时期对寒冷气候的另一种诠释。

世界。那个世界是黑暗的，根本找不到一丝光亮，但是其中却有细微的、淡淡的风和雾。这个奇妙的世界被称为"尼弗尔海姆"。

在"尼弗尔海姆"中有宇宙中最宝贵的东西——水源。那是一股永远不会枯竭的泉水，名叫"赫瓦格密尔"。它永不停止地翻腾着，把能够孕育生命的水顺着十二条道路输送到一座名叫"埃利伐加尔"的大山那里。

当那源源不断的水流向"埃利伐加尔"时，由于受到"金恩加格"无尽的

寒冷气息的影响，结成了巨冰。久而久之，那些从"尼弗尔海姆"流出来的水，变成了许许多多巨大的冰山。有些处在边缘的冰山掉下深渊，发出巨大的、雷鸣般的响声。

慢慢地，世界产生了方向。在"金恩加格"的南方，出现了一个由熊熊火焰组成的世界，被称为"穆斯帕尔海姆"。熊熊的火焰不停地燃烧着，产生了一个巨大的火焰巨人，他的名字叫作苏尔特尔。苏尔特尔力大无穷，脾气暴躁。从出生起，他就无时无刻不在守候"穆斯帕尔海姆"。

水和火是不能相容的，因此苏尔特尔十分憎恨那些由水变成的巨大的冰山。他总是用那把由烈火变成的大剑去砍那些冰山。火焰神剑每砍一下冰山，巨大的响声就会响彻宇宙。久而久之，那些冰山被苏尔特尔破坏的熔化了一大半。

冰融化了，产生的是带有温度的水蒸气。这些水汽上升着，又一次回到了"金恩加格"的附近。寒冷的温度再一次把它们凝结在一起，不过这次不是冰，而是变成了寒霜。寒霜的体积是很轻的，因此它在广阔的宇宙中飘散。经过很长时间的积累，冰霜遍布了整个宇宙。

在"万物的主宰"奥尔劳格的支配下，宇宙发生了神奇的变化。一个庞大无比的巨人从"金恩加格"周围的冰山上产生出来。这个巨人因为是从寒霜中产生的，所以被称为霜巨人。他有一个响亮的名字，叫作伊米尔。

伴随伊米尔的出现，世界上第一个动物也出现了，那就是大母牛奥德姆拉。这一切都是奥尔劳格的意志，因为新生的伊米尔需要足够的食粮。奥德姆拉身材健硕、奶水充足。它有四个乳头，不时地喷射出四股极粗的乳汁。伊米尔跪在奥德拉姆身下，用那张巨大的嘴巴贪婪的吸食着奶水，他的身体成长得非常迅速。

为了满足伊米尔对食物的需求，大母牛奥德拉姆也必须不停地进食。不过，它的食物很简单，那就是盐。这些食物很容易就能得到，因为在母牛的身旁都是巨大的冰山。它用那粗壮的舌头舔舐这冰，然后从里面获得了足够的盐。

被奥德拉姆舔舐的冰也融化了，不过它们并没有简单地变成冰霜。由于奥德拉姆间接地把灵气输送给了这些冰山，因此从里面诞生出了一个有手有脚的天神来。这个巨人被称为祖神，他的名字叫作勃利，即"产生者"意思。紧接着，勃利又生出了一个新的天神，名叫勃尔，即"生产"的意思。

伊米尔并不知道勃利已经出生了，此时正在熟睡之中。这是命运的安排，是奥尔劳格的意志。在伊米尔腋下产生了许多的汗水，而汗水中又生出了一对双胞胎兄妹。接着，又从伊米尔的脚上生出了一个长有六个巨头的可怕巨人，名叫瑟洛特格尔密尔。瑟洛特格尔密尔为了壮大自己的力量，不久后又生出了巨人勃尔格尔密尔。就这样，最原始的邪恶霜巨人集团成立了，他们注定要和勃利代表的天神集团进行战斗，而且这种战斗是永无休止的。

霜巨人们发现了勃利和他的儿子勃尔，憎恨从那时候就产生了。霜巨人与天神展开了战斗。以伊米尔为首的霜巨人是邪恶的代表，以勃利为首的天神是正义的代表。伊米尔对天神恨之入骨，他发下毒誓，除非他和勃利之间有一个人倒下，否则战斗就永远不会结束。

战斗持续了很长时间，双方虽然互有胜负，但是谁也没能彻底击败对方。后来，勃利在一次战斗中被伊米尔杀死。本来战斗可以结束，但是勃尔却发誓要为父亲报仇。他娶了女巨人贝丝特拉为妻，不久后生下了三个儿子，他们分别是：代表着精神力量的奥丁、象征着坚强意志的维利、具有神圣血统的伟。

这三个新生天神的出现，打破了僵持的局面。天神一方马上占领了战斗的主动权。最后，在天神们共同的努力下，霜巨人的首领、可怕的伊米尔终于被杀死。按照巨人族的誓言，伊米尔死时，他的鲜血将全部喷射出去。就这样，所有的霜巨人都被伊米尔的鲜血淹死，唯一幸免的只有勃尔格尔密尔和他的妻子。他们逃到了世界的边缘，并在那里建造了一个名叫"尤腾海姆"的巨人之国。虽然他们不能再像以前那样强大，可是却没有停止过对和平世界的骚扰。

胜者为王，天神们取得了最后的胜利，那么他们自然也就成了世界的主宰。他们把自己一族统称为亚瑟神族，并且准备着手建造一个适合居住的、美丽的、充满生机的世界。

霜巨人伊米尔吸吮大母牛奥德姆拉的奶汁
伊米尔与大母牛在冰山上，左边的冰中产生了祖神勃利，在勃利的下面是天神勃尔。

创造天地

[北欧]

第一次神族与霜巨人的战争结束了，霜巨人首领伊米尔被杀死。奥丁和他的兄弟以及其他的天神们经过商量，决定用伊米尔的尸体创造一个新的世界。

创造工作开始了，天神们把伊米尔的尸体丢进了"金恩加格"，然后用它身上的肉做成了坚实的大地，并把大地放在了"金恩加格"的正中央。就这样，这个世界先有了广阔的陆地。接着，天神们又把伊米尔的眉毛拔了下来，然后用它建造了一堵非常高的墙。这堵墙，就是大地与宇宙天空的分界线。

下一步是创造海洋。天神们选择了伊米尔的血液和汗水作为原料，使这些液体围绕在伊米尔肉体组成的大地的周围。伊米尔血液和汗水远远比他的肉体面积大，因此直到今天地球上的海洋面积依然要比陆地面积大的多。

虽然有了海洋的陪衬，但是世界还是显得单调，于是天神们又用伊米尔的骨骼创造了层层叠叠的山峰，用他的牙齿创造了坚硬的石头。大地开始变得有些形状了，不过就是颜色还是过于单调，所以天神们又用伊米尔的毛发创造了花草树木，使世界的色彩更加丰富。

与其他神话不同，在北欧人的创世神话中，天空被创造时间是较晚的。当上述工作完成了，天神们取出了伊米尔的颅骨，把它放置在无垠的海面上，这就是天空。天神们又取出了他的脑子，做成了白色的、厚厚的云。

创造天地的工作到这里算是告一段落了，可是问题马上就出现了。用伊米尔颅骨造成的天空分量太重了，随时都有掉下来的危险。为了防患于未然，天神们决定造出四根"擎天柱"。就这样，支撑天空的四位矮人诞生了，他们分别是东方矮人奥斯特里、西方矮人威斯特里、南方矮人苏德里、北方矮人诺德里。这四个矮人从出生起就一直支持这天空的四个角落，到现在也没有休息过。

新世界的雏形总算是完成了，不过天神们老是觉得缺点什么。哦！对了！是光明！没有光明的世界是可怕的、是没有生机的。于是，天神们来到了火巨人苏尔特尔把守的"穆斯帕尔海姆",从那里取来了熊熊的烈火。

装点世界的时刻到了,大神们抓起一大把火,使劲把它们抛向空中。火团变成了无数的火星,布满了整个天空,那些火星就是我们今天看到的星星。现在还剩下两块较大的火堆,天神们决定用它们创造发光的天体。

他们挑选了一块较大的火堆,用他来做照耀白天的太阳。天神们找来了两匹健硕俊美的马,让它们拉一辆盛有太阳的金色的车。这两匹马十分高大,周身也没有一丝的杂毛,其中一个被称为"阿尔瓦克",即"早醒者"的意思;另一位则被称为"阿尔维斯",即"快步者"的意思。

这两匹天马平时十分听话,可这次不知怎么了,死活不肯套上缰绳。天神们很快就找到了原因,原来太阳的温度太热了,阿尔瓦克和阿尔维斯受不了它的热力。于是,众神在阿尔瓦克和阿尔维斯肩下装上两个很大很大的皮囊,这样它们就不会被烤焦了。此外,天神们有在金车前面加上了一个巨大的盾,这么做一是为了防止金车被烧坏,二是防止大地被太阳烤焦。

接着,天神们又用那块较小的火堆造出了月亮。月亮的温度远没有太阳热,因此处理起来也就比较容易。天神们也找了一辆车子用来盛月亮,然后让一匹名叫亚斯维德尔(意思是永远迅速者)的骏马负责拖拉。

太阳马车
在北欧神话中,太阳被装在一辆金色马车里。太阳马车穿过天空,白天就来临了。这与希腊罗马神话中解释白昼来临的神话相似。

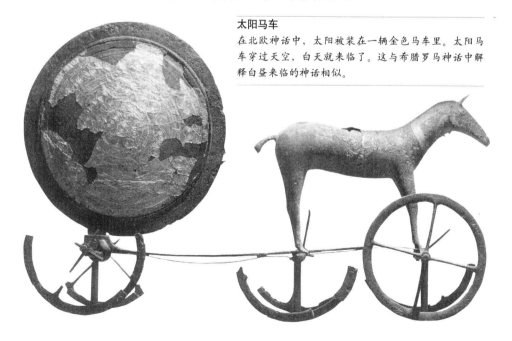

　　马和车都有了，但是没有驾驶者。经过商量，众神选择了巨人蒙迪尔法利的孩子，一对双胞胎兄妹。其中，女儿苏尔是火焰巨人苏尔特尔的儿媳妇，抵御炎热的能力比较强，因此就由她担任太阳车的驾驶者，苏尔也就顺理成章的成了太阳女神；儿子玛尼则担任了月亮车的驾驶者，成为月亮神。

　　为了使白天和黑夜能够更好地区分开，天神们又创造出了两位新的天神。其中，黑夜女神名叫诺特，是巨人诺维尔的女儿。天神们给了他一匹黝黑的马，名叫赫利姆法克西，即霜之马的意思。诺特每天都会驾着它从天空飞过，给大地送去寒霜和晨露；白昼天神名叫达格，是诺特和黎明之神的儿子。天神们给他了他一匹很白的马，名叫斯基法克西，即光之马的意思。达格每天也驾着它从天空飞过，给大地送去光明和温暖。

　　他们又把一天分成了清晨、上午、中午、下午、黄昏和子夜，并且派出了不同的天神掌管各个时段。同时，他们还把一年分成了四个季节，不过这四个季节是由两位天神掌管的，那就是夏之神斯瓦苏德和冬之神文德苏尔。

　　正当天神们忙得不亦乐乎的时候，意外的事情发生了。大地发生了奇妙的变化，从里面生出了很多像蛆一样的新生命。天神们知道他们是伊米尔的后代，但是并没有伤害它们，反而赐给它们形状和智慧。诸神把它们分成了两部分：一部分身材矮小、皮肤黝黑、性情狡猾，他们必须居住在地下，而且白天的时候不允许来到地面，这些小东西被称为"侏儒"；另一部分则身材轻盈、皮肤白皙、性格温顺，他们可以居住在山川大河，终日可以嬉戏玩耍，这些小东西被称为"精灵"。

　　创造工作完成了，天神们也该找个地方休息了。最后，他们来到了一块大平原上，在那里建了一座高大的城堡，奥丁神和十二位男神以及二十四位女神一起在那里生活着。这块广阔的平原被称为阿瑟加德。为了防止悲剧重演，奥丁神制定了非常严格的法律，那就是天神种族之间是不允许发生流血事件的。

　　从那以后，天神们过上了快乐的生活。

雷神托尔

[北欧]

雷神托尔，北欧农民最崇拜的天神，因为当第一声天雷响彻北欧上空时，寒冷的冬季行将结束，大地将从沉睡中苏醒，万物将迎来期待已久的春天。

托尔是奥丁主神的第一个儿子，是他与大地女神乔德结合所生。他身材魁梧，力大无穷，刚刚出生就能举起十大包熊皮。在阿瑟加德诸神中，他的地位仅次于奥丁。托尔为人耿直、疾恶如仇，凡是自己看不顺眼的事都要反对。此外食量非常大，又很能喝酒，而且吃东西的时候也没有什么文雅可言，所以用"粗犷"两个字来形容他是再合适不过。

托尔在诸神中是出了名的脾气暴躁，他的母亲自认为无法抚养，就把他托付给维格尼尔和赫萝拉这两位天神。他是天神中唯一一个被允许不走那虹桥的神，因为奥丁怕他沉重的脚步把桥毁掉。正是因为托尔的脾气火爆，所以所有天神都让他三分。不过，托尔也是天神中最有法力的神。雷神锤是托尔的武器，也是雷霆的象征，

雷神托尔的力量

托尔的力量及他的神锤，象征着神族对霜巨人威胁的抵抗。尽管托尔有限的力量不足以抵抗霜巨人及魔鬼的进攻，最终托尔还是消灭了巨人族的首领，使巨人族无法再威胁世界的和平。

凭借它托尔击退了霜巨人多次的进攻。

虽然霜巨人们一直没能打败亚瑟诸神，但是却常常将凛冽的寒风刮到世界，于是托尔决定前往霜巨人的老巢——尤腾海姆，断了这个可恶的祸根。火神洛基自告奋勇与托尔同去，希望能助托尔一臂之力。在路上，两位天神投宿在一户农民的家里，机缘巧合收了一位新的随从——提亚尔菲。

闲话休提，托尔、洛基和提亚尔菲这主仆三人很快就踏入了尤腾海姆的地界。

傍晚到了，三位天神发现在路边旁边有一所高大的房子，于是他们决定在这里过夜。

清晨的阳光刺开了托尔的双眼，他站起身来，察看了一下周围的环境。突然，托尔大声喊道："洛基、提亚尔菲，快起来，你们看，这房子简直太奇怪了！"

雷神之锤

洛基的脸上写满了不情愿，嘟囔着嘴说："什么事大惊小怪的啊？这不过是一座房子而已，有什么奇怪的！"

托尔白了他一眼，说道："你们有没有发现，这所房子只有门口，没有大门，而且找不到一扇窗户。"

提亚尔菲也发现了这奇怪的现象，接过来说："是的！我的主人说的一点都没错。我看这个房子一定有古怪，我们还是快出去吧！"

当三位天神从房子里走出来时，突然听见一声炸雷般的问候，"早上好，三位天神，昨晚睡得好吗？"

托尔吓了一跳，赶忙拿起雷霆锤。他们发现刚才的炸雷声是从一个身材异常高大的巨人口中发出的。托尔警惕地说："你想做什么？这个房子是你的吗？对不起，我们并不知道那是你的。"

没想到巨人却哈哈大笑起来，说："房子？什么房子？那是我手套的大拇指！别害怕，我不会伤害你们的。我叫斯克利密尔，是尤腾海姆的巨人，很高兴引导你们前往我们国王的宫殿。"

天啊！三位天神着实吃了一惊。托尔在亚瑟神中是出了名的个头足，可是在斯克利密尔面前简直连个孩子都不是。托尔定了定神，然后说："谢谢！很高兴认识你！我们愿意接受你的好意。"就这样，三位天神加一位巨人，一起踏上了前往巨人之王宫殿的路程。

傍晚到了，斯克利密尔一屁股坐在地上，大声说道："好了！我们该休息一下了！这个包袱里面有食物，解开它你们就能享用美味的晚餐了。"说完，他把一个巨大的包袱扔给了托尔，然后倒地睡着了。

托尔接过了那个包袱，打算把它解开。尽管托尔使出了浑身解数，但依然没能打开包袱。洛基和提亚尔菲也都试了，也没能打开它。其实，只要叫醒斯克利密尔，他们就能享用晚餐了。可是碍于面子，他们只好忍饥挨饿，熬到天亮。

夜很深了，斯克利密尔睡得非常香甜，可是托尔却无法入睡。原来斯克利密尔的鼾声太大了，和火山爆发时所发出的声音不相上下。托尔恼羞成怒，拿起雷霆锤，重重地向斯克利密尔的脑袋砸去。可是他连砸了三下，不但没伤到斯克利密尔一丝一毫，反而使他的鼾声更响。没办法，三位天神只好忍到天亮。

第二天早上，斯克利密尔并没有感觉有什么地方不对。吃过早饭后，斯克

雷神与霜巨人
雷神托尔拿起雷霆锤，重重地向霜巨人斯克利密尔的脑袋砸去。

利密尔指点托尔去往国王宫殿的道路，然后与他们分了手。就这样，托尔他们终于见到了霜巨人的国王——乌特加德罗基。

乌特加德罗基的嘴角都快和肚脐连上了，眼皮抬都不抬一下，傲慢地说："这就是所谓的天神？哼！真是太可怜了！我们这里的婴儿都要比你们身材高大！可怜的小矮人，别在这里丢人现眼了。"

火神洛基第一个按捺不住，站出来说："是吗？既然你如此轻视我们，敢比赛吗？"

乌特加德罗基的表情更夸张了，说道："好啊！比就比！说吧！比什么？"

"比吃饭，"洛基大声说，"找一个很大很长的盘子，里面放满肉，我们分别从两头开始吃，看谁吃得多。"

比赛开始了，霜巨人的代表是厨子罗吉。火神吃得很快，一会的工夫就吃到了盘子的中央。可这时他发现，那名不起眼的厨子罗吉早已将肉、骨头和盘子一起吃光了。这样，第一场比赛洛基输了。

第二场比赛开始了，这次是提亚尔菲和一个名叫修基的小孩子比赛跑。结果不用说，当然是修基取得了胜利。

轮到托尔出场了。他首先提出要和巨人们比喝酒，乌特加德罗基命人取出一个盛满酒的牛角杯。托尔的酒量是很大的，可是这次不管他怎么喝，牛角杯中的酒都不见减少。没办法，托尔又提出比力气，乌特加德罗基唤来了一支灰色的猫。托尔使出了吃奶的劲，可是最终也只能把它的一只脚抬离地面。最后，托尔提出比赛摔跤。乌特加德罗基居然派出了老得都要"掉渣"的乳母爱莉。尽管托尔使出了所有的劲头和技巧，但最终还是失败了。他们只能选择离开。

第二天，乌特加德罗基亲自送他们出城，临别前道出了秘密。原来，斯克利密尔就是乌特加德罗基，手套、包袱以及打不烂的头，都是魔法。至于比赛，罗吉是可以烧尽一切的野火，小孩修基是思维，牛角杯直接与大海相连，灰猫则是大蛇米德加德，至于老乳母爱莉，其实是任何人都不能抗拒的衰老。

听了乌特加德罗基的叙述，托尔觉得受到了莫大的屈辱，愤怒地把雷霆之锤扔向他。可是，锤子划过天空落到了地下，乌特加德罗基也不知所踪。

战神提尔

[北欧]

　　北欧人生性好战，因此战神提尔理所当然地成为他们崇拜的偶像。提尔是奥丁主神与众神之后芙莉嘉的儿子。他有两件法宝：一件是侏儒德瓦林所铸的宝刀，另一件是坚硬的白盾。通常，提尔的形象是左手持刀，右臂处挂着盾牌。可能有人会问，战神为什么不用手拿盾牌啊？因为这位北欧人的战神是没有右手的。那么提尔是怎么失去右手的呢？这一切又是那个爱捣蛋的火神洛基造成的。

　　火神洛基生性风流，有一次他竟然私自与尤腾海姆的女巨人安格尔波达结合，结果生下了三个可怕的怪物，他们分别是巨型苍狼芬利尔、世界大蛇尤蒙刚德以及死亡女神赫尔。世界很快就被他们搅得不得安宁。

　　奥丁主神知道了这件事后，非常生气。他害怕如果放任它们胡作非为，将来会控制不了他们的邪恶法术。于是，主神冒着危险来到了巨人之国尤腾海姆，把这三个怪物抓回了阿瑟加德。接下来的任务就是如何处置它们三个了。碍于火神洛基的面子，杀了他们肯定是不行的。可是又不能把它们留在阿瑟加德，那样天界肯定会大乱。最后，奥丁主神想出了一个两全其美的办法。

　　赫尔的模样非常奇怪，她一半是美丽的女神，另一半则是可怕的骷髅。奥丁派她前往死亡地下，在那里掌管死人的灵魂，因此赫尔也就成了死亡女神。至于那条令

战神提尔像

人生厌的毒蛇尤蒙刚德，奥丁则把它扔进了大海里，让它永远镇守在那里。

现在只剩下巨型苍狼芬利尔了，这可是个难缠的家伙。芬利尔不仅凶猛强悍，而且野性十足，不服任何人的管教。不过它的这股野劲倒是得到奥丁的另眼看待，奥丁决定把它留在阿瑟加德，希望有一天能使它"皈依正果"，成为有用之才。

其他的天神可犯起了嘀咕，这个芬利尔可不好惹，谁要是靠近它准会倒霉。因此当奥丁询问有谁愿意喂养芬利尔时，没有一位神表示愿意接受任务。

奥丁对他们的做法十分生气，怒吼道："你们这些胆小的家伙，一个芬利尔就把你们吓成这个样子，平时你们一个个不都是挺神气的吗？"

一个英武的少年高声叫道："父神奥丁，请您不要生气好吗？我愿意接受这项艰巨的任务，因为它充满了挑战性，而我战神提尔则是无所畏惧的。"

奥丁满意地看着战神，说道："很高兴能有你这样的儿子。从今以后，芬利尔的喂养工作就由你担任了。"

就这样，战神提尔每天都按时地给芬利尔送来食物。不过这头苍狼似乎并不领情，吃过食物后依然对这战神狂啸。芬利尔的身体一天天的强壮起来。这种情况使得其他亚瑟天神十分害怕，因为他们担心有一天芬利尔会挣断铁链，然后把他们一个个都咬死。

天神们召开了一次会议，商量如何除掉芬利尔。杀了它是不行的，因为奥丁订下过法律，不允许在阿瑟加德境内发生流血事件。天神们决定用一条坚硬的铁链把芬利尔捆住，那样它就不会作恶了。于是，天神们制了一条又粗，又结实的铁链，来到了芬利尔的面前。

还没等天神们靠近芬利尔，它已经张开血盆大口，对着它们叫了起来。天神们都被芬利尔可怕的样子吓住了，谁也不敢用铁链去捆它。

正在尴尬的时候，有一位聪明的天神说道："嘿！芬利尔！先别激动，我们是来看你的。"

芬利尔知道诸神不怀好意，大声说道："你当我是三岁小孩子啊！你们来看我？哼！你们想杀我才对吧！"

那位天神笑了笑说道："开什么玩笑，你是主神奥丁最喜爱的宠物，我们怎么会伤害你呢？"

虽然对天神的话半信半疑，但是芬利尔已经有些放松警惕。那位天神又说："芬利尔，我们听奥丁神说，你是世界上力气最大的动物，任何绳索都不能把你捆住！我们不相信，因此我们合力打造了一条非常结实的铁链，想看看你能不能把它挣断。"

芬利尔一向狂妄，根本没把天神的话放在心上，轻蔑地说："是吗？那就来吧！我就不相信有什么东西能捆得住我。"

被锁链拴住的芬利尔狼

天神们见芬利尔上了当，心中窃喜，可是这种喜悦之情很快就消失了。原来，芬利尔根本就没费什么力气就把那根在天神看来根本无法挣断的铁链挣断了。

后来，天神们又找来几根铁链，但都没能困住芬利尔。没办法，天神们只好再一次求助于黑侏儒，求他们打造一条世界上最结实的绳索。很快，这条绳索就完成了。不过它并不是想象中的又粗又壮，相反却是一条又细又滑的线。

天神们故伎重施，当他们拿出那条细绳时，芬利尔这次却拒绝了。因为它觉得天神们是要加害自己。为了让芬利尔相信，天神们答应可以满足它提出的任何条件。芬利尔想了想说："如果我不答应你们，你们肯定会说我胆小如鼠的！但是为了保险起见，你们必须有个人把手臂放进我的嘴里，那样的话我才能放心。"

芬利尔太狡猾了，这道题的确是把天神们难住了。正在为难的时候，战神提尔表示愿意把手臂放进它的嘴里。事情进行得很顺利，芬利尔终于被捆住了。细绳越来越紧，几乎要勒得芬利尔断气了。正当它想呼救时，突然看到了天神们幸灾乐祸的表情。芬利尔知道上当了，于是它一口下去，就把战神的胳膊咬掉了。

从那以后，提尔就成了独臂战神。

光明及黑暗之孪生神

　　光明神与黑暗神是奥丁与芙莉嘉所生的一对孪生子。虽是亲兄弟，但是从外貌和性格上却截然相反。光明神巴德尔相貌英俊，性格开朗。他的脸上永远挂着那迷人的微笑，任何人看见他都会产生倾慕之情；而黑暗神霍德尔双目失明，且终日阴沉着脸，沉默寡言，不愿意和任何人打交道。

　　不知从何时起，一向快乐的巴德尔变得不爱说话，脸上的笑容也不知所踪。奥丁和芙莉嘉都很担心他，就问是什么原因。原来，巴德尔最近一直被噩梦侵扰，老觉得自己会被人杀死。奥丁和芙莉嘉隐约感到了事态的严重性。为了预防万一，芙莉嘉让宇宙万物发誓永远不会伤害巴德尔。因为巴德尔十分讨人喜欢，所以这件事办起来并不困难。不过，芙莉嘉忘记了让瓦尔哈拉宫外一棵橡树上的槲寄生发誓，她认为槲寄生又小又弱，是不可能伤害到巴德尔的。

　　奥丁也没闲着，他骑上自己的神马，来到了死亡的国度，希望从长眠在那里的女预言家伐拉口中得到一些消息。当他经过赫尔的宫殿时，发现里面正在大摆宴席，好像是在准备迎接什么贵客似的。

　　当伐拉被咒语唤醒时，奥丁对她说："尊敬的女预言家伐拉，我是一个世间的普通人，我想请问你，今天冥界为什么举行宴会，他们是在迎接谁呢？"

　　伐拉没有察觉眼前这个人就是奥丁，坦诚地说："既然你不辞辛苦地来到这里，我就把一切都告诉你！赫尔知道，在不久的将来，阿瑟加德的

光明神巴德尔像
一个充满爱心、具有温柔灵魂的神，无论他到哪里就把光明与善意带到哪里。由于火神洛基的嫉妒，他不幸死于亲兄弟之手。

光明之神巴德尔将会来到地府。这里所有的一切都是为了迎接巴德尔准备的。"

奥丁吃了一惊，继续问道："是吗？天上的神也会死吗？您能告诉我谁会杀死光明神巴德尔吗？"

伐拉依然没有察觉，说道："天上的神也会被杀死，世界就是这么创造出来的！凡人是不能伤害天神的。杀死光明之神巴德尔的，不是别人，正是他的孪生兄弟，黑暗之神霍德尔。"

伐拉的回答大大出乎奥丁的意料。奥丁又问："真是太可怜了，居然被自己的兄弟杀死！难道巴德尔就那么白白地死去吗？难道就没有人为他报仇吗？"

伐拉已经被问得有些不耐烦了，但还是耐着性子回答说："不！巴德尔不会白白死去，将来会有人替他报仇的！巴德尔死后，奥丁神会和一个名叫琳达的女神结合，然后生出一个男孩，名叫伐利。他从出生起就肩负着复仇的使命，他将不洗脸、不梳头，这一切都会在他杀死黑暗之神霍德尔之后结束。"

奥丁神穷追猛打，继续问道："那么这件事是因什么而起的呢？是什么让霍德尔杀死巴德尔的呢？谁又不会为巴德尔的死伤心呢？"

啰唆的奥丁引起了伐拉的怀疑，她睁眼看了看，才发现眼前这个人就是奥丁。于是，伐拉不再回答奥丁提出的任何问题，重新躺进了棺材里，再也不起来了。

奥丁把自己知道的一切都告诉了妻子，当他得知宇宙万物已经发过誓不会伤害巴德尔后，心中的石头总算落了下来。巴德尔的心情也异常兴奋，重新回到天神中间，与大家一起嬉戏玩耍。玩耍时，众神提议见识一下巴德尔的本领，因为大家都知道万物的誓言了。巴德尔也是一时兴起，就答应了诸神的要求。

果然，不管是刀枪剑戟，还是长矛弓箭，都不能伤害巴德尔一丝一毫。当那些武器掷向巴德尔时，都会自动坠落下来。天神们一个个玩的非常开心。但是有个人却躲在角落中，恨得牙根痒痒，这个人就是火神洛基。

洛基早就对巴德尔不满，因为他的光芒盖过了自己的火焰。他不相信巴德尔没有弱点，于是就变成一个老妇人的模样，来到了芙莉嘉女神身旁。洛基试探着问："真是恭喜您了！您看你的儿子多神勇啊？任何东西都不能伤害他！不过我觉得您应该好好想想，看看有没有什么东西没有起誓！"

芙莉嘉并不知道他就是洛基，笑着说："没什么可担心的，所有东西都发过誓了！只有殿外橡树上的槲寄生除外。它太弱小了，没有能力伤害巴德尔。"

　　洛基得到了想要的答案，于是就退出宫殿，把槲寄生摘了下来。火神施展了一种神奇的魔法，槲寄生很快就变得又粗又大，而且十分坚硬。洛基把他制成了一个小小的木棒，然后来到了黑暗神霍德尔那里。

　　火神对霍德尔说："怎么了？你为什么不去参加游戏呢？你看他们和你的兄弟巴德尔玩得多开心啊！你也应该参加的。"

　　霍德尔一脸阴沉地说："对不起，对那种无聊的游戏我没兴趣，而且我觉得你是在挖苦我，明知道我是瞎子，怎么能去玩那种投掷游戏呢？"

　　洛基笑了笑，接着说："看你说的，谁规定看不见东西就不能玩投掷游戏了！你看……"说着，洛基把那根木棒塞进了霍德尔的手里，接着说："这根木棒怎么样？你可以用它投掷啊！你不要担心会伤害你的兄弟，因为世间万物都起过誓了，谁也不会伤害到巴德尔的！怎么样？扔出去吧！让其他神看看你的本事。"

　　霍德尔没有禁得住火神洛基的引诱，也许在他心中也十分渴望能参与到游戏中去，只不过平时他太自卑了。黑暗之神拿起了木棒，然后毫无目的地，使出全身力气把它抛了出去。伐拉的预言实现了，木棒不偏不倚地插进了巴德尔的要害，光明之神死了。

　　本来，巴德尔还有机会复活，但是在洛基的阻挠下没有成功（赫尔答应芙莉嘉，如果世间万物都为巴德尔的死哭泣的话，就让他返回阿瑟加德，但是洛基化身的女巨人索克却不肯流一滴眼泪，因此巴德尔就永远留在地府）。后来，奥丁和琳达结合，生下了伐利。最后，伐利杀死了霍德尔，替光明神报了仇。

光明神巴德尔之死
洛基嫉妒光明神巴德尔的灿烂光芒，于是他设下圈套，借助黑暗神之手，利用槲寄生没有发誓的机会，导致了光明神的死亡。

建造众神之家

［北欧］

诸神们知道，虽然世界已经创造出来，霜巨人也被打倒遥远的北方居住，但是这并不意味着一切都可以高枕无忧，因为邪恶恐怖的霜巨人随时都在寻找时机，以便向阿瑟加德发起进攻，夺回他们失去的世界。为了保障世界和阿瑟加德的安全，诸神决定建造一座既高大又坚实的城堡。当霜巨人来犯时，就可以用城堡来作为屏障。

天神们虽然法力无边，但是他们并不懂建筑。有人提议找住在地下的侏儒们帮忙，他们心灵手巧，一定可以完成任务。这个提议很快也被否定了，因为侏儒虽然善于建造，可是他们的身材太过矮小，根本不能建造出合乎要求的城堡来。就在天神们着急的时候，一位神秘人物出现了。

这个人有着高大的身躯，但他并不承认自己是霜巨人一族。他对焦急的天神们说："尊敬的亚瑟神们！我是一个建筑师，我知道你们如今正想建造一座城堡，前来帮助你们！"

天神们都不认识他。奥丁主神首先发话了，说道："哦！你真的能为我们建造出坚实的城堡吗？我对你的能力表示怀疑。还有，如果我们接受你的帮助，那么你想要从我们这里得到什么呢？"

神秘的建筑师笑了笑，说道："我建造出来的城堡绝对是最结实的，可以抵挡住任何霜巨人的进攻，这一点我可以保证。至于报酬嘛！呵呵，我不要金，不要银，只希望你们能把太阳、月亮和美之女神芙蕾雅赐给我。"

建筑师的话惹恼了所有天神，他们愤怒地叫嚷着："你这个家伙简直太狂妄了，居然还敢提出要太阳、月亮和芙蕾雅，我们坚决不能容忍这样的事情发生。"

这时，火神洛基站了出来，大声喊道："这个人是不是有那么高的能力，我们只有看过才知道！我提议，不如就让这个狂妄的家伙试一试，说不定他真的能建造出我们所要的城堡呢！"

其他天神马上反对，说道："怎么？真的答应他！如果真的建成的话，岂不是要答应他的要求吗？"

火神洛基笑了笑，说道："不要着急，我还没说完呢！我们可以让他建造，但是必须遵守两个条件：一是这项工程必须在夏季来临之前完成；二是除了自己以外，建筑师不能找任何帮手。"

天神们听后都笑了，因为在这样的条件下，要完成建造城堡的任务简直是不可能的。不想，建筑师却回答说："好的！我愿意接受这个挑战。我只有一个条件，那就是允许我的马斯瓦迪尔法利做我的助手，因为我要用它来搬运石头。"

天神们觉得这个要求并不过分，于是就答应下来。建筑师满怀信心地说："我一定不会让所有的天神失望的。不过，希望诸位天神不要在我完工的时候反悔。"说完扭头走了。

本来，这一切都应该是不可能的，可是这位神秘的建筑师偏偏地把它变成了可能。夜间，建筑师让斯瓦迪尔法利往阿瑟加德搬运石头，那石头简直就和山一样大。到了白天，建筑师则施展神奇的功力建造城堡。很快，一座高大结实、

众神之家的建造
霜巨人帮助亚瑟神建一座坚固的城堡，条件是以美神芙蕾雅作交换。图中霜巨人的马正在运巨石，城堡已建好，唯独缺一扇拱门。

富丽堂皇的城堡就要落成了。

过了今晚就不再是冬季了，阿瑟加德的城堡也已经快完工了。那座城堡其实已经落成，唯一缺少的就是一扇拱门而已。可是，此时的天神们却高兴不起来，因为他们为了那份报酬感到担忧。

一位天神叫道："他居然真的办到了，这个人到底是谁啊？如今马上就要夏天了，城堡仅仅剩下个拱门没有完成。按照那个建筑师的速度，建造这个拱门简直就是小菜一碟，难道我们真的要把太阳、月亮和美之女神芙蕾雅给了他吗？我真的不敢想象。"

另一位天神插话说："其实谁有愿意答应他的条件呢？可是又有什么办法呢？我们和他是事先约定好的，亚瑟天神是不能没有信用的！虽然我们不愿意，但是也必须答应他的要求！"

众神你一言，我一语，都认为这件事当初就不应该答应那个建筑师。这样，矛盾理所当然地就转移到了当初那个自作主张的火神洛基身上。诸神开始埋怨他。

洛基却是一脸的无辜，委屈地说："这……这怎么能全怪我自己呢？当初你们也没有提出异议啊！"

天神们才不管呢，反正就是洛基的错。诸神威胁洛基说："听着，洛基，你这个出了名的捣蛋鬼！你自己捅的娄子必须自己解决。现在，你必须阻止那个建筑师按时完成工作。如果办不到的话，我们会杀死你！一定会的！"

洛基只得硬着头皮想办法。不过，这件事并没有难倒洛基，因为他是以狡猾而著称的，很快就想到应对办法。他趁着黑夜，来到了即将落成的城堡面前。

洛基施展法力，变成了一匹俊俏的母马。他站在远方，像那匹正在辛勤劳动的公马斯瓦迪尔法利发出了求爱信号。公马没能抵挡住洛基的诱惑，丢开了自己的工作，追随母马而去。建筑师发现事态不妙，赶忙在后面追赶。经过一夜的时间，斯瓦迪尔法利是追上了，可是最后的时限也已经过了。

建筑师对诸神的做法十分不满，现出了原形，来找诸神算账。原来，这个建筑师是一名太古时代的霜巨人。亚瑟诸神迎来了厄运，很多神都被他杀死。不过幸好雷神托尔及时赶回，才用雷霆之锤打死了这个霜巨人。

火神洛基

［北欧］

火神洛基，亚瑟诸神中最令人头疼的天神，喜欢恶作剧、捣蛋、制造麻烦，是一位具有善恶双重性格的天神。在前面的故事中，我们不止一次提到了火神洛基，而他的出现总是会和各种各样的麻烦联系在一起。不过，那时的洛基还只是顽皮，很多过错也是无心之失。直到光明之神巴尔德死后，火神洛基变成了一个不折不扣的恶神。

由于洛基从中作梗，光明神巴尔德再也不能返回阿瑟加德了，所有天神都因为巴尔德的离去而感到伤心。海神埃吉尔也知道了这件事情，虽然他平时和亚瑟诸神的关系并不是非常好，但是看到这种情景，他也十分难过。为了让诸神尽快从悲痛中走出来，埃吉尔在自己的海底宫殿中举办了一场丰盛的宴会，邀请了所有的亚瑟天神。

宴会在欢乐的气氛中开始了，这多多少少减轻了大家对巴尔德的思念。突然，大家发现有一个影子在他们前后左右来回地晃动，定睛一看，原来是火神洛基。洛基的出现重新勾起了天神们对巴尔德的思念，他们想如果不是洛基，这样盛大的宴会就是为了迎接巴尔德举行的。

天神们很生气，大声斥责洛基，说他是一个"不义的天神"。洛基被诸神的话激怒了："好了！你们骂够了没有，如果再这样，我可不客气了！"

洛基的话激怒了天神，他们要求把他赶出宫殿，流放到森林中去。洛基也被惹火了，他咬牙切齿地说："既然这样，就别怪我无情了。"正在这时，海神埃吉尔的奴仆、伺候天神进膳的美丽女侍者费玛芬格过来为洛基倒酒。趁此机会，洛基对她痛下杀手，流血事件在宴会上发生了。

天神们被突发的事件惊呆了，继之而来的是更大的愤怒。他们愤怒地叫嚷着："洛基！你这个混蛋，你看你都干了些什么？滚，马上滚出去，如果不滚的话你将会受到最严厉的惩罚的！"

虽然洛基被赶走了，可费玛芬格也不能复活了。天神们都为这件事感到遗憾，本来挺高兴的宴会，如今又蒙上了一层凝重的气氛。突然，火神洛基又从宫殿外跑了进来。众神发现，洛基的眼神发生了变化，充满了邪恶的气息。

还没等众神开口，洛基就开始大骂。先是艺术美神布拉琪，然后是主神奥丁，总之所有在场的天神都被洛基骂个遍，最后连众神之后芙莉嘉也没能躲过。洛基越骂越起劲，越骂越难听，气氛也越来越紧张。天神们一个个恨得不行，真想冲过去，让这个可恶的家伙永远闭上嘴巴。可是奥丁神说过，在亚瑟神族中是不允许发生流血事件的，因此大家也只能默默忍受。

这时，脾气暴躁的雷神托尔按捺不住了。他跳了起来，手中高举了雷霆之锤，大声喊道："洛基！你给我听好了，我的脾气你是知道的。如果你再敢如此放肆的话，我一定会让你尝尝雷霆之锤的滋味的。我才不管什么阿瑟加德法律呢！相信你清楚，我是说到做到的。"

洛基傻了眼，知道眼前这位雷神爷什么事都做得出来，如果自己再骂下去，肯定没什么好下场。想到这，洛基头也不回地跑出了宫殿。

洛基心中很清楚，这件事决不会这么简简单单地结束。自己已经没有重返阿瑟加德希望了，亚瑟诸神也决不会放过自己。为了保险起见，洛基必须想一个万全之策，以便脱身。

他逃到了一座高高的大山上，并在那里建了一座四面有门的大房子。这四扇大门终日敞开着，为的是有朝一日天神追杀到这里，方便自己逃走。不过，光有这四扇大门还是不够的，洛基还需要更周详的计划。

追捕洛基

在这个发现于9世纪的船尾装饰木雕上，刻的是混在动物里正在逃亡的火神洛基。狡猾的洛基靠这样的伪装一次又一次逃脱天神的追捕。

他实地勘察了四周的环境，发现不远处有一条大河。于是洛基决定，如果众神追到这里，自己就变成鳜鱼，在河中藏身。但是，洛基转念一想，如果天神们发现自己变成了鳜鱼，一定会用渔网来捕捉自己的。为了万无一失，洛基决定自己先编一只渔网，把自己网住，然后再考虑如何从渔网中逃脱。

正当渔网制成一半时，洛基的噩梦来了。远远地，只见主神奥丁带领着托尔和克瓦希尔正怒气冲冲地朝着洛基的房子赶来。火神知道再不逃跑就会有大麻烦了，于是他把那张半成品渔网丢进火里，自己变成鳜鱼躲在了大河之中。

奥丁、托尔和克瓦希尔闯进了房子里，找了一圈也没有发现洛基的影子。这时，克瓦希尔在火中发现了那张渔网。聪明的他很快就明白了，对奥丁和托尔说："看！这是什么？渔网！洛基这个家伙一定躲在河里。"

于是他们一起来到河边，开始寻找洛基。可是狡猾的洛基此时正藏在河底的一块大石头下，因此很难被发现。克瓦希尔又想到了一个办法，说道："没关系，我知道他躲在什么地方！我们在下游放上一张巨大的渔网，然后慢慢向上游拉！在拉渔网的过程中，逐渐地清理掉河里的大石头。那样的话，洛基就跑不了了！"

这个方法果然奏效，洛基很快就沉不住气了。他不能坐以待毙，必须马上想办法逃脱。于是，他使出全身的力气，想要跳出渔网。前两次都没能成功，第三次他跳得很高，几乎就要看见胜利的曙光了。突然，洛基觉得浑身一紧，抬头一看，原来托尔的大手已经把他牢牢抓紧，正面带微笑的看着他。

洛基受到了应有的惩罚，他被众神囚禁在了地下洞穴之中。更加令他伤心的是，捆绑他的锁链居然是用自己的儿子纳尔弗的内脏做成的。

祸不单行，洛基的死对头女巨人斯卡蒂也趁机报复。她把一条毒蛇绑在了洛基头顶的岩石上，让毒液滴在他的脸上。要不是有希格恩（洛基的妻子）用盘子接住毒液，洛基恐怕早就和他的女儿赫尔团圆去了。当盘中的毒液滴满时，希格恩就会把它倒掉。火神洛基就会因为毒液的侵蚀而不停地抖动自己的身体，发出巨大的惨叫。这时世界上就发生了令人心惊胆寒的地震。

被缚的火神洛基

洛基被牢牢绑在地下洞穴的岩石上，旁边是他的妻子希格恩，双手托着盘子接住毒蛇的毒液。洛基就这样被困在地下洞穴，直到诸神之黄昏来临。

诸神之黄昏

[北欧]

在前面的神话中我们已经提到，奥丁以右眼为代价，喝下了智慧之泉的水，因此奥丁有了知晓过去、现在和未来的能力，从而也得知了"诸神之黄昏"的预言。

所谓"诸神之黄昏"，实际上是指诸神遇到的灭顶之灾。按照预言的显示，亚瑟诸神和伐纳诸神会经历由兴起到繁盛、由繁盛到衰落、最后再到死亡的过程，这是不可改变的。亚瑟诸神虽然已经知晓这个预言，但是并没有引起高度的重视，所以他们才会放任火神洛基胡作非为。最终，光明神巴尔德离开了世界，"诸神之黄昏"的预言马上就会实现。

恐怖的气息已经笼罩了整个阿瑟加德，亚瑟诸神心中都忐忑不安。他们已经看到了一些迹象，一些代表"诸神之黄昏"即将到来的迹象。日神和月神变得越来越害怕，因为他们已经感觉到芬利尔苍狼的力量正在日趋强大，随时都有把他们吞下去的可能。天地间失去了往日的繁荣，大地也没有了生机。寒冷、狂风、干旱、枯萎，这一切可怕的东西都降临了世界，天空和大地都在发出痛苦的呻吟。

那些一直被压抑着的邪恶势力此时也开始蠢蠢欲动。女巨人安格尔波达加紧了对芬利尔苍狼的后代斯库尔、哈梯和玛纳加尔姆的喂养。这三头凶恶的狼的身体越来越强壮，日神和月神马上就招架不住了。

"诸神之黄昏"来临了。最先张狂的是原为天神的火神洛基和他的后代苍狼芬利尔、死亡女神赫尔以及毒蛇尤蒙刚德。

洛基诡计多端，又是叛军主力的父亲，是邪恶势力的领袖。死亡女神赫尔则带上地狱恶犬加尔姆和双翼上挂满死尸的毒龙尼德霍格前来助阵。苍狼芬利尔挣开了那条束缚它太久的细绳索，张着血盆大口，嗷嗷狂啸。大蛇尤蒙刚德则在海洋中激起巨大的波浪，冲断了命运之船纳吉尔法的缆索，赶来充当叛军的战车。

更加可怕的事情发生了。以前被打败的霜巨人此时也得知"诸神之黄昏"到来的消息，他们拿起武器，杀气腾腾地前往阿瑟加德，与洛基的队伍会汇合。同时，一直镇守在火焰之国穆斯帕尔海姆的火焰巨人苏特尔特，此时也举着可怕的火焰剑，带领着全体火焰巨人前来助阵。阿瑟加德危在旦夕。

　　亚瑟诸神早就觉察到事情不妙。原来，盘踞在宇宙之树旁边的毒龙尼德霍格已经咬穿了树根，耸立在众神之殿顶上的红雄鸡费雅勒也已经发出了警报。一直守候在那虹桥的天神守望者海姆达尔听到了警报，也看到了种种不祥的预兆。现在不是害怕和哭泣的时候，唯一能做的就是唤醒亚瑟诸神的斗志，让他们拿起武器，争取摆脱命运的安排，打破"诸神之黄昏"的预言。想到这，海姆达尔立即吹响了号角，那刺耳的声音响彻了宇宙。

　　此时的阿瑟加德已经乱成一团，亚瑟诸神已经听到了海姆达尔的报警声。奥丁对所有的天神说："诸位亚瑟天神、伐纳天神以及那些英雄的武士恩赫里亚们（奥丁一直在为这一天的到来作准备，恩赫里亚实际上就是人类当中英勇的武士的亡魂），那个可怕的预言终于实现了。是的！'诸神之黄昏'到来了。我们不能逃避，也逃避不了。现在，我们应该拿起我们的武器，穿上我们的盔甲，骑上我们的坐骑，与那些可恶的邪恶势力进行战斗。不管结局是什么，我们都要努力战斗。因为我们是天神，我们身上流的是亚瑟神族的鲜血。"

　　奥丁的话使得每一位亚瑟天神都热血沸腾。他们一个个精神抖擞，全副武装。奥丁神的长矛冈格尼尔显得比平日更加光芒四射。雷神托尔更是威风凛凛，

奥丁的恩赫里亚骑士们

诸神之黄昏来临，奥丁率领着亚瑟神族与恩赫里亚武士们，冲向邪恶军团。这幅油画上，海姆达尔吹响了战斗的号角，英勇的恩赫里亚武士冲锋在最前面，充满了昂扬的战斗激情。下方的那只渡鸦，是奥丁的信使。

他手持雷霆之锤，摩拳擦掌，准备与邪恶军队决一死战。战神提尔失去了一只手，但是他勇猛的个性并没有失去，神剑在他的左手一样可以斩妖除魔。伐纳神族的弗雷尔虽然没有了宝剑，但是一只鹿角也可以作为武器，它一样会将那些叛徒杀死……突然，整个天空都变红了，从远处原来了一阵巨大的轰鸣声。诸神知道，虹桥已经毁了，决战时刻已经到来了。他们呐喊着，冲向了战场维格利德平原。

最后的战斗开始了，双方都拼尽了全力。他们知道，这是一场你死我活的战斗。天、地、冥三界都已经卷入了战争，人类在这里只能扮演羔羊的角色，他们能做的只是等待战争的结束。

虽然亚瑟诸神非常尽力战斗，但是预言的力量实在太强大了，所有的天神都将失去生命。首先遇害的是主神奥丁。他的对手是他一直想驯服的芬利尔狼。芬利尔还算是有"良心"，没有把奥丁撕碎，只是将他一口吞了下去。

其他天神的结果也好不到哪里去。弗雷尔被火焰巨人苏特尔特杀死；海姆达尔和提尔也双双战死；雷神托尔虽然杀死了毒蛇尤蒙刚德，但自己也被它的毒血毒死。天神们一个个倒下了，为那个可怕的预言付出了代价。

邪恶军团也没占到什么便宜。火神洛基被海姆达尔杀死；地狱恶犬加尔姆也被提尔杀死；芬利尔狼被维达尔撕成了两半，只有火焰巨人苏尔特尔还在那里硬撑。

战斗进入了白热化，双方都杀红了眼。火焰巨人苏尔特尔挥舞着火焰神剑，使整个世界都充满了熊熊大火。生命之树烧毁了，诸神宫殿没有了，阿瑟加德也不存在了，大地变成了一片焦土，海水因沸腾而蒸发，善和恶都在烈火中消失。世界又回到了一片混沌。

很长很长时间以后，世界将会迎来新的开始，那也是第二代神族的开始。

奥丁之头盔
两只长长的角是其独特的标志。

亚洲神话故事

亚洲神话故事——揭开东方文化的神秘面纱

恩利鲁创造天地和人类的出现

［美索不达米亚］

距离现在很远很远的年代，到处都是一片黑暗和混沌，没有一丝的光亮，世界上没有任何具有思维的东西。那时候天和地是一样的，它们紧紧地连在一起。因为那时的天和地都是水，一片片白茫茫的、死气沉沉的水。

几亿年的时间过去了，世界终于迎来了创世的年代。无边的水在不停地搅动着，世界上最早的东西从那里产生了。广阔的陆地脱离了它的母体，自那茫茫的大水中升起。之后，陆地自身又发生了微妙的变化。过了很长时间，天从陆地中升起了。从那以后，世界上有了天和地，但是那时的天和地还是连在一起的。

天和地并不单单是一种物质，同时还是世界上最早的两位天神。天是一位男神，名字叫作安；地是一位女神，名字叫作启。按宇宙的意愿，他们两个必须结合。于是，宇宙中第一桩婚姻产生了，而第一个爱情的结晶也很快出现了。

大气之神恩利鲁从母亲的体内出来了，世界因为他的出现而变得美丽。恩利鲁大神一出生就具有非凡的法力，这种神力是从父母那里继承来的。接下来，恩利鲁作了一件让现在的人很是不能理解的事情，他把他的父亲举了起来，然后远远地推向高处，使他和母亲启分离。就这样，我们今天所看到的天和地才算真正形成。

后来，恩利鲁找到了一位十分美丽女神，名叫宁里尔。恩利鲁被宁里尔美丽的外表所吸引，马上提出要与她结合，女神答应了他的请求。这样，世界上第二桩婚姻产生了。不久后，宁里尔生下了月神纳那和许许多多的星辰。

月神纳那光亮无比，每当夜晚降临的时候，他都会在天空中游历，和兄弟姐妹们一起把无限温柔皎洁的光亮洒向大地。后来，月神和一位名叫南卡尔的女神结合，生下了一位新的天神——太阳神乌多。

乌多的神力比他的父亲更加强大，因为他所发出的光亮要比月神纳那耀眼得多。太阳神非常顽皮，缠着父亲要和他一起巡游世界。月神纳那拗不过儿子，

恩利鲁创造河流还有山羊、绵羊、麦子与牛犊

只得答应他的请求。不过，为了让太阳神乌多能够独立生活，月神决定每天让他先出发，然后自己尾随其后。这样做的目的一是为了保护乌多的安全；二是怕乌多闯下什么大祸。

每天清晨的时候，太阳神乌多都会从东方升起，向西方飞去。当傍晚来临的时候，乌多将会落下山去，而他的父亲月神纳那则会从东方升起。

越来越多的天神产生了，世界也变得越来越热闹了。为了防止骚乱，天神恩利鲁和他的母亲大地母神启制定了一系列的规矩，每一位天神都要遵守。就这样，世界上的星星都有了自己特定的轨迹。

恩利鲁是个十分孝顺的孩子，为了不让母亲寂寞，他给大地带去了生机。他创造了各种花草树木，又创造了具有生命的飞禽走兽。启神再也不会觉得寂寞了，因为有那么多的生物陪她解闷。世界因为恩利鲁和所有天神的努力变得丰富多彩，天神们和大地上的生物相处得十分融洽，一个崭新的时代开始了。

在最初的一段时间里，天神们生活得非常开心，因为恩利鲁神没有停止造化之功。他先后创造出了植物神乌图、谷物神伊十南和畜牧神哈尔等天神。

烦心事很快就来了。虽然植物神乌图、谷物神伊十南和畜牧神哈尔不断地努力，但是因为天神的数量太多，所以他们创造出的那点食物根本不够享用的。没办法，天神们只好自己动手。天神们开始抱怨，牢骚，想要摆脱这些繁重的工作。于是，他们一起来到了智慧和水神恩基的住所，希望从他那里得到帮助。

恩基倒是吃得饱，睡得着，根本没把这事放在心上。当众神来到他的府邸时，他居然还在睡觉。恩基的母亲南马赫女神走到他的跟前说："亲爱的儿子，快起来吧！所有天神都来到这里了！他们需要你的帮助。"

恩基不情愿地睁开眼，问道："到底是什么事啊？"

当他得知事情的真相后，也觉得应该为天神们做点什么。他想了想，对母亲说："母亲，我倒有个办法。不如我们造出一些新的生命来，可以为我们服务，送上食物。我打算管这些新的生命叫作'人类'。"

南玛赫觉得儿子的建议非常好，就一口答应了。不过问题又来了，怎么才能

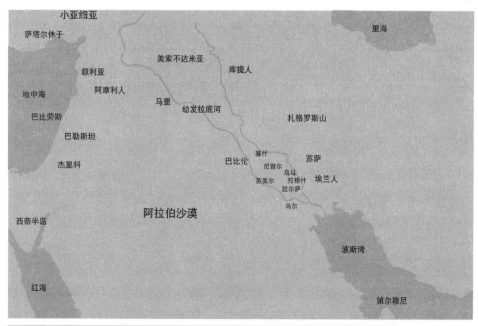

公元前3500年，在中东腹地的底格里斯河和幼发拉底河沿岸，产生了人类古老的文明。

创造出人类呢？用什么东西创造人类呢？

恩基笑了笑，神秘地对母亲说："我们不能像创造天神那样创造人类，因为那会使人类也具有法力。我要去深海的海底挖一些泥土，然后用他们来做材料。我会把生命的气息吹进泥土中，那样他们就会拥有生命了！当然，创

幼发拉底河
幼发拉底河两岸曾一度被沟渠分割为块田。在人类没被创造出来之前，开发幼发拉底河的工作是由一些天神做的。

造的具体工作还要您来做，因为您是知道的，我这个人笨手笨脚，说不定我捏出的人难看死了。"

就这样，最伟大的创造工作开始了。

所有的天神都聚集在了一起，他们为恩基母子举行了一个盛大的仪式。他们供奉最好的食物和美酒，给恩基和南马赫唱最美的赞歌，衷心祝愿他们能创造出一批优秀的仆人来。南马赫女神不负众望，很快就捏出了很多的泥人。当恩基把生命的气息吹进泥人时，他们活了，变成了人类的始祖。就这样，越来越多的人被创造出来了。

可是，当创造工作要结束时，恩基突然提出他也要捏几个泥人。恩基的手艺真的是太差了，他捏出了几对没有生殖器的男女，同时还捏出很多残疾的、畸形的人来。南马赫斥责恩基，因为他的任性，人类有了不可避免的灾难。

从那以后，世界上有了很多人类，不过其中有瘸子、拐子、瞎子、聋子等残疾人，那些人都是由恩基天神捏成的。

人类和农牧的开始

天神安独自在宇宙中生活了很多年后创造出了很多天神。这些天神组合在一起，成了美索不达米亚的众神集团——亚恩纳基。就这样，最初统治世界的天神全部出现了。

天神安在不停地创造，宇宙也没有停止过对世界的改造。大地上出现了万物生灵的生命源泉、人类文明的发源地——底格里斯河以及幼发拉底河。后来，在这两条"母亲河"的周围，众神又开凿了很多运河，并在河两岸筑造了很多堤防。自那以后，整个苏美的国土有了自己模样，开始蓬勃发展。

一天，天上的众神们聚在了一起，商讨一下如何为这个已经井然有序的世界做点有意义的事。其中最有发言权的神包括天神安、大气之神恩利鲁、太阳神乌多以及水神恩基。

无处不在的、拥有无边法力的大气神恩利鲁首先发表了意见："万能的天神安，诸位宇宙的天神们，世界已经按照自己的意愿创造出了天和地，之后它又为生命的出现创造了底格里斯河和幼发拉底河这两条母亲河。如今该看我们的了，我们应该为这个神奇的世界做点什么，尽一下我们的义务，你们觉得怎么样？"

恩利鲁的提议马上得到响应，太阳神乌多对他说："伟大的恩利鲁啊！你所说的其实也是我们所想的！我

牛头竖琴 苏美尔
乌尔王陵墓出土，这是一件制作精美的苏美尔乐器，装饰有金制牛头。公牛象征着丰收和力量，表明这是一件用于宗教仪式的乐器。用天青石制成的成缕胡须，为这把竖琴增添了几分神圣感。

觉得我们应该为那些人类做些事情，因为他们和我们一样有智慧。人类是地上生物的主宰，可以说是代替我们统治着大地。"

水神恩基马上接过乌多的话，说道："是的！人类已经出现了。你们还记得吗？在天和地的连接处有一座名叫尼布鲁斯的圣殿。这座圣殿就坐落于一处名叫乌斯姆拉的地方。很久以前，两位天神创造出了和我们一样的人类，然后把过去我们所做的一切工作都交给了他们。人类代表了我们的意志，代表了我们的形象，我们应该帮助他们，赐福给他们。"

众神都同意他的说法，水神恩基又接着说："人类是非常聪明的，更重要的是他们将来一定会懂得如何敬重我们。如今，人类还不知道如果通过开凿运河而把土地分开；在耕种时如何使用锄头等工具来挖地；如何用陷阱、绳索、笼子等工具来捕获猎物。同时，他们还不知道应该为我们建造很多住所。"

天神安打断了水神恩基的话，说道："是的！水神恩基说的一点都没错。"天神安顿了一顿，接着说道："人类慢慢地繁衍出了很多后代。不过，他们是居住在水里的。他们不知道世界上有一种美味叫面包，也不知道世界上有一种琼浆叫美酒。大地上没有大麦、谷物，更没有面粉。此外，人类生活得很辛苦，因为他们没有可以圈养的牛羊。因此，我们要帮助他们，使他们过上幸福的生活。我相信，我们亚恩纳基的土地通过他们的开垦，会使整个苏美的国土变得丰裕。

苏美尔人的雕刻印章
在此印章里，鱼儿接连不断地跃向水神恩基的肩头。苏美尔人饱尝持久的旱灾和严重的洪灾之苦，恩基因此成了最重要的神灵之一。

就像水神恩基说的，人类一定不会忘记我们对他们的恩典，一定会对我们顶礼膜拜的。让我们为这个世界做出自己的贡献吧！"

众神对天神安的提议表示一致赞成，马上开始了各自的工作。最先做出贡献的是天神

两河流域的早期文明

楔形文字是苏美尔人发明的，它由图画文字、表意文字、谐声文字等组成并逐渐发展完善完善起来。为避免字符混淆意义，苏美尔人还创造了部首符号，分为指意符号与音节符号。其文字最初刻在石头上，后刻在泥版上，称为楔形文字。两河流域的自然科学中，最发达的是天文学与数学。

乌努神以及女神宁乌努神。这两位天神赋予了人类无穷的智慧，而且还教会了他们认识各种事物。

之后是调皮的亚鲁努女神。她可以用泥土捏出各种各样的东西来。为了让人类能够获得足够的猎物，亚鲁努首先给人类送去了羊。这样，成群的羊来到了苏美的土地上。人们知道这是天神赐给他们的礼物，就用栅栏把这些羊圈了起来，作为自己的家畜。接着，亚鲁努女神又创造出了诸如牛、鸡、鸭等其他家禽以及各种兽类、鸟类和鱼类。同时，她还带领着人们昼夜不停地在神殿里为天神们举行祭祀活动。

接下来是充满智慧的女神妮达法。她被天神们任命为人类的守护神。这是因为，妮达法女神掌管着人类最重要的农作物——谷子。更重要的是，她脑子里存有各种各样的人类所需的知识和学问。人类只有在她的庇护和保佑下，才能朝文明时代发展。

最后一个，也是十分重要的就是掌管农业的天神亚修南。他知道人类没有一种固定的食物，而且人类找到的那些野草、野菜之类的东西既难吃又没有营养。于是，亚修南赐给了人类大片的田园和草原，以供他们耕种和放牧。此外，为了能够提高耕种效率，天神亚修南还赐给人类很多耕种所必需的工具。

就这样，人类和农牧才从真正意义上开始了。天神们赋予农作物所需要的阳光、雨水，使所有的植物都繁荣地生长，人类获得了丰富的谷物和牛羊。后来，在亚鲁努女神的帮助下，人类又开始用黏土建造家园。当然，这些人类并没有忘记天神们的恩惠，他们也为天神们建造了很多住所，并不时地献上他们的祭祀。

从此，世界变得越来越美丽有序，人们的生活也越来越幸福。

亚达巴的神话

［美索不达米亚］

很久很久以前，居住在耶里多市的天神是被人们称为智慧和水之神的耶亚。耶亚虽然居住在人间，但是一样拥有无穷的法力。起初，耶亚神是一个人住在耶里多市的，时间一长，渐渐地感觉很孤独。于是，耶亚神施展法力，创造出了一个人作为他的儿子，并给他取名为亚达巴。

亚达巴备受耶亚神的宠爱，从他那里学到了很多生存的技巧，而且还拥有了最有力的武器——智慧。不过，耶亚神虽然喜欢这个儿子，但并不想让他也成为天神，所以一直没有赋予他神力。当然，亚达巴并不知道真相，他每天都在耶亚神殿前的大海中捕鱼，然后把大部分的鱼都贡献给耶亚神。

一天，亚巴达像往常一样驾驶着帆船出海捕鱼。突然，一阵猛烈的南风从海面上掠过。由于亚巴达的船帆年久失修，所以被大风吹折，就连船也被掀翻。亚巴达落入了大海中，成了狼狈的落汤鸡。

耶亚神的儿子十分生气，心里暗暗诅咒南风："你这可恶的南风，仗着你有一双鸟一样的翅膀，居然胆敢欺负我亚巴达。我要诅咒你，因为你的行为太过无礼。从现在开始，你那无形的翅膀将会折断，你再也不能像以前那样在天空中飞翔了。"

可怜的南风失去了翅膀，耶利多市的海面上再也没有刮起大风。亚巴达感到非常满意。但他不知道，一场祸事马上就要降临到他的头上。

原来，南风的主人就是最高天神亚奴。这天，亚奴问自己的侍从、巨人伊拉布拉特："我的仆人，为什么这几天我总感觉有些不对劲呢？"

伊拉布拉特深施一礼，回答说："我尊敬的主人，究竟是什么事让您那么苦恼呢？请您告诉我，也许我能帮助您。"

亚奴紧锁双眉，说："真是奇怪，都已经七天了，为什么南风一直没有再刮起来？难道出了什么事吗？"

伊拉布拉特回答道："伟大的亚奴神，这件事我知道。居住在耶里多市的耶亚神有一个儿子名叫亚巴达，是他诅咒了南风，使它失去了鸟一样的翅膀。"

亚奴听后十分震怒，说道："可恶的家伙，渺小的凡人，他怎么敢这样做？我一定要让他吃点苦头，让他得到应有的惩罚。我要派使者把他带来，让他承受因为触怒我而获得的灾难。"

耶亚神很快就知道了亚奴神的命令。他害怕失去爱子亚巴达，就对他说："傻孩子，你看你都做了什么？你怎么可以贸然地诅咒南风呢？现在最高天神亚奴神已经知道了这件事，他还十分愤怒说，一定要让你得到应有的惩罚。"

亚巴达非常害怕，赶忙祈求自己的父神："伟大的智慧之神耶亚，我的父亲，我知道自己当初太鲁莽。可是，事情已经做出来了，后悔也来不及了。请您帮帮我，因为我是您的儿子啊！"

耶亚神对亚巴达的认错态度还算满意，轻声对他说："别怕，我有办法让你躲过亚奴神的惩罚。在亚奴神的使者到来之前，你要脱去现在的衣服，换上一身丧服，表示你在服丧。"亚巴达刚想插话，耶亚神马上又打断了他，继续说道："别多嘴！放心，亚奴神的使者是不会有什么疑问的，倒是亚奴神宫殿门口的塔姆斯神和基斯济达神会问你为什么要穿丧服。那时你要装作不认识他们，然后回答说，是为了耶里多市和整个国家失去塔姆斯神和基斯济达神这两位贤明的天神而穿上丧服的。这样一来，他们会非常高兴，一定能帮助你渡过难关。" 亚巴达赶忙表示已

人面有翼公牛像
这尊具有人的头像、长着翅膀的巨大公牛，
于公元前710年由亚述国王萨尔贡二世建造，
用来守卫在雄伟的王宫门口。

经牢记了父亲的话。

但耶亚神并不希望自己的儿子亚巴达成为天神，所以他又补充道："当亚奴神撤销对你的惩罚时，他还会试探你是不是真的悔过了。他会拿出可怕的死亡面包，记住你不能吃；他还会拿出死亡之水，记住你也不能喝；他也许会拿出天神的衣服，记住你也不能穿；他也有可能拿出天上的神油，记住你更不能要。总之，亚奴神赐给你的一切你都不能接受，否则你将失去性命。"亚巴达牢记了耶亚神的话。

不久后，亚奴神的使者就把亚巴达带到了天上。亚巴达果然在亚奴神宫殿的大门口遇到了两位天神。他们很奇怪地问亚巴达为什么要穿丧服。亚巴达心想："这两个人一定就是父亲口中的塔姆斯神和基斯济达神。"于是，他低着头回答说："因为耶里多市和整个国家失去塔姆斯神和基斯济达神这两位贤明的天神，我感到很悲伤，所以穿上了丧服。"塔姆斯神和基斯济达神非常高兴，心中暗想一定要帮帮这个有孝心年轻人。

亚巴达来到了亚奴神的面前，跪倒在地。亚奴神阴沉着脸，问道："你就是亚巴达吗？你为什么要折断南风的翅膀呢？"

亚巴达一脸无辜地说："对不起，伟大的亚奴神。我所做的一切其实都是为了我的父亲，我的主人天神耶亚，因为我要捕捉好多鱼献给他。南风吹翻了我的船，使我不能给耶亚神送去海里的鱼，因此我才诅咒了他。"

这时，塔姆斯神和基斯济达神也趁机说好话，这个说亚巴达如何如何有孝心，那个说南风如何如何不对。最后，亚奴神也被他们说动了心，觉得贸然把亚巴达带到天界是错误的。于是，亚奴决定给这个可爱的小伙子一点补偿。

亚奴神先拿出了可以长生不老的生命食物，但是亚巴达没有要；接着他又拿出了生命之水，亚巴达依然没有要；亚奴神又拿出了天神的衣服，可亚巴达没有穿；最后亚奴神拿出了拥有神力的香油，但亚巴达依然拒绝了他的好意。

亚奴神感到很奇怪，就问亚巴达："亲爱的孩子，这些东西可以使你成为天神，你为什么要拒绝它们呢？"亚巴达说："是我的主人让我这么做的。"亚奴神很快就明白了耶亚的用意。他没有拆穿他的诡计，而是把亚巴达放回到了人间。不过作为奖励，亚奴神赐给了亚巴达很多福，让他可以从耶亚神那里获得别人没有的特殊权利。

耶达纳神话

［美索不达米亚］

恩利鲁天神用可怕的洪水惩罚了人类。事过之后，他也对自己的行为感到后悔。于是，恩利鲁召集所有的天神商量，准备为人类建一座坚固的城市。天神对恩利鲁的提议表示赞同。就这样，人类第一座城市——基修城建成了。

很多年过去了，居住在基修城的人类的数量已经增长了许多。渐渐地，人们之间开始出现矛盾、争吵甚至斗殴，秩序越来越乱。天神们决定为人类选一个领袖。于是，亚奴神找到了伊修达鲁女神，让她在基修城内选出一位国王。最后，伊修达鲁选中了一个名叫耶达纳的聪明牧人，把王冠和王座赐给了他。

耶达纳没有辜负众神的期望，把基修城治理得很好。不过，身为国王的他也有自己的烦恼。那就是虽然他有一个美丽温柔的王后，但是多年以来王后一直没有给他生个孩子。耶达纳非常苦恼，为了能够有一个继承人，他举行了盛大的祭祀活动，向伟大仁慈的太阳神夏马修求助。

太阳神夏马修被耶达纳的诚信打动了，决定帮助这个国王。夏马修问他："说吧！耶达纳，我会帮助你的。虽然你是基修城的国王，但也是我太阳神的子民。你所提的要求我都会答应的。"耶达纳悲伤地说："伟大的太阳神啊！我的确需要您的帮助！您看，都已经好几年了，我依然没有一个孩子！您总不能眼睁睁地看着我后继无人吧！我听说天上有一种神奇的草药叫作'送子草'，您能告诉我怎么得到它吗？"

夏马修点了点头，说："其实很简单，你只要走出基修城，一直往北走。在翻越一座高山后，你会在一个洞穴里看见一只没有毛的鹫鸟，它会告诉你如何得到送子草的。"

众神像金项链

这条金项链呈对称形，最中间的大坠饰代表太阳神，太阳神两边刻有花饰的代表女神伊南娜。月牙形的代表月神，交叉闪电状的是大气神。

117

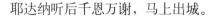

耶达纳听后千恩万谢，马上出城。

耶达纳费了很大的力气才翻过了那座高山，终于看到了太阳神所说的那只鹫鸟。鹫鸟见到他非常高兴，说道："亲爱的国王，英明的耶达纳，是太阳神叫您来的吧！快救救我吧！"耶达纳回答说："你说的没错，是太阳神叫我来的。我可以救你，不过你必须答应我一个条件。"鹫鸟痛快地回答说："说吧说吧！只要我能做到的。"耶达纳走到它跟前说："我想要送子草。"鹫鸟脸上闪过一丝惊讶的表情，不过马上就消失了，然后严肃地说："只要你想好了，我会帮助你的。"

耶达纳把鹫鸟从洞穴中救了出来，还给他吃了些食物。看着鹫鸟狼吞虎咽的样子，耶达纳笑道："你家在哪里？"鹫鸟咽下了嘴里的食物，说："我的家？呵呵！基修城内有一座供奉太阳神的神殿，神殿后面有一个大树，我就住在那棵树上。"

耶达纳接着问："那你怎么会变成这个样子？"鹫鸟一脸哀伤地说："都怪我自己贪心。"于是，鹫鸟诉说起自己可怜的遭遇。

原来，鹫鸟确实住在太阳神神殿后面的那个树上。不过它是住在树梢上，在树底下，还住着他的邻居大蛇。开始的时候，蛇和鹫鸟的感情非常好。为了见证这段坚贞的友谊，他们两个来到太阳神的神像面前发了誓，宣称谁也不会破坏这段友谊，谁违反了誓言，就要受到惩罚。

一段时间过去了，蛇和鹫鸟都产下了自己的孩子。天下的母亲都是那么的辛苦，动物们也不例外。这两位母亲每天都外出打猎，哺育自己的孩子们。在母亲的精心照顾下，小蛇和小鹫鸟都长得非常快。

这一天，鹫鸟不想飞很远的地方捕猎。于是，它违背了誓言，把自己的朋友蛇的孩子们做了小鹫鸟的点心。蛇回到家后，发现孩子不见了，马上就明白是怎么回事。于是，它痛哭流涕，跑到太阳神夏马修那里告了鹫鸟一状，请求太阳神惩罚这个背信弃义的家伙。

夏马修对鹫鸟的做法也十分反感，于是他让蛇隐藏在一只死牛的肚子里。等鹫鸟来吃牛肉，就拔掉它所有的毛，并把它关进洞穴里。鹫鸟对自己的行为也很后悔，请求太阳神的宽恕。最后，太阳神答应了它的请求，告诉它有一天耶达纳会来救它的。

几天后，在耶达纳的照顾下，鹭鸟长出了失去的羽毛，恢复了原来的力量。这时，耶达纳再一次提出寻找送子草的事情。

鹭鸟点了点头，说："放心，我会帮助你完成心愿的，你先听听我的梦吧！"耶达纳对鹭鸟的做法很不满意，责怪它借故推辞。鹭鸟却装作没听见，继续说："昨天晚上我梦见我们两个去了天界。在那里我们看到了亚奴神、恩利鲁神、耶亚神、夏马修神等天神，并向他们恭敬地行礼。之后，我们来到了女神伊修达鲁的宫殿。我看到女神正端坐在一张华丽的王座上，一只威武的狮子躺在她的脚下。正当我注视那只狮子时，它却突然向我扑来，就这样我被吓醒了。"

耶达纳忍不住了，喊道："你被吓醒了还说什么？你能帮我做点什么啊？"鹭鸟赶忙说："你别着急啊！这个梦告诉我们，那个送子草就在女神的王座下面。"耶达纳一听有理，马上要求鹭鸟带他去天界。鹭鸟迟疑了一下，问道："你不怕吗？天界可是很高的。"耶达纳不屑地说："怕什么？我是基修城的国王，还不知道什么是怕呢？"鹭鸟看到耶达纳如此自信，只好说："好吧！你不怕就好！你骑到我的背上，抱紧我的脖子，我马上把你带上天界。"

大气神恩利鲁
美索不达米亚神话中天界的管理者大气神或气候神恩利鲁，凭着一个雷槌与一个锯齿形的闪电棒，存在了9个世纪。

就这样，鹭鸟驮着耶达纳飞上了天空。可是，在距离天界还有一半距离的时候，耶达纳害怕了，他请求鹭鸟把它带回地界，说他再也不想要什么送子草了。鹭鸟拗不过他，只得往下降落。突然，不知从何处刮来一股飓风，一下子把鹭鸟和耶达纳吹向了远方，再也没回来。

德利比鲁的神话

[美索不达米亚]

在美索不达米亚神话中，天神们虽然高高在上，有着无边的法力，但是他们和凡人一样，也有喜怒哀乐等感情，有的天神甚至还很小心眼。风暴之神提修布的儿子，掌管农业丰收的丰饶之神德利比鲁就是一个十分小气的天神。

有一次，天上的众神和他开玩笑，说他在人间没有什么地位，根本没有人会把他放在眼里。德利比鲁对众神们的话非常生气。于是，他狠狠地对天神们说："是吗？真的如你们所说的那样吗？那好吧！那我就走，永远地离开这个鬼地方，你们将不会找到我。我倒是要看看，可怜的人类离开我到底能不能活？"说完就走了。

众神们被德利比鲁恶狠狠的话吓呆了，不过转念一想，德利比鲁的小气是出了名的，他说的不过是气话而已，过不了几天他就会回来的。

祭神仪式

这是刻在雪花石膏花瓶上的装饰图案，发现于现在的伊拉克地区，描绘的是美索不达亚先民在丰收季节向丰饶之神德利比鲁献上食物与美酒的情景。

可是，天上的众神这次错了，德利比鲁果真一去不回。人间迎来了可怕的灾难，农作物不再生长，所有的植物都出现枯萎的现象，谷物收获少得可怜。人类、动物以及一切有生命的东西都停止了繁衍，整个世界陷入了前所未有的恐慌。人们将自己仅有的一点食物和水作为贡品献给了天神，祈求他们把这可怕的灾难带走。

天神们为当初的一句戏言感到后悔，觉得不应该那么侮辱小气的德利比鲁。于是，所有的天神聚集到了一起，商量如何找回德利比鲁，让大地重新获得生机。

德利比鲁的父亲，风暴雨神提修布首先发言："诸位天神们，你们要负一定的责任，明知道我的德利比鲁不喜欢开玩笑，为什么还要那么说他！"

一位天神笑嘻嘻地说："尊敬的提修布，我们知道错了。不过现在不是埋怨的时候，我们应该做的是找回您的儿子。"

太阳神说道："是啊！生气有什么用呢？只要德利比鲁能回来，我们愿意向他道歉。我看，还是先让我来试着寻找他吧。"说完，太阳神就唤来一只鹫，让它去远方寻找德利比鲁神。

过了很久，鹫回到了太阳神身边，但并没有带来什么好消息。这时，提修布又一次开口了："你们是不可能找到德利比鲁的。现在，我们只能依靠我的妻子、德利比鲁的母亲韩娜韩娜女神了。只有她知道如何找到我的儿子。"

提修布去求她，希望她能指点迷津。韩娜韩娜说："伟大的风暴神，亲爱的夫君，德利比鲁的父亲，我知道你也深爱着我们的儿子。不过，这次那可怜的孩子是真的生气了，我看什么人都不能把他找回来。"

提修布很是着急，说："我亲爱的妻子，伟大的韩娜韩娜女神，你难道不想再见到我们的儿子吗？一定有办法可以找到他的，而且这个办法只有你知道，请告诉我好吗？"

女神没有办法，只得对丈夫说："现在只有一个办法可以找回德利比鲁，那就是必须由他的父亲，你——风暴雨神提修布亲自去找。除此之外，根本就没有办法找回德利比鲁。"提修布听取了妻子的建议，飞向远方寻找德利比鲁。

提修布走遍了世界每个角落，也没有看到德利比鲁。这一天，风暴雨神发现了一座城堡。他想自己的儿子很可能就躲在这座城堡里。于是，他施展法力，使天空中刮起了强大的暴风，把上了锁的城堡大门吹了开来。提修布走进城堡，找遍了所有的地方也没有发现德利比鲁。提修布非常沮丧，垂头丧气地回到了韩娜韩娜女神身边。

女神知道丈夫的遭遇后，一脸不悦地说："我知道那个臭小子一定就躲在城堡的某个地方，你没有找到他，是因为他根本不想见你。这个家伙，怎么可以这样呢？连自己的父亲都要欺骗。我一定要好好惩罚他。"说完，女神召来了千万只小蜜蜂，对它们说："去吧！我可爱的孩子们！你们拥有灵巧的身体和坚韧的翅膀，一定可以找到我的儿子德利比鲁。"

在韩娜韩娜女神的帮助下，蜜蜂们很快就找到了德利比鲁。可不管这些小东西如何在德利比鲁面前扇动翅膀，他就是不理睬，最后居然索性睡起觉来。小蜜蜂们一看没办法，就用刺蜇他。德利比鲁被蜜蜂蜇得实在受不了了，叫喊着跑出了房间。

天神们很快就得到了消息，赶忙派鹫给德利比鲁送去新鲜的椰子、美味的橄榄和上等的葡萄酒，又给他带去了最好的香油，让他止痛。可惜，德利比鲁对天神们的殷勤并不领情，嘴里嘟囔道："干什么啊？难道凭这点东西就想收买我？哼！不管他们怎么做，都无法抹去我心中的怒气。"

没办法，天神们只好去求女神卡姆露少巴。卡姆露少巴答应了众神的要求，说道："我十分愿意效劳。首先，太阳神的鹫要再次飞到德利比鲁那里，扇动它的翅膀来减轻德利比鲁的疼痛。然后，天神使者要带上十二只洁白的羔羊，代表所有的天神献上纯洁的羊血。最后，我会亲自赶到那里，施展法力，平息德利比鲁的怒气。"就这样，德利比鲁终于答应返回天界。

众神为德利比鲁的归来举行了盛大的欢迎仪式。他们穿上整洁漂亮的衣服，一起站在哈达奴基修纳树下迎接德利比鲁。此外，众神为了表示诚意，还特地为德利比鲁修建了一座华丽的、有七扇大门的宫殿。其实，众神这么做一方面是为了讨好德利比鲁，另一方面也是想通过这七道大门把他软禁起来，使这个小气的家伙不再出走。

德利比鲁回来了，大地又重获生机，人们又过上了幸福的生活。

山羊与树雕塑

在美索不达米亚地区，人们认为羊羔与公牛作为祭祀品最受众神欢迎。在遇到干旱雨涝灾祸时，人们往往以为是得罪了神灵，必须献上最好的祭品。

克马鲁迪的神话

宇宙形成之初，世界是由一位名叫阿拉鲁的天神掌管的。他拥有无穷的法力，所有天神都听从他的吩咐。阿拉鲁神身边有一位贴身大臣，负责照顾阿拉鲁日常的饮食起居。这位贴身大臣就是后来的天界主神——天神亚奴。

阿拉鲁的统治维持了九年以后，他的那个亲信、自己的贴身大臣亚奴神背叛了他。亚奴神率领着天界众神攻入了阿拉鲁的宫殿，而他自己则直接面对阿拉鲁神。最后，阿拉鲁神战败，失去了对天界的支配权。阿拉鲁只能躲进黑暗潮湿的地界，永远不能返回天界。也许有人会问，亚奴神为什么要背叛自己的主人？其实很简单，天界和人间一样，权力的斗争一直都存在。

这个角状雕像被认为是天神亚奴的象征。发现于巴比伦，历史可追溯到公元前1120年。

亚奴神当上了天界的最高统治者，此时的他可谓是春风得意。当然，作为天界之王自然要有气派。于是，亚奴神从天神中选出一位做自己的贴身大臣，当然也是他的仆人。最后，众神之王亚奴神选中了克马鲁迪天神，由他来照顾自己的饮食起居。

最初，克马鲁迪神对亚奴神可谓是俯首贴耳，毕恭毕敬，每天都小心翼翼地伺候亚奴神。在亚奴神眼里，克马鲁迪神是最忠诚的仆人。

好景不长，在亚奴神当了九年天界之王后，他最亲近的人、自己的贴身大臣——克马鲁迪神叛变了。当克马鲁迪神拿着武器站在他面前时，亚奴神简直不敢相信自己的眼睛，他叫道："为什么？克马鲁迪！你为什么会拿着武器？我的亲信！你为什么会有那样的想法？我的仆人！你为什么会背叛我？我的朋友！难道我对你不够好吗？"

克马鲁迪神冷笑了几声，说道："不！亚奴神，你对我很好，就像对待亲生儿子那样！其实我应该很满足的。"亚奴神不解地问："那为什么还要谋反？"克马鲁迪神说道："为什么？那我问你，以前的阿拉鲁神对你不好吗？你为什么还要谋反？其实你背叛阿拉鲁神的原因，也是我背叛你的原因。谁叫那闪烁着无限光芒的王冠那么诱人呢？"

亚奴神终于明白是怎么回事了，其实他早该知道有这一天。当初他为了当上天界之王赶走了阿拉鲁神，如今克马鲁迪神为了夺走那至高无上的权力也要赶走他。为了捍卫自己的尊严，为了捍卫王权，亚奴神拿起武器与克马鲁迪神展开了殊死的搏斗。

经过几天的战斗，亚奴神渐感体力不支，一不留神被马鲁迪神刺伤了胳膊。身负重伤的亚奴神没办法，只好败走，飞向远方。不过，克马鲁迪神比他的主人更加狠毒，懂得什么叫斩草除根。他不打算放任亚奴神逃走，而是在后面紧追不舍。

受伤的亚奴神不一会就被克马鲁迪神赶上。兴奋的克马鲁迪被胜利冲昏了头脑，居然忘乎所以，一口咬下了亚奴神的生殖器，还把他的精子吞进了肚子里。

亚奴神觉得受到了极大的屈辱，他愤怒地吼道："你这个卑鄙的家伙，你这么做简直是太无耻了。你将会受到可怕的诅咒。"

克马鲁迪却不以为然，反而讥笑说："是吗？那我倒要听听，看看你这个失败者如何诅咒我。"

亚奴神恶狠狠地说："是的，你现在是胜利者，而且是高傲地把我打败了。但是你吞下了我的精子，它们会在你体内生长，变成三位拥有无穷法力的、给你带来灾难的天神。他们分别是天候神、大修米修神以及底格里斯河神。这三位天神将会让你体验到真正的恐怖，会给你带来无尽的痛苦。"说完，亚奴神转身飞向远方。

被吓坏的克马鲁迪神此时已经没有心情追赶，心想："虽然亚奴不再是天界之王，但是他依然拥有无穷的法力，那么他的诅咒还是会实现的。"于是，为了摆脱亚奴的可怕诅咒，克马鲁迪神施展法力，想要把亚奴的精子吐出来。

努力还是有成效的，大部分精子已经从克马鲁迪的身体里排了出来，大修米修神以及底格里斯河神落到了地面。不过，还有一部分精子留在了他的体内，这些精子将会孕育成天候神。克马鲁迪知道自己无能为力，只好逃回众神居住的坎斯拉山，以便从长计议。

日子一天天过去，不管克马鲁迪怎么努力，遗留的精子都没能从他体内排出。天候神在克马鲁迪的身体内渐渐长大，等待着他的主人亚奴神的召唤。

七个月后，时机终于成熟了，亚奴神盼来了自己复仇的日子。他施展法力，告诉天候神如何从克马鲁迪的身体出来。一天晚上，当克马鲁迪熟睡的时候，天候神悄悄地从他口中跳了出来。亚奴神见自己的孩子终于出世，高兴得不得了，马上赐予他无穷的力量和勇气，并教他与克马鲁迪战斗。

这件垂饰是 1987 年在伊拉克尼姆鲁德一处皇后的墓中发现的。产于公元前 8 世纪。垂饰四周由精美黄金颗粒镶边，中间是一幅天青色棕榈树拼图，由次等宝石镶嵌而成。这种棕榈树在亚述艺术中常常作为天神的象征，是圣树。

对于克马鲁迪来讲，这可能也算是一种解脱，他再也不必终日担惊受怕了，终于可以面对面地和天候神战斗了。不过，在亚奴神和其他天神的帮助下，克马鲁迪最终被这个新生的天候神打败了。他不得不把自己刚刚抢夺过来的天神之王的位置重新让给亚奴神，自己则只能开始亡命生活。

像很多故事一样，克马鲁迪神并不甘心自己的失败，总是找机会报仇。后来，他生下了一个儿子——山岩巨人乌鲁里克牧尼（就是打败克牧米亚人的意思，因为天候神居住在克牧米亚城）。乌鲁里克牧尼也在战斗中被杀死，克马鲁迪的复仇计划失败了。

巴比伦的创世纪

［巴比伦］

宇宙尚未形成的时候，到处都是一片混沌和黑暗，没有一丝生机。在那个让人无法想象和理解的宇宙中，只有两位天神浑浑噩噩地蜷在里面，他们就是纯净之水阿普苏和涩咸之水提亚马特。

这两位被巴比伦人称为世界上最古老的天神还并没有自己的名字。他们不知道自己该做什么，也没有想过要做什么，只是彼此互不往来的生活着。他们的命运，就连他们自己都不清楚。

几亿年的时光过去了，宇宙内部发生了一些微妙的变化，世界也随之产生了变化。也许是因为寂寞难耐，也许是因为命运的驱使，在一些后人无法知晓的原因的驱使下，阿普苏和提亚马特结合了。他们的结合方式非常简单，那就是一大片淡水（阿普苏）与那一大片的咸水（提亚马特）融合在一起，然后彼此搅拌。就这样，最早的生命气息在他们的体内酝酿着，用不了多久世界就将迎来很多新的天神。

最先出来的是一对双胞胎，阿普苏给他们取名叫拉赫姆和拉哈姆。这两位小天神从父母那里继承了非凡的神力，在很短的时间内就长大成人。他们相貌俊美，身材健硕，单单从外表看就能判断出他们是天神的儿子，而并非凡夫俗子。

第二个出生的是一对兄妹。他们就是英明神武的天神安沙尔和美丽聪明的基什瓦尔。虽然他们比拉赫姆和拉哈姆晚一些来到这个世界，可是他们的力量却大大超过了两位哥哥。他们的身材更加高大，法力更加高强。最重要的是，这两位天神后来结为夫妇，而他们的儿子就是以后最有名的天神之王——安努。

就这样，阿普苏和提亚马特不停地互相搅拌，越来越多的天神来到了这个世界上。原来冷冷清清的、混沌黑暗的世界因为这些新生命的出现而变得热闹起来。阿普苏和提亚马特也不再孤独和寂寞，孩子们给他们带来了很多欢乐。

可是，好景不长。也许是阿普苏和提亚马特赋予这些小天神的力量太多了，也许是他们天生就是这样的性格，总之，阿普苏和提亚马特越来越不能忍受这些调皮的小家伙了。因为他们不停地追逐打闹，到处搞恶作剧，更加过分的是，就连最伟大的母神提亚马特也被他们骚扰了。终于，父神阿普苏再也无法忍受孩子们的顽皮了。

这一天，阿普苏神把提亚马特神和一位名叫穆穆的心腹叫到身边，怒气冲冲地对他们说："好了！闹剧该结束了，是教训一下那些可恶的孩子们的时候了！这些可恶的家伙没有一刻不给我们惹祸的，整个宇宙都被他们搅得不得安宁。我决定把他们全部杀死。"

这个穆穆可不是省油的灯，他早就看不过小天神们的所作所为，如今见阿普苏有除掉他们的意思，立即在一旁煽风点火说："是啊！伟大的阿普苏神，他们简直太可恶了。您完全有权利这么做，也应该这么做，因为他们是您创造出来的，您当然有权力把他们消灭。"

女神伊西塔之门

在弗德哈西亚提舍博物馆第九展厅，陈列着重建的伊西塔之门，雕刻的龙和牛代表巴比伦的神灵。巴比伦，意为众神赐福之都。在巴比伦的伊西塔之门前是典仪大道，新年到来时，巴比伦的诸神之像在此经过。

世界上最伟大的就是母爱，这一点对天神也不例外。提亚马特神对丈夫的决定十分不满，哭泣着对他说："亲爱的阿普苏，你怎么能做出这样的决定呢？要知道那些孩子还小啊！我们应该教导他们如何做，而不是因为他们做错了事就毁掉他们。是的，你有权力消灭他们，但是如果你要消灭他们的话，那么当初为什么要制造他们呢？"

阿普苏被提亚马特劝得有些心软，想改变自己的想法。可是，穆穆却不想放过这个机会，赶忙在一旁添油加醋，结果阿普苏的心又硬了起来，吼道："好了，提亚马特，别再浪费口水了！那些可恶的家伙根本不听教训，只有消灭他们才能还世界清静。"

提亚马特见阿普苏决心已定，知道没有办法挽救了。没办法，她也只得参与了进来。就这样，一个诛杀亲子的计划制定下来。

可是，这个恶毒的计划在实施以前就被那些小天神们知道了。也许他们是从母亲提亚马特那里得到的消息吧！小天神们聚集在一起，商讨如何应对。他们知道，现在根本不能讲什么父子情深，因为即使他们想讲，他们的父亲阿普苏也不会讲。小天神们非常明白，现在最要紧的是先下手为强。

在小天神当中，最有智慧的应该算是水和智慧之神埃阿，所以他理所当然地当上了军师的职位。埃阿神采飞扬地说："各位兄弟姐妹们！我已经对现在的局势进行了精确的分析。我认为我们面临的问题虽然很严峻，但是还没有发展到无法挽救的地步。虽然我们的父神阿普苏想要杀死我们，但是我们完全可以凭借自己的力量推翻他。不过有一点要注意，这次斗争不能以武力进行，而必须使用智慧。你们不要担心，我已经有办法了。"

埃阿一顿云山雾罩的演讲把所有天神都听呆了，他们迫不及待地问："埃阿！你就别卖关子了！你到底有什么办法啊？你需要多少人做帮手，都需要那些人？你现在快说出来吧！"

埃阿笑了笑，说："放心，你们不必为这件事负责，因为这次行动只需要我一个人就可以了。至于是什么方法，我还不能告诉你们。不过我有个条件，如果我办成此事，那么我们的父神阿普苏的尸体将归我所有，我可以任意支配他。"众神们想都没想就答应了他的条件，他们想知道的是埃阿的计划到底行不行得通。

几天后，结果出来了，埃阿的计划成功了。原来，他趁阿普苏不注意，悄悄地施展法术，把能让人昏睡的咒语灌入他的耳朵里，使他一睡不醒。之后，埃阿又拿起一把宝剑，把他们的父神阿普苏的头砍了下来。

所有的小天神都欢呼雀跃，因为他们不仅躲过了一场灾难，而且从今以后再也不用接受谁的管教了，他们可以随心所欲的做任何事情。按照事前的约定，埃阿得到了阿普苏的尸体，并在他的上面建立了一座华丽的宫殿。

从那以后，埃阿居住的那片土地就被巴比伦人称为圣地。

大母神复仇

［巴比伦］

阿普苏死了，而且是被他的亲生子女杀死的，失去了丈夫的痛苦让提亚马特伤心欲绝。可怕的事情发生了，也许是太过伤心了，提亚马特心中的悲伤竟然变成了愤怒。她的形态本来是一大片水，可是因为愤怒却变成了实体——一条长有七个脑袋的可怕的毒蛇。

老一辈的天神们发现了提亚马特的变化，他们知道是来劝劝她的时候了。其中一个天神说："可怜的提亚马特，你怎么变成这个样子了呢？哎！丈夫的离去使你太伤心了，你要振作一点。"另一个人接过来说："是啊！你要坚强！不过我对你的做法真的很失望，那些浑小子们杀死阿普苏。那是他们的父亲，也是你的丈夫啊！你看你，只知道整天躲起来，你为什么不去找他们报仇呢？你是他们的母亲，你一定有能力干掉他们的……"

就这样，老天神们你一言我一语，纷纷指责起提亚马特，责怪她不采取行动，为阿普苏报仇。终于，提亚马特被众神劝服了，那颗曾经善良仁爱的慈母之心此时已经完全被狂热的仇恨所吞噬了。提亚马特大声吼道："住口！不要再多说了！我明白我应该做什么了，等着瞧吧，我会让那些可恶的小鬼受到惩罚的。"老天神们欢呼雀跃，纷纷表示愿意奉她为首领。

刚刚平静的天界又大乱起来，以大母神提亚马特为首的天界魔军组成了。提亚马特召集了以前阿普苏神的旧部，并从里面挑选出一个法力最强的人做了自己的丈夫，他就是被称为魔怪的金古。为了表示对他的信任，提亚马特把至高无上的命运簿交给了他，而且还让他做这支复仇军队的统帅。此外，为了给自己的部队补充有生力量，提亚马特还特意制造了十一个可怕的蛇妖，并让他们做了先锋。如此，这支强大的魔军浩浩荡荡地出发了。

最先得知这一可怕消息的是埃阿，因为魔军第一个进攻的目标就是他。谁叫他杀死了阿普苏，还用父亲的尸体作了自己的领地呢。此时，埃阿已经没有往日的镇静，而是惊慌失措地跑到了天神安沙尔那里，向他汇报情况。

安沙尔皱了皱眉，对埃阿说："这件事很难办，不过我觉得他们是冲你来的，因为是你杀了我们的父神，所以一切责任都要由你来承担。"

埃阿知道他要过河拆桥，生气地说："什么？我那么做还不是为了大家，要知道他们这次来的目的并不仅仅是找我，他们还要杀死所有的人，重新恢复阿普苏时代。"

安沙尔觉得埃阿说的有道理，连忙道歉说："对不起！不过，我认为提亚马特再怎么说也是我们的母亲，我觉得她未必想杀死我们。你是我们当中最聪明的，去劝劝他们也许会管用。"

埃阿没办法，只好硬着头皮走出安沙尔的城堡，来到了魔军阵前。愤怒早已经充斥了魔军队伍中每一个人的心，他们根本不会听任何人的劝告，再加上埃阿心里非常害怕，以前那股伶牙俐齿的劲头早已无影无踪。结果可想而知，劝降是没有成功，可怜的埃阿还险些丢了性命。

没办法，由于事情紧迫，安沙尔只得找来了所有的天神，一起商讨如何才能平定这次叛乱。众神一个个都变成了哑巴，没有一个人愿意出面，因为他们谁也不想得罪大母神。

这时，埃阿神悄悄走到他的儿子马尔都克身边，对他说："孩子！该看你的了！其实我早就可以举荐你，但是我没有。我就是要让所有的天神都感谢你，让他们把你奉为新一代的天神之王。如今，我已经老了，也没有那么多的雄心壮志了，只希望你能够成功！"

其实，马尔都克早就想请命出战，因为没有父亲的允许所以没敢有所行动。如今听到父亲的鼓励，他马上挺身而出，表示愿意接受这项任务。安沙尔打量了这个长有四

天神之王马尔都克
马尔都克是巴比伦的守护神，当地人民将其奉为诸神之首。他头戴王宫，手执权杖。他的象征物是半蛇半龙动物。

只眼睛、四只耳朵而且一长嘴就会喷火的年轻人，点了点头说："好！我相信你一定可以完成这次平叛的任务。说吧，你需要什么，只要你说出来，我们都会满足你的！"

马尔都克笑了笑，回答说："其实很简单，安沙尔天神。我要你召开众神大会，然后你要在会上宣布，从今以后我就是天神最高的领袖，任何人都不能违反我的命令。因为是我拯救了新一代的天神，是我打败了那些可怕的叛军。同时，只有你们赐予了我无穷的力量，我才能彻彻底底地除掉那些魔军。此外，从今以后，我的命令是不能更改的，不管是对是错，而且我所说的话都要变成现实。"

安沙尔犹豫了，因为马尔都克的条件太苛刻了。不过，眼前的危险才是最可怕的，让他当众神之王，总比让叛军杀死要好，所以安沙尔答应了马尔都克的条件。于是，众神聚集在一起，举行了一场盛大的宴会，并在宴会上把马尔都克扶上了王位。

第二天一大早，马尔都克带上众神的法宝，乘坐由"毁灭"、"无情"、"践踏"和"飞驰"四匹神马拉的风暴战车，来到了叛军面前。威风凛凛的马尔都克吓坏了所有的叛军，此时他们已经头晕目眩，四肢无力，完全丧失了抵抗能力。

马尔都克冲到阵前，质问大母神提亚马特，指责她谋反、叛乱，有失母神的身份。提亚马特笑了笑，说："谋反？叛乱？这些词应该是说你们的吧，要知道是阿普苏和我创造了你们。如今你们杀死了他，还抢夺了他的政权，却在这里大谈什么谋反？真是可笑。"

马尔都克知道多说无益，于是采用了激将法，对她说："提亚马特，你是他们的母亲，但不是我的！你既然有胆子叛变，为什么没胆子和我决斗呢？"

果然，提亚马特忍受不了这样的讥讽，冲上前去与马尔都克战斗。由于得到天神们的赐福，马尔都克很快就把大母神提亚马特生擒活捉了，而那帮可怜的叛军也都沦为了天神的阶下囚。

创造天地的时代

［波斯］

混沌的世界最初只有光明和黑暗这两种东西存在。光明处在遥远的上界，那里居住着善神阿富拉·马斯达；黑暗则处在深邃的下界，那里居住着魔神阿哈利曼。波斯人认为从有宇宙的那一刻起，光明和黑暗就开始对立，善神和魔神就互相敌视，他们之间的争斗从没停止过。不过，也正是因为他们之间的争斗，才有了如今这丰富多彩的世界。

魔神阿哈利曼野心勃勃，认为自己住在地下受了很大委屈，觉得只有他才有资格居住在那高耸的上界。至于阿富拉·马斯达，只不过是个小丑而已。于是，他慢慢地从下层升起，向着光明的天界一点点靠近，准备　　发起进攻。

"邪不胜正"，这句话不管在什么地方或是什么时候都适用。可怜的阿哈利曼失败了，因为他实在抵挡不了阿富拉·马斯达那炙热的光芒，被打回下界。他不甘心失败，一心想着报仇雪恨。他在黑暗中一点点地创造条件，慢慢地纠集起了一支庞大的黑暗军团。

阿富拉·马斯达觉察到了阿哈利曼的举动，担心哪一天他真的杀上来，自己一个人的力量抵挡不住。于是，阿富拉·马斯达就向阿哈利曼下战书，要求以三千年为一个期限，三千年后，光明和黑暗将进行一次大决战，胜利的一方有权居住在上界。阿哈利曼答应了他的要求。

为了防止被阿哈利曼偷袭，阿富拉·马斯达在空中念起了咒语，无数的光线编织成了一

波斯神跪坐像
如同其他民族的神话，波斯神话中也有半人半兽神，这是图腾崇拜在神话中遗留的痕迹。

个巨大的网,把在黑暗中的阿哈利曼紧紧地束缚住了。这样,在以后的三千年里,魔神阿哈利曼就没办法从黑暗中出来了。

三千年对于凡人来说简直太长了,可是对于天神来说却显得那么短促。善神阿富拉·马斯达不敢耽误,马上开始创造工作。因为他要在魔神阿哈利曼冲出束缚前制造出很多有形的物质,它们将会代表光明的力量。

最关键的是要创造出能够放射无限光芒的物质。阿富拉·马斯达先用一些类似石头的东西做成了一大片背景,那就是我们后来看到的天空。接着,他又用各种各样的石头创造出了许许多多的星星,据说有六百四十八万颗。这些星星平时在天空中发出光芒,一旦遇到黑暗力量侵犯时,他们就会变成无数个勇敢的光明战士。此外,阿富拉·马斯达还在东南西北四个方位设立了四大将军,由他们来统领各个方位的星星战士。

星星有了,可是它们的光量还不够强,天空需要一个更大更强的发光体。于是,阿富拉·马斯达制造出了月亮。后来,他又对月亮的光亮不够满意,所以又创造出了太阳。就这样,阿富拉·马斯达不停地制造着,直到过了四十天,天空的创造工作才算完成。之后,阿富拉·马斯达休息了五天。

接下来,阿富拉·马斯达要创造生命物质的源泉,因此水在世界上出现了。只有水才能培养出具有生命的物质来,因此水在陆地上要占有很大的分量。他拿着水,走遍了大地的每个角落,当他走到一个他认为合适的地方时,他就会把水全部倒在那里。有的时候倒的比较多,那么那里以后就成了大海;有的时候倒的比较少,那么那里以后就变成了江河。五十五天过去了,世界上已经有三分之一的地方有了水。阿富拉·马斯达又休息了五天。

善神阿富拉·马斯达下面要进行的工作就是建起堡垒,以便在和黑暗势力做斗争的时候能够有天然的屏障。他首先用很多很多的石头建起了平坦宽阔的大地,然后在大地上四处巡视。当他觉得合适的时候,他就施展法力让那个地方的地面升起很高很高,变得尖尖的。七十天过去了,世界上有了很多很多的山,有的高一点,有的则低一些。这样,阿富拉·马斯达又休息了五天。

下面的创造工作是最伟大的,善神阿富拉·马斯达决定开始创造有生命的物质。他想:"应该从那些比较简单的生物开始创造,因为那样会让我觉得自己有能力创造出更高级的生物。"于是,他决定创造出世界上第一种生物——植物。

阿富拉·马斯达把一个神奇的植物种子扔进了大海里。一段时间后，在生命源泉的孕育下，种子开始生根发芽，慢慢地长成了一棵参天大树，树上结满了各式各样的果实。这些果实很奇怪，那就是它们的外形各不相同。当果实降落到地面时，就会变成各种各样的植物。而这棵最早的大树，则被称之为原木草。阿富拉·马斯达又休息了五天。

接下来，阿富拉·马斯达开始创造比较高级的生物——动物。他思来想去，最终决定后以牛作为世界上第一种动物。于是，他找来一大块泥土，整整用了七十五天，终于创造出了一头健硕的、犹如天空中的月亮一样洁白的牛，这头牛被称为原始牛。阿富拉·马斯达又休息了五天。

最后的任务，也是最艰巨、最伟大的任务就是创造人类。从创造原始牛那里得到了启发，阿富拉·马斯达找了一块比较有灵性的土，整整捏了七十天，终于创造出了世界上第一个人类。为了显示人是高级的动物，应该和牛有所区别，阿富拉·马斯达还给原始人取了个名字，叫作卡幽马路司。

就这样，世界上有了天、有了地，有了水、有了原始牛，而且还有了原始人。阿富拉·马斯达非常满意自己的创造工作，于是他又休息了五天。从天空的创造到原始人的出现，阿富拉·马斯达整整地耗费了三百六十五天的时间。从那以后，人们就把三百六十五天定为一个周期，称为一年。

捧杯公牛像
波斯贵族祭祀用的礼器，牛角以及牛身上流线型花纹体现的是早期的波斯风格。

光明和黑暗的战争

[波斯]

在波斯神话中，宇宙的发展分为三个周期，每一个周期的时间都为三千年。其中，第一个周期为创世时期；第二个周期是光明与黑暗战争时期；第三个周期就是我们现在所处的时期。

宇宙的第一个三千年过去了，世界将迎来第二个三千年，一个可怕的时代，一个充满血腥的时代。光明咒语的力量正在消失，黑暗的力量正在加强，善神阿富拉·马斯达越来越紧张，因为他知道魔神阿哈利曼很快就会冲破咒语的束缚了。

该来的还是要来，这是不能避免的。魔神阿哈利曼从地面升起了，紧跟其后的是他亲手制造出来的黑暗魔军。阿哈利曼怒吼着，狂笑着，他觉得如今的阿富拉·马斯达根本不是他的对手。

第一道天然堡垒发挥了作用，整个大地剧烈地震动起来。为了保护大地，世界上所有的高山都联合起来，把黑暗魔军团团围住。它们悄悄地把自己的根插得更深，并且在地下互相连接起来，这样的话阿哈利曼和他的魔军就没那么容易摧毁。从那以后，大地就变得非常坚固和结实了。

不过，这些牢固的屏障并不能阻止阿哈利曼吞并光明的野心。他施展黑暗的力量，创造出许许多多可怕的动物，比如毒蛇、

善恶交战图

在第二周期，光明与黑暗进行了一场撼天动地的大恶战。光明神取得最终的胜利，此后波斯人将对光明神的崇拜延续下来，产生了拜火教。拜火教不是一神教，也不是多神教，是独特的二元论宗教。这种善恶绝对对立的二元观是拜火教的特征。

蝎子、蜥蜴以及青蛙等。这些可怕的小怪物到处作恶，搅得世界不得安宁。为了对抗黑暗力量，阿富拉·马斯达把天狼星派下界来，让他消灭那些可怕的毒物。

天狼星下界之后马上变成了马、牛、人等动物，这些都是毒物的克星。同时，阿富拉·马斯达也为天狼星助阵，在天空放射出耀眼的光芒。经过三十天的苦战，阿哈利曼的毒物终于被消灭干净。为了冲刷掉世界的罪恶，阿富拉·马斯达又从天降下瓢泼大雨。

罪恶虽然已经被大雨冲刷掉，但是大地依然被毒气和臭水包围。为了彻底消灭这些后患，天狼星又变成了一匹白色的天马，挥动长尾巴驱除毒气。阿哈利曼恨得牙根痒痒，一心想要报仇。他从黑暗世界召唤来了可怕的干旱魔神，并让他化成一匹短尾的黑马与天狼星作对。

毒气还没有消除，干旱又接踵而至，这下可急坏了善神阿富拉·马斯达。他知道必须速战速决，于是施展无穷的法力，帮助天狼星把干旱魔神赶回了黑暗老家。阿富拉·马斯达又使世界刮起大风，把覆盖在大地上的水吹到了海里。接着，天狼星把这些海水舀起来，存在云彩里，等到积攒到一定数量时，大雨又一次从天而降。经过了十天，大地终于摆脱了干旱的侵扰。从那以后，陆地就被分为了七个州。其中面积最大的，土地最肥沃的就是波斯。

这场大雨虽然使大地不再干旱，但是依然有一些毒残留在了地下。雨水渗透到了地下，变成含有盐分的水流进了大海。扎根在大海里的原草木遭了殃，吸收了很多有害的水分。阿哈利曼又趁机对它进行攻击，就这样原草木枯萎了。

负责看守原草木的天神没办法，只好把树连根拔起，并把它捻成碎末。这时，阿富拉·马斯达出现在天空中，对这位天神说："不要怕！原草木失去的只不过是它的外形，它的力量依然是存在的。"

心情沮丧的守护天神问道："伟大而光明的阿富拉·马斯达，因为我的过错使得原草木枯死，我想知道如何才能弥补我的过错。"

阿富拉·马斯达回答说："你不用为这件事着急，这一切都是注定的。魔神阿哈利曼不会善罢甘休的，你知道吗？很多毒已经掺在了水里，今后的世界将会有很多很多的痛苦。同时，我还觉察到阿哈利曼会派出十万个病魔肆虐大地，到时候世界将迎来灾难。"

守护神吃惊地问道："那怎么办啊？如何才能对付这些可怕的东西呢？"

阿富拉·马斯达笑了笑说："这就是我说的定数，你将原草木的碎末放入天狼星的水中搅拌，然后让它变成天降的雨水。那样的话，世界就可以获得平安。"

守护天神按照阿富拉·马斯达的意思去做了，从那以后世界上就有了许许多多的、各种各样的草药。

原草木枯死了，必须有植物来代替它。于是，阿富拉·马斯达又在宇鲁卡夏海种下了一棵新的树木，一棵比原草木还要茂盛高大的树木。因为有一只名叫沙耶鸟的灵鸟在这里筑巢，所以这棵树就被称为沙耶树。

波斯波利斯王宫的石刻兽像
狮身与猛禽头结合在一起，是太阳的象征。

屡战屡败的阿哈利曼一计不成又生一计，他又创造出一种可怕的物质——衰老。不管是植物还是动物，都面临可怕的衰老，而且速度相当快。为了对抗他，阿富拉·马斯达又创造出了一棵名为白何姆树的植物，并把光明的力量赐给它，让它对抗可怕的衰老。

阿哈利曼不甘心失败，发誓一定要破坏这棵树。于是，他偷偷潜入海底，变出一只巨大的、有毒的青蛙，让它看准机会毁掉白何姆树的根。不过，他的毒计又被阿富拉·马斯达察觉。为了对抗大青蛙，善神又变出两只名叫卡路的灵鱼，由它们负责保护白何姆树。在光明和黑暗的三千年斗争中，大青蛙虽然时刻都想吃掉白何姆树的根，但一直没有得逞。世界也因为白何姆树的存在而免遭灭顶之灾。

那只洁白的原始牛，它也没有逃脱厄运，也被魔神阿哈利曼杀死。不过，它体内的生命种子升到了天上，经过月光的洗礼后，变得更加纯洁。后来，生命种子里不断地创造出许许多多的动物来，而且这些动物都是一对一对的。

至于原始人卡幽马路司，他则成了伊朗境内人类最早的国王。据说，他一共统治了波斯三十年，死后他的尸体被圣洁的阳光洗礼，变成了后来伊朗人、印度人和土耳其人的祖先。

梵天创世

[印度]

　　尚未形成的世界是一片黑暗的，到处都是混沌的景象，所有的地方都是空荡荡的。整个世界显得那么的孤寂，没有天、没有地、没有水、没有火，也没有日月星辰、云雨雾风、花草树木、鸟兽鱼虫。当然，此时的世界上，更不会有后来作为万物之灵的生物——人。

　　不知过了几亿年，世界上有了第一种物质——水。浩瀚的大水是自发产生的，传说它是由至高无上的存在创造的。大水无边无际，充斥了整个世界的每一个角落。

　　又过了几亿年，世界上第二种物质出现了，那就是火，这种物质产生于无边的大水之中。起初火只不过是一颗小小的火星。火星在水中越来越大，甚至于到最后居然在大水中熊熊燃烧起来。火不断对水施加热力，渐渐地，水中居然冒出一枚蛋，那是一枚金色的蛋。这枚金蛋在水中漂流着，没有任何东西阻碍过它的漂流。过了不知多少年，金蛋突然裂开了，最伟大的神、宇宙的主宰、世界的创造者——大梵天从中诞生了。

　　伟大的梵天从一出生就施展了他无边的法力，开始创造整个宇宙。他把孕育他的金蛋的蛋壳分为两个部分。他把蛋壳的上半部分变成了无边

婆罗门教主神梵天

梵天创造世界，有四脸四臂，能眼观四面八方，是至高无上的神。图中的他骑在一只野鹅上，飞翔的野鹅象征着灵魂的解放。

的天空，下半部分变成了无尽的大地，就这样宇宙间的天地就形成了。梵天使天和地永远地、彻底地分开了，他要为自己创造一个可以活动的空间。

虽然宇宙已经具有了雏形，但是它依然是混沌的，因为此时的宇宙没有方位。于是梵天就创造出了东、南、西、北四个方位，然后又确立了时间概念，出现了年、月、日以及小时。自此，宇宙才得以真正的形成，成了可以孕育生灵的摇篮。

过了一段时间，伟大的梵天开始觉得苦恼。虽然他创造了宇宙，虽然他是宇宙的主宰，但是每当他环望天空、俯视大地的时候，一切是那么的黑暗，那么的沉寂，因为此时的宇宙中没有任何的生物，没有一点生机。梵天感到寂寞了，感到孤独了，他想："这个世界为什么一点生机都没有呢？我一个人简直是太孤独了，我应该找一个或几个伴侣，那样一者可以让我不再觉得寂寞，二者也可以让他们无限的繁衍后代，使这个由我创造出来的世界变得有生气。"

梵天这个想法刚刚冒出，马上就有六个儿子从他身体的各个部分诞生出来。其中，老大名叫摩里质，产生于梵天的心灵。他是创造了天神、妖魔、人类、禽兽以及所有生物的著名仙人伽叶波的父亲；老二名叫阿底利，诞生自梵天的眼睛。他是正义之神达摩和月神苏摩的父亲；老三名叫安吉罗，出自梵天的嘴巴。他是安吉罗仙人家族的祖先；老四名叫补罗私底耶，出自梵天的右耳。相传他是恶魔罗刹的祖先；老五名叫补罗诃，诞生于梵天的左耳。相传他是半人半神的小精灵夜叉的祖先；老六名叫克罗图，产生于梵天的鼻孔。这六个儿子是最早的神，都是宇宙中伟大的造物主。

梵天创造完这些伟大的、崇高的造物神以后，决定再创造出能够繁衍后代的神。他先从自己的右脚大拇指生出了第七个儿子——达刹，然后又从自己的左脚大拇指生出了一个女儿——毗里尼。达刹和毗里尼在梵天的庇护下生长得非常快，最后还结为夫妻。

达刹和毗里尼是我们的始祖，繁衍了我们后世的人类。在他们结为夫妇后不久，就生下了五十个女儿。这些女儿都嫁给了他们的哥哥或是哥哥的儿子们。其中，有十三个女儿嫁给了摩里质的儿子伽叶波，二十七个女儿嫁给了阿底利的儿子月神苏摩。

在达刹和毗里尼所有女儿中，最为有名的是大女儿底提、二女儿檀奴以及三女儿阿底提。底提是巨魔底提耶族的母亲，檀奴则是巨魔檀那婆族的母亲，她们的儿子被后人统称为阿修罗。三女儿阿底提一共生有十二个儿子，被后世的人们统称为天神。他们个个都是英明的神，比如守护之神毗湿奴、雷电之神因陀罗、海神婆楼那、太阳之神苏里耶等，特别是守护之神毗湿奴和雷电之神因陀罗更是声名显赫。

梵天在创造完世界后，感觉非常疲惫，不想再去管理宇宙了，就将整个宇宙的统治权交给了他的后代——阿修罗以及天神们。

起初，整个宇宙的领导权

印度教诸神像
诸神围绕的是毗湿奴及其妻吉祥天女。在人类遭遇危机时，诸神会出现在地面上帮助人们。

是归阿修罗们所有的。他们法力无边，拥有极其强大的军队。他们有着数不清的财宝，而且还能随心所欲的变成任何形态。为了能够更好统治世界，巩固住他们对世界的统治权，阿修罗们在天地之间建起了由金、银、铁构成的三个要塞，并把它们连接起来，统称为特里普拉，即为"三连城"的意思。

慢慢地，这些作为天神长兄的阿修罗们开始忘乎所以。他们目空一切，骄傲自大，不把任何东西放在眼里，甚至于众神。天神们再也不能忍受阿修罗们的胡作非为，他们与阿修罗之间展开了一张争夺宇宙控制权的战争。

阿底提的十二个儿子勇猛异常，他们在国王因陀罗的领导下，与阿修罗展开了激烈的战斗。最后，在这场战争中，无数的阿修罗被天神的队伍杀死，使得他们元气大伤，就连特里普拉也在斗争中被湿婆摧毁。没办法，阿修罗们只得认输，将宇宙的控制权交给了自己的弟弟。

从那以后，整个世界就一直由英明的、崇高的、法力无边的天神们领导。

天帝因陀罗

[印度]

天帝因陀罗刚强勇猛，他杀死旱魔夫利特，夺回被盗走的奶牛，从而成就了一系列的丰功伟绩。他的妻子舍质温柔善良，美丽大方，尽管她是阿修罗的后裔。

因陀罗，阿底提的第七个儿子，也是阿底提十二位天神中最勇猛的一个。他威风凛凛，所向披靡，曾率领天界众神们打败了不可一世的阿修罗们，夺回了宇宙的统治权，最后被天神们奉为统领，成为天帝。

他的武器是一个金刚杵，坐骑是一头战象。他是雷电之神，也是人类的保护神。他给大地送去甘露，让农田获得丰收，他一直受到凡间的顶礼膜拜。

但是，伟大的天帝因陀罗曾经被无情的命运捉弄过，差点无法返回天界。故事还要从天神和阿修罗的战争说起。

因陀罗率领正义之师战败阿修罗
画中间骑着一头战象的是天帝因陀罗，在因陀罗的左边是骑着南迪牛的毁灭之神湿婆。画面右边的是兽头人身的阿修罗。

因陀罗受刑镏金铜像

在那场争夺宇宙统治权的斗争中，所有的天神都尽心竭力地加入战斗。但是，在天神中也出现了一个叛徒，那就是创造与建筑之神陀湿多的儿子，天神们的大祭司。他暗中勾结阿修罗，企图消灭所有的天神。天帝因陀罗知道了这件事后，愤怒至极。他骑上战象，拿起了金刚杵，解决了这个叛徒。

这次战斗后，有一个人要找他算账，那就是因陀罗的亲哥哥、大祭司的父亲——陀湿多。但为了平息他的怒气，因陀罗不得不自我流放。因陀罗离开了天界，离开了他的妻子，躲在莲藕的藕节中度日。

失去统帅的三界开始变得混乱起来。天地间昼夜更替没有规律，世界上的江河湖海也开始断流，大批的生物在可怕的混乱中死去。最后，天神们觉得不能再这样下去，必须找出一位新的领袖。

选来选去，天神们最后决定，让地球的统治者，月亮家族的国王——友邻王来统治三界。因为只有友邻王才有着和因陀罗一样的力量、一样的品德和同等的名声。只有他做天帝，才能让所有的人信服。于是，友邻王在众神们的一再坚持下，坐上了天帝的宝座，并得到了所有天神的赐福。天神们以为从此可以就天下太平，却没想到等待他们的是一场更大的灾难。

一开始，友邻王还能严格要求自己。渐渐那无边的权力增长了他的贪念。他变得飞扬跋扈，目空一切，就连梵天都不放在眼里。天神们开始为他们当初的决定后悔，但是如今也没有办法，因为友邻王的力量是他们赐予的，给出去的东西是收不回来的。

更加让人难以忍受的事情发生了。一天，友邻王外出时看到了因陀罗美丽的妻子舍质，被这个女人的外表迷住了。友邻王动了邪念，要占有舍质。于是，他下令让舍质进宫觐见，好乘机行不轨之事。

舍质看出了友邻王的心思，宁死也不进宫。天神们也对友邻王卑鄙无耻的做法感到愤怒，决定帮助舍质渡过难关。可商量来商量去，谁也没想出一个合适的办法。最后，众神决定去找毗湿奴大神。

天神们先把舍质藏起来，然后来到了毗湿奴的住处。他们请求大神为因陀罗洗刷罪行，让因陀罗能够重返天界。毗湿奴对天神们说："你们要找到因陀罗，让他为我举行一次盛大的马祭。只有那样，我才能为他洗刷掉罪行，让他重新归位。"天神们找遍了世界的每个角落也没有找到。

舍质见众神没有找回自己的丈夫，很是伤心。她虔诚地向夜神祈祷，祈祷他能够帮助自己找到因陀罗。最后，夜神被舍质的诚心打动了，化成一个美丽的仙女，带领舍质找到了因陀罗。

舍质看见久别的丈夫悲喜交加，

毗湿奴玉像

向他哭诉了自己的思念之情。之后，她又痛陈友邻王的昏庸，希望因陀罗能够振作起来，打败友邻王。此时的因陀罗已经没有了斗志，他只是对妻子说："算了吧！我能怎么办呢？他可是拥有众神的力量啊！"

舍质知道丈夫已经失去了斗志，赶忙告诉他说毗湿奴大神会为他洗刷掉罪行。因陀罗听说他的罪行可以被洗刷掉，十分高兴。他告诉妻子说："我会去的，我一定能够打败这个可恶的、昏庸的友邻王。现在你要委屈一下，答应友邻王的亲事，并且告诉他，你们的婚车必须是由圣洁的修行者来拉。"

舍质按照因陀罗的话去做，答应友邻王做他的妻子。友邻王高兴万分，根本没想到里面会有圈套。他找来了天界的仙人，让他们作他的车夫，为他唱赞歌。仙人们感觉受到了莫大的屈辱，但慑于友邻王的淫威，一个个都是敢怒而不敢言。

在去往舍质家的路上，仙人们和友邻王发生了争吵。友邻王一脚踢在了阿竭多大仙的头上。这时，梵天的儿子芯力瞿从阿竭多的头里飞了出来。他诅咒友邻王说："你是个魔鬼！你将永远地失去你的力量，你将从宝座上掉下来，变成一条可恶的毒蛇，将会在地面上爬行一千年。你的后代也要因为你的罪行而受苦。一切都无法改变，因为这是我芯力瞿，梵天的儿子对你的诅咒。"话音刚落，友邻王就从宝座上掉了下来，落到人间后，变成了一条蛇。

因陀罗得知这个消息后，返回了天界。他为毗湿奴举行了马祭，使自己从罪行中解脱出来。于是，因陀罗再一次成了天界的领袖，重新成为受人景仰的天帝。

死神出世

［印度］

每个人都害怕死亡，因为它会夺去人们的财产，抢走人们的快乐，把一切都从人们的身边带走。同时，死亡还会让每个人永远地离开自己的亲人和朋友，使人们永远都不能再享受人间的幸福。但是，每个人又总要面对死亡，这是自然的规律，也是伟大的造物主梵天的意愿。

那么凡人的死亡是从什么时候开始的呢？是谁把那可怕的东西降临到每个人头上的呢？是谁掌管着那阴冷的、可怕的地府世界的呢？凡人死后会去往什么地方呢？这一切的答案，都要从伟大的太阳神苏里耶说起。

前面讲过达刹和毗里尼的三女儿名叫阿底提，她有十二个儿子，个个都是英明的天神。太阳神苏里耶就是阿底提的第八个儿子。

苏里耶在出生下来的时候，并没有被列入仙班，而是被归为凡人。这是因为他的兄弟们个个都是英俊潇洒，气宇不凡的美少年，只有苏里耶是一个无手无足，只能像球一样滚动行走的丑陋无比的人。他成为太阳神是后来的事。

尽管苏里耶相貌丑陋，但他终归是阿底提的儿子。苏里耶的哥哥——土神陀湿多决定把自己美丽的女儿萨拉尼尤嫁给苏里耶。心高气傲的萨拉尼尤对父亲的决定很是不满，因为她认为自己是一个天神，怎么可以委身下嫁一个凡人呢？何况他还是那么的丑陋？可是，父命难违，萨拉尼尤只得做了苏里耶的妻子。

萨拉尼尤和苏里耶成亲后不久，生下了一对龙凤胎。苏里耶给儿子起名叫阎摩，给女儿起名叫阎密。苏里耶并不知道，他可爱的儿子的出世，实际上也意味着死神的出世，阎摩将成为掌管死亡的天神。

阎摩和阎密出生后不久，萨拉尼尤决定离家出走。她先按照自己的样子创造出一个与自己一模一样的的女人来，取名叫桑吉耶，然后嘱咐她要和自己一样照顾丈夫，善待孩子。说完之后，萨拉尼尤变成一匹大嘴母马，往北方飞去。

苏里耶并不知道自己眼前的这个人不是自己真正的妻子，他依然像以前一样辛苦地维持着这个家庭，还和萨拉尼尤的替代品生下了一个儿子，取名为摩奴。他是人类的始祖。

桑吉耶在开始的时候还能按照主人的吩咐去做，但是自从摩奴出世后，她渐渐对阎摩和阎密两兄妹产生了反感，以至于开始歧视他们，对他们进行虐待。时间一长，阎摩和阎密忍受不了假萨拉尼尤对他们的虐待。有一天，两兄妹就找这位"母亲"理论，并警告她以后不要再迫害他们。

阎摩和阎密的做法反倒激怒了假萨拉尼尤，她对这两兄妹大喊道："是谁把你们抚养长大？是谁每天给你们准备填饱肚子的食物？是谁给你们浆洗肮脏的衣服？难道你们都忘了吗？是我，你们伟大的母亲萨拉尼尤。你们怎么能用这种带有威胁性的口气和你们父亲的妻子说话呢？我会诅咒你们的。"

阎摩和阎密此时非常的害怕，因为他们对"母亲"的警告非但没有阻止住母亲的暴行，反而遭到了她的诅咒。兄妹俩十分委屈，就跑到父亲那里去诉苦："亲爱的父亲啊！为什么我们得不到母亲的爱呢？为什么母亲不能像疼爱弟弟妹妹们一样来疼爱我们呢？我们难道就应该受到母亲的虐待和迫害吗？她是不是我们的生母呢？她怎么会如此恶毒地诅咒自己孩子呢？请您保护我们吧，父亲！我们再也不愿意回到那个可怕的母亲身边了。"

苏里耶听后很是生气，就对阎摩和阎密说："冷静一下！我正直可怜的孩子们！你们怎么可以解除和母亲的血缘关系呢？你们是被愤怒冲昏了头脑，那么做是要违背正义的法规的。我虽然不能消除她对你们的诅咒，但我可以使诅咒对你们的危害有所减轻。"

死神铜像

阎摩受到后母的诅咒而死去，伟大的梵天将这第一个死去的凡人带入天界，使其掌管死亡之域。阎摩又称正义之神，也是正义的化身，在印度教诸神中最受崇敬。

生死轮回图
描绘着死神阎摩的生命之轮悬挂在寺院中的一幅唐卡上。画面上一个红色的凶恶明王抱着巨大的轮，圆心的蛇、猪和公鸡分别代表嗔、痴、贪。

说完这些话，带着怒气的苏里耶赶来与假萨拉尼尤理论。假萨拉尼尤不得已把一切都告诉了苏里耶。苏里耶听后先去了丈人家，然后又变成了一匹马去寻找自己的妻子萨拉尼尤。后来，苏里耶终于回到了天界，成了伟大的太阳神。

但是，作为凡人的阎摩和阎密并没有摆脱掉桑吉耶的诅咒，虽然他们的父亲使诅咒减轻了许多。

阎摩和阎密按照梵天的旨意、达摩的道义生活着。有一天,阎摩睡着了,永远睡着了。他死了，成了世界上第一个死去的凡人。伟大的梵天把他带到了天界，让他成为掌管死亡的天神。在远古的时候，死去的人们的灵魂，是要飞到天国去的。他们会

恐怖女神卡莉
卡莉，又译迦梨。印度神话中最为黑暗和暴虐的黑色地母。她皮肤黝黑，青面獠牙，额头上和湿婆一样有第三只眼睛。她常被描绘成粗暴、狂野、令人毛骨悚然的样子。

在那里和伟大的死神阎摩居住在一起。后来，为了把天界和死亡之国分开，阎摩把灵魂的居住地搬到了地下，开辟了通往地府的道路。

阎摩成为死亡国度的主宰，但是他并不是邪恶的代名词。在地府里，阎摩维护正义，他会让那些生前行善的人升入天国，也会让那些在人间作恶的人坠下地狱。所有人都敬畏他的正义，把他称为正义之神。

阎密在哥哥死后十分伤心，很多天神来劝她，但是都没有作用。最后，众神想出了一个办法。他们把一天分为白天和黑夜。每当夜晚离去，黎明到来的时候，阎密就会忘记失去亲人的痛苦。从那以后，民间就有了一句俗语："昼夜循环，痛苦易老。"

风神之子

[印度]

在印度的须弥山上，居住着一个由猴子组成的王国。国王有一个十分美丽的妻子安吉那。她本是天上的仙女，因为犯了天规，所以被贬下界来，变成一只母猴，成了猴子国的王后。

有一天傍晚，安吉那像往常一样，独自在森林中散步。这时，四处游荡的风神看到了她，被她的美貌吸引住了。他爱上了漂亮的王后，在安吉那背后抱住了她，轻轻地对她说："不要害怕！我对你的爱是真诚的。我不会伤害你的。我会在你的头脑里吹入生命之风，你将会生出一个强壮的男孩。他会拥有我的一切力量，他的威名将传遍天下。"

那天晚上以后，安吉那就怀孕了。不久，她就生下了一个健康的金色小毛猴。整个猴子王国为王子的诞生而欢呼雀跃，把一切最美好的祝愿都给了这个新的生命。风神也赶来了，把自己的神力赐给了他，并说要在他长大的时候，带他去周游世界。

有一天，安吉那带着小毛猴去森林中采摘野果。她把孩子放在林中的草地上，自己独自去寻找野果。过了一会，强壮的小家伙有点饥饿，就大哭起来。他的哭声太大了，以至于把太阳都引来瞧热闹。小毛猴看到太阳后，居然把它当成了一个又大又圆的熟透了的果子。他纵身一跳，飞了起来，想要抓住那个馋人的大果子。

太阳一看小毛猴朝他飞了过来，心想："这个小家伙真是不知天高地厚，如果再靠近我的话，他会被烤成灰的。不过，这个淘气的小鬼将来一定会成为一个大人物，所以我不能伤害他。"于是，他就收起了热气。这时，风神也看到了。他吓坏了，赶忙从后面追赶小毛猴，一边追还一边往他的身上吹冷气。

这一切，都被另一位天神看在眼里，那就是天帝因陀罗的儿子，专门以日月为食的罗睺。罗睺心里很是气愤，他想："怎么能够这样呢？太阳和月亮只能是我的食物，这是上天定下的规矩。什么时候轮到这个小鬼了？"于是，他跑到天帝因陀罗的面前，装出一副可怜兮兮的样子告了小毛猴一状。

因陀罗听后非常气愤。他骑上战象，拿上金刚杵，打算教训一下这个小家伙。小毛猴看到因陀罗的战象那圆圆耳朵，以为又是什么美味佳肴。他冲上前去，抓住象耳朵就啃。这下可激怒了因陀罗，他骂道："小小的毛猴，居然连我因陀罗都敢冲撞。"说完，他就放出了一道霹雳雷，扔出金刚杵，打中了小毛猴的脑袋。小毛猴一下子就被打死了，从天上摔了下来。

风神看到因陀罗打死了自己的儿子，非常气愤。他对天帝说："你的做法我永远都不会原谅，我将停止我的工作，这是我对你的报复，也是对世界的惩罚。"

从那以后，整个世界没有了一丝的风。空气不再流动，树枝不再摇摆，鸟儿不再飞翔。人们汗流浃背，没有一丝的凉意，到最后几乎不能呼吸。整个世界都没有了生机，一切生物都感受到了风神那可怕的惩罚。众神一起来到了伟大的梵天面前，希望他能够劝说风神，消除他的诅咒。

梵天出现在风神的面前，对他说："请不要再伤心了，你知道我是无所不能的。我会让因陀罗向你道歉，还会让你的孩子死而复生。"说完，梵天抓起了小毛猴，用手在

猴神哈奴曼

哈奴曼被奉为英勇和坚强的象征。在印度史诗《罗摩衍那》中，他是助罗摩战胜斯里兰卡魔王罗婆那的大功臣，是印度完美侍者的典范。

它的身上轻轻地抚摸了几下。奇迹发生了，小毛猴复活了。风神非常高兴，马上恢复了他的工作。

众神都松了一口气，感谢梵天的恩惠。梵天对他们说："这个孩子将来会成为一个伟大的人，他会创造出一系列的丰功伟绩。你们以前对他的做法实在是太过分了。你们都要爱这个孩子，赐福给他。只有这样，才能真正平息风神的怒火。"

天帝因陀罗首先赐给了小毛猴一个莲花花环，并说金刚杵永远都不会再伤害到他。然后，其他各神也都对他进行了赐福。最后，众神又给小毛猴起了个名字叫哈奴曼，即大颌猴的意思。

在众神的保佑下，哈奴曼渐渐地长大了。但是，哈奴曼非常顽皮，经常搞出一些恶作剧来。终于有一天，他的行为激怒了两位仙人，他们抹去了哈奴曼的记忆，夺走的他的智慧，还说这一切都要等到他能靠自己的力量为正义事业效力为止。

从那以后，哈奴曼过上了苦行者的日子。他在森林里潜心学习各种知识，同时还练习武术，盼望有一天能够摆脱那可怕的诅咒。

后来，另一个猴子王国被放逐的国王须羯哩婆来到森林中。须羯哩婆见到哈奴曼仪表非凡，就拜他为大将军。哈奴曼在自己修行的同时，还为猴王操练兵马，等待报仇的机会。

有一天，猴王国里来了两个年轻人。他们是人间阿逾陀城的国王十车王的儿子，老大叫罗摩，老三叫罗什曼那。他们告诉须羯哩婆，十首罗刹王罗波那贪恋罗摩妻子悉多的美貌，把她抓走了。他们是来寻找悉多的。须羯哩婆和两兄弟定下盟约：两兄弟帮助他夺回王位，他则帮助他们寻找悉多。

后来，罗摩和罗什曼那帮助须羯哩婆夺回了王位。哈奴曼则飞越了漫漫大海，来到了楞伽城，探知悉多被囚禁于罗波那的老巢楞伽岛。最后，罗摩两兄弟在哈奴曼的帮助下，带领着大批的猴子军队，经过一番恶斗，终于消灭了魔王，救出了悉多。而哈奴曼，风神之子，也因此摆脱了诅咒，成就了一番大事业。

湿 婆

[印度]

梵天在造物之初，创造出了世界上第一位女神——莎维德丽。他为了能够欣赏莎维德丽的美貌，居然一口气长出了五个脑袋。

这时，一位天神对梵天如此失态的做法很是气愤，就用剑砍下了他的一个脑袋。梵天虽然因此而清醒，但也开始怨恨这位天神。于是梵天诅咒他，让他永远流浪，同时还要在恶劣的环境中苦修。这位天神，就是印度教三大主神之一，毁灭和再生之神——湿婆（另外两个主神是创造之神梵天和保护之神毗湿奴）。

湿婆，也叫大自在天，据说产生于梵天的额头，是梵天愤怒的产物。他的前身是鲁陀罗，红色的风暴和闪电之神。"湿婆"的意思则是"仁慈"，也是人们对这位天神的希望。

湿婆大神独自居住在荒凉险峻的喜马拉雅山上，不管是天界的众神还是世间的凡人都畏惧他那具有极大毁灭性的无边法力。他能传播可怕的疾病和死亡，所有的人都必须以好言抚慰，以此来得到他的庇佑。

舞王湿婆像
这个雕像中，恒河水从湿婆头发中流到人间。湿婆——毁灭与再生之神，同时也是艺术的护佑者，又被称为舞蹈之神。

据说，湿婆的额头上长有能喷出毁灭之火的第三只眼睛。当整个宇宙面临周期性的毁灭时，他就会用这只眼睛消灭掉所有的神和生物。在天神和阿修罗们争夺宇宙控制权的斗争中，湿婆就是用这只神眼毁灭了由金、银、铁组成的三连城。此外，他还用神火把妄图引诱他、使他脱离苦行的爱神化为灰烬。

作为毁灭之神，湿婆有着极其恐怖的形象。他骑着青色的神牛，颈上带着由蛇和骷髅组成的项链，身上涂满了死人的骨灰，散发着让人窒息的恐怖气息。他的出现总是会有成群的魔鬼相伴。

湿婆拥有四件武器，包括一把名叫阿贾伽瓦的神弓、一柄称为比那卡的三叉戟、一根称作卡特万伽的棍棒以及一口削铁如泥的神剑。此外，湿婆的身上还有三条神蛇缠绕：一条盘在他的头发上、一条缠在他的脖颈上，另一条则构成了他的圣线。毁灭之神拥有的这一切，让所有具有思想的生物都对他望而生畏。

此外，湿婆还被称为"舞蹈之神"。他在快乐的时候会跳舞，在悲伤的时候也会跳舞。湿婆所跳得舞蹈并不是简单的、供人欣赏的肢体语言，它还代表了宇宙永恒的运动。当他跳起坦达瓦之舞时，宇宙的一个时代就会结束，从而并入世界的精神之中。因为湿婆就是通过坦达瓦之舞来毁灭旧世界，创造新世界的。

湿婆性格孤僻、脾气暴躁，和任何人都不能融洽的相处。他不买任何人的账，不给任何人留面子，就连伟大的造物主梵天都要让他三分。

这位可怕的天神也有自己的爱情故事。达刹的女儿萨蒂对湿婆很有好感，一心想嫁他为妻。但是父亲达刹却坚决反对这门亲事，因为他对湿婆没有一丁点的好感。为了让女儿打消这个念头，达刹在为萨蒂举行的选婿大会上，没有邀请毁灭之神湿婆。萨蒂看到自己的心上人没来，非常伤心。她向湿婆祈祷，祈祷他能够出现。

萨蒂扔出了决定自己命运的花环，所有到场的天神都争相抢夺。湿婆突然出现了，接住了这个花环。此时的达刹尽管心中有万分的不满，

南迪像
湿婆的坐骑，是他的忠诚侍者。南迪像往往能在湿婆庙前发现。

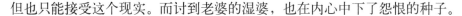

但也只能接受这个现实。而讨到老婆的湿婆，也在内心中下了怨恨的种子。

有一次，梵天邀请众神参加祭典。当威风凛凛的达刹走进会场之时，所有的天神都站起来向他致敬，唯独他的女婿——毁灭之神湿婆一动不动。达刹对湿婆无礼傲慢的举动十分生气，认为这是在侮辱他，是在向他的权威挑战，并在心里发誓一定要报仇。

不久，达刹举行了一次盛大的祭典。他邀请了天界所有的神，就连那些平时不被人注意的小神也被列入宾客名单之中。达刹故意没有邀请自己的女婿，那个傲慢无礼的湿婆。

萨蒂知道这件事后，甚是恼火。她跑到会场之中，对父亲做出如此小肚鸡肠的行为提出严重的抗议。而达刹非但没有后悔，反而借此机会重重地挖苦了湿婆一番。愤怒的萨蒂失去了理智，她在父亲的祭典上，当着众神的面引火自焚。

湿婆得知妻子的死讯后，愤怒至极。他带上了自己所有的武器，骑着青色神牛赶到了会场。湿婆的出现让所有的天神都感到了从未有过的恐惧。他们中有人试图劝说湿婆，让他不要在这盛大的祭典上大动干戈。可被愤怒填满心窍的毁灭之神已经完全失去了理智，根本听不进任何人的话。他用黑色的神箭射飞了祭品，用三叉戟和木棒打败了所有的天神。最后，湿婆与至高无上的达刹展开了战斗。

虽然达刹也有无边的法力，但他终究敌不过湿婆。最后，达刹的脑袋被愤怒的湿婆砍了下来。这时，保护神毗湿奴出现了。他劝告湿婆就此收手，不要因为妻子的死而毁灭整个天界。湿婆根本不理会毗湿奴的话，拿起他的神剑迎战毗湿奴。就在他们两个打得难解难分之时，伟大的造物主梵天出现了。在梵天的一再劝说下，湿婆总算罢手，不再搅闹这可怜的祭典了。

但是，梵天的话并没有使湿婆从失去爱妻的痛苦中清醒过来。他从火堆中拿出了萨蒂的尸体，悲伤地呼唤她的名字，然后带着他妻子的身体在人世间流浪了七年。

后来，梵天和毗湿奴觉得这样下去也不是办法，于是下令让所有天界的神仙和阿修罗们都要向湿婆献祭，要永远歌颂和称赞这位毁灭之神。同时，萨蒂的尸体被分割成五十块散落到人间。凡是落有萨蒂尸体的地方，都将会成为圣地，人们每年都要在那里举行盛大的祭典。

雪山神女

[印度]

毁灭之神湿婆在失去了爱妻萨蒂之后，心中再也没有一丝的爱情。他离开了天界，离开了那个让他伤心的地方，独自一人过着清苦的修行生活。

在湿婆苦修的同时，天界出现了一个名叫塔卡拉的阿修罗，也进行了一场极其艰苦的修行。不过他比湿婆幸运，因为他的诚心感动了所有的天神，就连梵天对他的举动也大为赞赏。于是，梵天出现在塔卡拉的面前，问他有什么愿望。

塔卡拉要求梵天赐给他长生不老之身。但梵天没有答应，因为天界所有的神仙和凡人一样都要经历生死。然后，塔卡拉要求梵天让自己拥有战无不胜的力量。梵天虽然答应了他的请求，但也在恩典中加上了他能够被湿婆的儿子打败的旨意。

塔卡拉成了阿修罗的国王。有恃无恐的他带领阿修罗们，把天界的众神打得四散奔逃。天神们再也忍受不了塔卡拉的恶行，一起来到梵天面前哭诉。

造物的梵天此时也没了主意。因为塔卡拉无穷的力量是他赐予的，他不能杀死这个阿修罗。于是，梵天对众神说："你们必须去请求伟大的天神湿婆！因为只有他的儿子才能杀死这个可恶的塔卡拉。"

天神们听到梵天的话后又一次犯难了。自从萨蒂死后，湿婆就已经心灰意冷。何况萨蒂的死和他们或多或少有一些关系，如今去求湿婆结婚，恐怕是难以办成。这时，一位天神突然说道："雪山神女，只有雪山神女才能让湿婆重新点燃心中的爱。"

原来，这位天神口中的雪山神女名叫帕尔瓦蒂，是众山之王喜马拉雅的女儿。她是湿婆的妻子萨蒂的转世。帕尔瓦蒂倾慕大神湿婆，一心想嫁给他做妻子。于是，她和父王喜马拉雅一同来到了湿婆修行的地方进行朝拜。

喜马拉雅为湿婆唱了许多赞歌，希望他允许自己每天都能来这里朝拜，同时还希望他能答应把自己的女儿雪山神女留在身边侍奉他。湿婆没有答应喜马拉雅的第二个请求，因为他觉得女人是进行苦修的最大障碍。站在一旁的帕尔瓦蒂听了湿婆的话后很是不满，就站起来和他辩论。

我们这位湿婆大神虽然有无边的法力，可是他看起来并不善于辩论之道。几个回合下来，就被帕尔瓦蒂辩的无话可说。没办法，湿婆只好答应让帕尔瓦蒂留下来侍奉他。但不管帕尔瓦蒂如何努力，湿婆始终不为她的美色所动。

天帝因陀罗对爱神说："伟大的爱神！这次必须劳烦你了。你必须要想尽一切办法让湿婆大神停止他的苦修，让他彻彻底底地爱上这位雪山神女。你能做到，因为你拥有任何人都不可以抗拒的力量。更何况雪山神女本来就是他的妻子。去吧！我们在这里等待你的好消息！"于是，爱神带上自己的妻子和助手春神，来到了湿婆修行的地方。

爱神看到湿婆正在专心坐禅，四周一边荒凉，没有一丝生机。他决定先要创造出一个春意盎然的环境，然后再找机会用那支"爱心"之箭射中湿婆的心。他让春神把大地铺满鲜花绿草，将那凛冽的寒风变成了柔和的春风。这时，月神也前来助阵，将那皎洁的月光洒在了草地之上。爱神看到一切都布置妥当，就躲在一边，等候机会。

这时，雪山神女像往常一样，从远处走来朝拜湿婆。大神停止了坐禅，睁开眼看了一下帕尔瓦蒂。爱神赶紧抓住了这个机会，射出了爱之箭。湿婆的心灵受到了震撼，开始动摇，不禁赞美起神女来："看啊！多么美丽的女子啊！她的眼睛就像天上明亮的星星，她的脸庞就像皎洁的月亮，伟大的梵天居然能造出这样的美人来。为什么我以前就没有发现呢？"而帕尔瓦蒂也被湿婆暧昧的眼神看的满脸羞涩，低下了头。

但是，湿婆毕竟是修为极深的大神。他很快就注意到了自己反常的现象，心想："我是怎么了？我怎么会有这样的想法呢？一定是有人在搞鬼，让我原本平静的心起了波澜。"他开始环视四周，寻找那个家伙。此时的爱神早把危险抛之于脑后，高兴得手舞足蹈。

湿婆发现了他，明白了一切。他愤怒到了顶点，打开了他的第三只眼睛，把还没来得及躲藏的爱神化为了灰烬。然后就从雪山神女的面前消失了。

雪山神女很是悲伤，她回到父亲的身边，告诉他自己要进行艰苦的修行，希望以此来打动湿婆的心。喜马拉雅不同意帕尔瓦蒂的做法，认为她不应该遭受如此大的磨难。但帕尔瓦蒂决心已定，不顾父亲的反对，独自一人来到湿婆坐禅的地方，开始了苦行。

雪山神女的修行十分艰苦，甚至于到了惊人的地步。但她从没有叫过苦，也没有退缩过，足足修炼了三千年。三界的众神都为她的做法感到震惊。

一天，一个年轻的婆罗门来到了雪山神女的面前，好奇地问起她苦修的原因。帕尔瓦蒂如实地将自己的想法告诉了他，并表示希望得到他的支持。不想，年轻的婆罗门听后哈哈大笑，他说："可怜的人啊！你别那么傻了，那个叫湿婆的有什么好的。他长着三只眼睛，而且面貌丑陋。他身上充满了死亡之气，而且他只是个苦行者。为了这样一个人如此糟蹋自己，你真是太不值了。你的这种做法是在浪费自己的青春和生命。"

湿婆与其妻帕尔瓦蒂
湿婆（左）是时间之神，同时是创造者、破坏者和保护者。他与毗湿奴、梵天合为印度教三神一体的三大神，排名第三位。帕尔瓦蒂（右）是雪山神女，也是湿婆妻子中最谦逊温和的一位，她常与湿婆及她的儿子象头神一起出现。

雪山神女听后非常生气，对他说："我对大神的爱是纯洁的，不是你想象的那么卑劣。不管湿婆是什么样子，我都会永远爱他。"

婆罗门笑得更加大声，并把湿婆形容得更加难看。最后，雪山神女终于忍不住了，她大吼道："请你离开这里，我的地方不欢迎你这样的人。"奇怪的是，天空中响了一声炸雷。雷声过后，日思夜想的湿婆居然出现在自己的面前。湿婆笑着说："你的真诚打动了我，你的苦行让我成了你的奴隶。"

湿婆向喜马拉雅正式求婚，然后就和帕尔瓦蒂在喜马拉雅山上举行了盛大的婚礼。众神都来表示庆贺，祝他们幸福美满。当然，他们更希望帕尔瓦蒂能够早一天生出一个儿子来，好打败阿修罗王塔卡拉。

战神出世

[印度]

　　湿婆大神和雪山神女结为夫妻，天界的众神们每天都在为这对新人祈祷，不停地为他们唱颂赞歌，希望他们能够早一天生出儿子来。

　　但是，刚刚脱离苦海的湿婆似乎并没有把众神赋予他的使命放在心上。

　　众神开始发愁了，因为湿婆的儿子晚出世一天，天界就要多受一天阿修罗王塔卡拉的折磨。天神们来到了大神毗湿奴的面前，希望他能够劝说湿婆早一天生出众神的保护者来。可是，毗湿奴的回答却又一次扑灭了天神们心中的希望之火。"

　　天神们很是沮丧。他们想到还要再忍受塔卡拉一千年的折磨，心里很是害怕。他们决定一起去找湿婆。天神们虔诚地跪倒在湿婆的脚下，不停地赞颂着他，不停地为他唱着赞歌。他们眼中充满了对这位天神无比的崇敬，同时也含着泪水。

　　湿婆被天神们的举动感动了，答应了他们的请求。他说："并非我不想生下一个孩子，但是我的生命之精是很难承受的。如果你们能够接受它，我会毫不吝惜地赐给你们。因为我也希望能够早一天消灭掉塔卡拉。"说完，湿婆就将自己的生命之精赐给了众神。

　　过了一段时间，众神们盼望的时刻终于到来了。他们的保护神，拥有无穷力量的、战无不胜的战神

战神鸠摩罗像

鸠摩罗在没有出世之前便被赋予拯救神界的责任。战神作为湿婆的儿子出现与湿婆在诸神中地位提高有关，同时也是因为战争具有的巨大破坏力，使得人们把战神与毁灭之神联系起来。

鸠摩罗（塞犍陀）出世了。

整个天界都为战神鸠摩罗的出世而
欢呼。在战神出世后不久，所有的天神都
来到他面前，要给他送去最美好的祝愿。
就在这时，刚出世的鸠摩罗说："你们要
为我举行一场圣礼。我会赐福给你们，让
你们成为婆罗门，然后再由你们行使婆
罗门的权利，为我进行圣礼。"所有的天
神都对鸠摩罗的话感到惊奇。他们按照
他的指示，为战神作了一场盛大的圣礼。

这时，湿婆大神的坐骑南迪神牛出
现了。他告诉众神，湿婆已经知道了自
己的儿子鸠摩罗出世的事情。他和他的
妻子十分想看看这个孩子。于是，战神
鸠摩罗坐上华丽的车子，来到了自己的
父亲、母亲面前。

战神出世

战神躺在雪山神女的怀里，旁边是湿婆与象头
天神，这个神圣的家族坐在豹皮上，山洞外面
是众神，皮肤暗蓝的是毗湿奴，他后边是梵天。
众神在顶礼膜拜着神圣的一家。

湿婆看到自己的儿子非常高兴，雪
山神女也十分喜爱这个不是自己亲生的孩子。这对夫妇为儿子举行最盛大的典
礼。他们用世界上所有具有灵性的水为他洗礼，把他们无边的力量赐给了他。
同时，湿婆大神还把自己最得意的武器——三叉戟送给了鸠摩罗。

天界的众神们也赶来参加典礼。天帝因陀罗把自己的战象送给了他，毗湿
奴也把自己的神盘送给了他，其他天神也都把自己的贴身宝物送给战神。他们
的目的只有一个，就是让鸠摩罗拥有强大的力量，好打败塔卡拉。

天神们拜倒在湿婆面前，唱了无数的赞歌，请求他允许鸠摩罗出任天神的
统帅。湿婆同意了他们的请求。众神们欢呼雀跃，再一次为鸠摩罗举行了盛大的
仪式，让他成为天神的领袖。战神鸠摩罗带领着神军，浩浩荡荡地来到了阿修罗
王塔卡拉的城堡前。塔卡拉听见天神们的叫骂声，马上带领阿修罗们出城迎敌。

塔卡拉此时并不知道神军的统帅是湿婆大神的儿子。

第一个出战的是天帝因陀罗。他举起金刚杵，与塔卡拉战在一处。不出几

个回合，因陀罗就力感不支，败下阵来。毗湿奴见状，赶忙上前解围，但不久也被塔卡拉打败。天神们一个一个地冲上去，又一个一个被打败，形势相当危急。

鸠摩罗催动战象，来到了塔卡拉的面前。阿修罗王见来的这个娃娃虽然年纪轻轻，但是威风凛凛，给人一种不怒自威的感觉。他不敢怠慢，拿起武器迎战鸠摩罗。这一战杀得天昏地暗，所有的天神和阿修罗都被这场激烈的战斗惊得目瞪口呆。

鸠摩罗和阿修罗王战了无数个回合依然没有分出胜负。战神开始着急了，因为再这样打下去，恐怕打到世界毁灭也分不出输赢。他在心中默默地向父亲湿婆和母亲雪山神女祈祷，希望他们能够赐给自己更强的力量。在父亲和母亲的帮助下，鸠摩罗的力量不断地增长。最后，他看准了机会，朝着塔卡拉的胸部来了重重地一击。这位曾经战无不胜的阿修罗王就这样倒下了。

天界的众神们已经无法用言语来形容此时的心情。他们唱着赞歌，把无数的鲜花赠送给他们的英雄——战神鸠摩罗。

恒河下凡

[印度]

　　很久以前，印度甘蔗族有一个名叫娑竭罗的国王，他统治着印度境内的阿逾陀城。

　　娑竭罗的身世充满传奇色彩。在没出生以前，他的父亲就已经死了。在他出生的那一天，奥尔瓦仙人出现在阿逾陀城。他要带年轻的王子走，和他一起到净修林修炼。王后为自己的儿子能够由仙人抚养非常高兴，欣然答应了奥尔瓦的要求。

　　在娑竭罗离开的这段时间里，整个阿逾陀城处于群龙无首的状态。由于没有国王的领导，阿逾陀城很快就被周边的野蛮部落所侵占，人民的生活陷入水深火热之中。后来，修行期满的娑竭罗回到了自己的国家。他带领着阿逾陀城的军队和百姓，齐心合力，不仅把入侵的敌人赶出国门，而且还兼并

恒河女神

对印度教徒而言，恒河是最神圣的河流。这条河化身为恒河女神。据说她也是湿婆的妻子，因而受到雪山神女帕尔瓦蒂的忌妒。

了很多周边的领土。在娑竭罗英明的领导下，阿逾陀城日益强大。

有件事却始终困扰着国王。原来，娑竭罗虽然早就娶了一对姐妹为妻，但是过了很多年，这对姐妹也没有给他生下个一男半女。娑竭罗王很是着急，担心国家没有后继者。于是，他放下手中的国事，带上两个妻子，来到吉罗娑山苦行。

一百年后，娑竭罗王的虔诚终于打动了湿婆大神。他出现在娑竭罗的面前，高兴地对他说："你是虔诚的信徒，我一定实现你的心愿。你的一个妻子将会为你生下六万个儿子，另一个则只会生下一个。"得到湿婆赐福德后娑竭罗，带着两个妻子回到了阿逾陀城。

不久大王妃为娑竭罗生了一个英俊健康的男孩，被娑竭罗封为太子。而妹妹则生出了一个大南瓜。国王认为这是不祥的预兆，要把那个南瓜毁掉。天神告诉他，他的六万个儿子就是从南瓜中出生的。果然，阿逾陀城又多了六万个王子。

娑竭罗王以为从此可以安心了。没想到，这个太子从小就不学无术，经常仗势欺人。长大后，他更是变本加厉，经常以残害百姓的生命为乐趣。娑竭罗知道后，非常生气，就废了他的太子之位，把他流放到荒漠中。

伤心的娑竭罗希望能从剩下的六万个儿子中挑选出一个贤明的人，来做自己王位的继承者。可是他发现，这六万个儿子与前任太子比起来，不仅在残忍程度上有过之而无不及，而且还十分傲慢，连天神都不放在眼里。

娑竭罗六万个儿子可恶的行为却激起了天神们极大地不满。他们来到梵天的面前，请求他制裁这些可恶的人。梵天对众神说："你们回去吧！我答应你们的请求。我已经想好了一个办法，他们不久就会消失的。"

果然，在不久后的一次马祭活动中，娑竭罗的六万个儿子因为追赶逃跑的祭马，钻进了干涸的海底（在天神和阿修罗的战斗中，海水被阿竭多大仙全部吸走）的地下。他们在那里找到了祭马，还看见了毗湿奴大神的转世——迦毗罗大仙。他们对迦毗罗大声辱骂，触怒了毗湿奴。于是，他张开双眼，将这六万个王子烧为灰烬。

娑竭罗听到消息后悲痛万分。但他知道，儿子们触怒的是天神，凭借凡间的力量是不可能让他们的灵魂升天的。于是，他把孙子安舒曼叫到了跟前，让他完成王子们没有完成的任务——找回祭马。

这个安舒曼是前任太子的儿子，但他与他的父亲在性格上截然相反。他为人忠厚善良，待人诚恳大方，十分受百姓们的爱戴。这次他接受了祖父的命令，沿着他叔父们的足迹，找到了那匹逃跑的祭马。

此时，迦毗罗依然在那里修行。安舒曼见到大仙后，虔诚地拜倒在他的面前。他低下头，双手合十，告诉了大仙自己此次前来的目的。毗湿奴被他的虔诚打动，答应可以帮他实现两个愿望。安舒曼没有要金山银山，更不要权利和美女。他只想要回祭马，让他的叔叔们升入天国。

迦毗罗对安舒曼的要求很是满意，对他说："你所想要的都会得到的，祭马你现在就可以拿回去。而你叔叔们的灵魂也将升入天国。不过，这件事并不是你能办成的，是由你的孙子来完成。恒河女神是喜马拉雅王和须弥山的女儿，你的孙子必须使她下凡。因为只有恒河的水才能洗刷掉你叔叔们的罪行，净化他们的灵魂。"

后来，安舒曼继承了王位。他告诫后人，要他们牢记为祖先洗刷罪行。安舒曼的孙子跋吉罗陀英武盖世，受到百姓们的称颂和爱戴。他始终没有忘记祖父留下的遗训。最后，他将国家交给了别人，自己来到喜马拉雅山上苦修，希望能够让恒河神女下落凡间。

他不怕艰苦，想尽各种办法来磨砺自己。一千年后，他的行为终于打动了恒河女神。女神答应为他的祖先和世间的凡人洗刷罪行。但是，恒河女神担心从天而降的恒河水会淹没整个世界。所以，跋吉罗陀必须想办法让恒河水从天降下时得到缓冲。

于是，跋吉罗陀又来到湿婆大神的修行处，请求他帮助自己完成心愿。湿婆被这个凡人坚定的信念和意志所感动，表示愿意帮助他。他们来到了喜马拉雅山，跋吉罗陀对着天空大喊："伟大美丽的恒河女神啊！请你发发慈悲吧！降落到那充满罪行的人间，为我的祖先，也为这世人洗刷罪孽吧！"这时，只见天空中倾泻下无尽的大水，犹如瀑布一般。湿婆大神见状，赶忙冲过去，用自己的前额缓解了恒河水的巨大冲力。恒河水落入了干涸的海底，冲刷掉了跋吉罗陀祖先们的罪过，使他们升入了天国。

从那以后，恒河之水就留在凡间，湿婆也成为恒河的保护神。直到现在，印度人们还认为，在恒河里面洗澡能够净化灵魂，把一切罪过都洗掉；如果将死者的骨灰撒入河里，那么他就可升入天堂。

罗摩的故事

[印度]

　　十首罗刹王罗波那通过刻苦修行获取了梵天的信任，梵天答应赐给他一个恩典。罗波那要求梵天赐给他金刚不坏之身，任何天神和魔怪都不能打败他。梵天答应了他的请求，赐给了他无穷的力量。但是，梵天的恩典中并没有说罗波那不能被世间的凡人打败。

　　悲剧再一次上演了。罗波那仗着梵天的恩典四处惹是生非，搞得天界不得安宁。于是，天神们聚到毗湿奴的面前，请求他除掉这个祸害。毗湿奴听完天神们的哭诉后，很是气愤。但是因为梵天的恩典，所以他不能以神的面貌打败罗波那。于是，他决定投身转世为凡人，杀死十首王。最后，毗湿奴大神选中了拘萨罗国国王十车王的王妃。

　　十车王是一位英武贤明的国王，深受百姓的爱戴，可是他的三个王妃却一直没有给他生下一男半女。十车王举行了隆重的祭典活动，祈求上天赐给他一个孩子。毗湿奴见十车王十分虔诚，于是，他手托金碗，出现在了祭典之中。

　　毗湿奴对十车王说："你是我最虔诚的信徒，你的愿望一定会实现的。这只金碗里面盛有牛奶，你的王妃们喝过之后，就会有孩子。"十车王赶忙照办，把牛奶分给了三个王妃。

　　后来，大王妃生了长子罗摩，二王妃生了次子婆罗多，三王妃则生下一对双胞胎罗什曼那和沙多卢那。十车王很是高兴，把长子罗摩封为太子。

　　十几年过去了，这四个王子不仅个个仪表堂堂，而且品德高尚。尤其是太子罗摩，更是深受百姓们的爱戴和拥护，人们都希望他能早一天登基为王。后来，罗摩因为拉开了毗湿奴的神弓，娶到了大地女神的女儿，美丽的弥提罗城公主——悉多。

　　十车王看到罗摩已经长大成人，而且也有了自己的王妃，就决定将整个国家交给罗摩管理。但消息还没有宣布，二王妃就要求十车王让她的儿子婆罗多继承王位，同时还要求把罗摩放逐森林十四年。十车王对二王妃一直都疼爱有加，曾经许过诺言，要达成她的两个愿望。如今，二王妃提出这个要求，十车王虽然心里一百个不乐意，可有言在先，也没好说什么。

罗摩知道了这件事后，毅然放弃王位，离开了阿逾陀城。跟随他一起流浪的还有妻子悉多和弟弟罗什曼那。十车王对儿子的孝心十分感动。在罗摩走后不长时间，他因为思念罗摩，郁郁而终。

一直住在舅舅家的婆罗多回国参加父王的葬礼。当听说这件事以后，他谴责了母亲这种卑劣的行为，而且还要去寻找自己的哥哥，把王位让给他。

婆罗多在森林中找到了罗摩，但罗摩宁死也不肯回国。没办法，婆罗多只好把哥哥一双木鞋带回国，放在王位上，表示他并不是国王，只是带出行的哥哥执政。

婆罗多走后，罗摩依然过着流浪的生活。有一天，他们在树林里遇见了十首王罗波那的妹妹——女罗刹舒罗潘卡。舒罗潘卡见罗摩十分英俊，就向他求欢。她不但遭到罗摩的拒绝，还被他割掉了耳朵和鼻子。舒罗潘卡为了报复，就跑到哥哥那里。她添油加醋地诉说罗摩怎样不敬重至高无上的十首王，又说了很多难听的话。最后，她又抓住罗波那的弱点，不住地称赞罗摩妻子悉多的美貌。

好色的十首王被妹妹说得动了心。于

毗湿奴化身罗摩
作为毗湿奴第七个化身，罗摩令人喜爱且极具才智。在史诗《罗摩衍那》中，他击败了恶魔罗波那。据说在他之前无人能拉开他手上的弓，罗摩轻易拉开，因此赢得被罗婆那掠走的悉多为妃。

是，他耍了一套阴谋诡计，把罗摩和罗什曼那骗走，然后趁机抢走了悉多。罗摩和罗什曼那发现悉多不见了，便四处寻找，最后他们在树林里发现了一只金翅鸟。

金翅鸟告诉他们，它是天上的金翅鸟王，刚才他看到罗波那抢走了悉多。他想救出悉多，可由于年老体衰，反受重伤。罗波那在打伤他之后带着悉多朝南飞去了。要想救出悉多，需与猴王哈奴曼结盟。说完，金翅鸟就死了。罗摩兄弟安葬了金翅鸟，踏上了寻找悉多的征程。

罗摩在神猴哈奴曼的帮助下，知道了悉多被囚禁在楞伽岛。他通过艰苦的奋战，终于杀死了十首罗刹王罗波那，救出了妻子悉多。

但是，罗摩看到悉多后，并没有热情地拥抱她，而是冷冰冰地说："我不会再接受你了。我所进行的这场战争是为了整个拘萨罗国，为了王室的荣誉。并不是为了救你，一个被恶鬼罗刹玷污过的女人。如果我再接受你做我的妻子，那将是我们家族最大的耻辱。"

悉多听了罗摩的话后，悲痛万分。她决定以行动来证明自己的清白。于是，她纵身跳入了熊熊大火之中。这时，火神阿耆尼救了悉多。他痛斥了罗摩一顿，告诉他悉多是清白的。罗摩接受了妻子。但是，事情并没有这样结束。

罗摩回国后，在婆罗多的一再坚持下，重新作了国王。拘萨罗国在他的治理下更加繁荣。但是，有一件事却是他的心头病，那就是百姓们一直认为，王后的贞操早就已经被十首罗刹王玷污了。最后，国王和家族的荣誉战胜了爱情，罗摩将妻子悉多遗弃在恒河边上。他不知道，悉多已经怀有身孕了。

十几年后的一天，罗摩在城堡里举行一次盛大的祭典活动。这时，蚁蛭仙人突然出现在了会场，还带着两个孩子。蚁蛭仙人在祭典活动中朗诵了一首长诗，名叫《罗摩衍那》。诗中歌颂的就是罗摩的英雄事迹。

罗摩这才知道，眼前的这两个孩子是自己的亲生骨肉，而自己当年是那么愚蠢，为了所谓的尊严而冤枉了自己的妻子。他赶忙派人把悉多接回王宫。

但悉多已经心灰意冷，她对罗摩说："除了你之外，我的心和我的身体从来没有给过任何人。请大地母亲敞开胸怀，证明我的清白吧。"刚说完，大地就裂开了一个大口子，悉多头也不回地跳了进去。罗摩，这位伟大的英雄，此后一生都生活在愧疚之中。

盘古开天辟地

[中国]

最初的世界是混沌的，没有一丝的光亮。这个世界上没有高山河流、没有花草树木、没有鸟兽鱼虫，更没有万物之灵的人类。整个宇宙都紧紧地团在一起，如果打一个形象的比喻，当时的宇宙就是一个很大很大的鸡蛋。

几亿年过去了，宇宙里发生了变化，世界上第一个生命开始在里面孕育。又过了几亿年，那个生命长成了一个拥有双手双脚、具有思维的生物，外形和现在的人类十分相似，他的名字叫作盘古，一个巨大无比的巨人。盘古在宇宙大鸡蛋中沉睡了一万八千年。

这一天，盘古突然从睡梦中醒来。他睁了睁眼，发现周围漆黑一片，看不清任何东西。他在鸡蛋里面睡得时间太长了，身上的每个关节都在提醒他应该活动一下筋骨。于是，他伸了一下懒腰，可宇宙那坚硬的外壳又把他的手臂挡了回来。他想站起来走走，可是却连头都抬不起来。盘古心中气愤地想："这个可恶的鸡蛋，束缚了我一万八千年了。如今，我想要动一动它都不允许。看来是该想办法除掉这个家伙的时候了。"

想到这，盘古抬起那双强壮有力的双手，托住了鸡蛋的上半部分，然后使出全身的力气，胳膊使劲往上抬，双腿使劲向下蹬。这很困难，真的，因为那个鸡蛋的外

盘古开天辟地画像砖
盘古站在画面中央，图左为伏羲、右为女娲，他们以人首蛇身的形式出现。伏羲被称为阳帝，女娲被称为阴帝。这是一幅完整的中国始祖神话图。

壳太坚硬了，但是盘古没有放弃，依然坚持不懈地挣扎。

努力有了回报，盘古已经听见鸡蛋发出细微的破裂声，他知道离成功不远了。于是，他又加了把劲。突然间，宇宙中传来了一声惊天动地的巨响。随着巨响过后，那个束缚了盘古一万八千年的大鸡蛋也破裂了。

神话的产生

早在原始社会阶段，古人不能解释自然中的现象，便把日月星辰、河海山岳和祖先等视为神灵，加以祭祀，向其顶礼膜拜。崇拜自然的目的是为了祈福免灾，祈求它们保佑人类风调雨顺、五谷丰登。在这个基础上，人们才有自然神观念、自然崇拜与图腾崇拜，有了形形色色的原始巫术与鬼神信仰，神话随之产生。

混沌和黑暗从鸡蛋里面跑了出来，它们在盘古身边晃来晃去，并慢慢地分离开来。其中，那些比较清而且分量也很轻的东西升了起来，变成了天；那些比较浊而且分量比较重的东西则沉了下去，变成了地。就这样，天和地分开了。

终于有了空间，盘古可以好好舒服一下了。他站起来，伸了一个大大的懒腰。他太高兴了，因为再也不用受那个可恶的笼子的束缚，黑暗和混沌也不会再来打扰他了。可是，正当他高兴的时候，突然感觉到头被什么东西重重地砸了一下。盘古伸手一摸，心中暗叫不好。原来，本来升起来的天又再一次落了下来，也许它还想重新和大地结合。

这下可激怒了盘古，他想："现在我把天再撑起来肯定是没有问题的，可关键是它还会落下来。不行，我必须想一个万全之策。"于是他又一次把天撑了起来。为了不让天和地再一次结合，盘古决定做擎天柱，一直到天不再下落为止。于是他手托着天，脚踏着地，威风凛凛地矗立在宇宙中，一顶就是一万八千年。

在这一万八千年里，盘古吃了数不尽的苦。他不能吃饭，因为他的双手要支撑着天，只有那飘进他嘴里的虚无缥缈的雾略略地减轻了他的饥饿感；他不能休息，因为只要他一动，天就会有掉下来的危险，他所能做的只有偶尔换一换手。

在这一万八千年里，世界每一天都在发生变化。盘古的身子每天都会长一丈，而天也就随之升高一丈。盘古的身体一天比一天长，天和地的距离也一天比一天长。终于，盘古长成了一个身高九万里的巨人，而天和地的距离也变成了九万里。

九万里的距离够远了，天和地再也不能结合在一起了。盘古看了一下四周，欣慰地笑了笑。他觉得这个世界因为他的努力而不再那么狭小，天和地也因为他的功劳而永远分开，这是一件多么有意义的事啊！不过，他心中还有一丝遗憾。因为世界虽然产生了，可是没有光明、没有水、没有山、没有矿物、没有生物……还有很多东西等着他创造。

盘古没有时间，也没有能力了。他睁大双眼、呼出了最后一口气，脸上带着微笑，心中怀着遗憾，眼中含着泪水，发出一声巨吼，慢慢地倒下了。

但是盘古的最后心愿在他临死的时候实现了。天地间发生了神奇的变化：盘古临死前口中呼出的那口气变成了风和云；他的怒吼声变成了天上轰隆隆的雷声；他的左眼变成了金光灿烂的太阳；他的右眼变成了柔美皎洁的月亮；他的眼泪变成了大地上的江河；他的眼光变成了闪电；他的身躯变成了五方名山；他的四肢变成了大地的四极；他的肌肉变成了肥沃的土地；他的经脉变成无数的道路；他的血液变成了茫茫的大海。这还没有结束，他的毛发变成了陆地上的各种植物，有花有草、有树有林；他的骨骼、牙齿还有骨髓变成了大地里的珍宝，有金有银，有铜有铁，还有各种宝石、珍珠、玉石等。最后剩下的是盘古身上的汗滴，这些东西也没有浪费。

象征天的玉璧
古代人认为天是圆的，故而用圆圆的玉璧代表天或天堂。

它们慢慢地升上天空，然后再从天空中降落下来，这就是我们看到的雨露和甘霖。

世界变得丰富多彩了，有了阳光，有了高山、有了江河、也有了各种植物。盘古的精灵在世界上游荡，慢慢地它们在这个新的世界里变成了具有生命的各种动物，有鸟有兽，有鱼有虫。这些动物给世界带去了无限的生机，不过那时候还没有人类。

这就是盘古开天辟地的故事，一个具有大无畏精神的、受到人类无比崇拜的人类始祖的故事。

女娲造人补天

[中国]

盘古完成了开天辟地的任务，大地上有了各种动物植物。不过，因为没有人类的存在，所以那时的世界依然死气沉沉。

这一天，伏羲的妻子女娲娘娘从天界来到了大地上。女娲是一位人首蛇身的女神，具有化育万物的神力。她游遍了大江南北，走遍了世界的每一个角落，见到了飞鸟、游鱼、走兽，可是没有一种动物可以陪她聊天、玩耍。女娲觉得非常的寂寞和孤独，突然一个奇妙的想法从她的脑子里涌了出来。于是，她决定马上把自己想法付诸行动。

女娲来到一条很长很宽的河流前蹲下了身子。她在河边上挖出了一些黄色的泥土，然后用河里的清水把泥和好。接着，她又按照自己的样子把泥团捏好。她看了看泥团，总觉得有什么地方不对。哦！原来这个小泥团和自己一样，没有分开的双腿，只有一条和蛇一样的大尾巴。于是，女娲又沾了些水，把泥人的尾巴捏成了两条腿。

女娲把泥人捧在手里把玩了半天，然后对着泥人吹了一口带有生命气息的仙气。当她把泥人放在地方时，奇妙地景象出现了，这个小泥团活了，在女娲身边不停地跑着跳着。女娲高兴极了，并把这个新生的动物叫作"人"。

她左手从河边挖泥，右手从河中取水，然后双手灵活地揉捏着，一会儿的工夫又造出一个新的人。就这样，女娲不停地挖泥、取水、揉捏，渐渐地，她的周围布满了这些可爱的人，其中既有男人，也有女人。

这时，女娲感到累了，想要休息一会。不过大地实在太大了，人类的数目还很少，现在停止工作还不是时候。于是，女娲想到一个办法。她从远处找来了一根绳子，先把河边的一些黄泥扔进河里，把河水搅浑，然后再将绳子抛进河中，使绳子沾上带有泥的河水。接着，女娲把绳子从河中取出来，在天空中一甩。这样，绳子上沾的泥点就降落到了地上，而每一个泥点则变成了一个新的人。

创造工作终于完成了，人类的数目已经足够遍及大地的每一个角落了。这时，女娲又想："人类因为是我创造出来的，他们和其他的鸟兽鱼虫是不一样的。人类应该具有智慧，他们应该是大地的主宰，一切动物都要听他们的指挥。"于是，女娲又赐福给这些人类。

突然，女娲又想到了一个可怕的问题，那就是人类虽然是万物的首领，但是他们和其他动物一样，最终都会迎来死亡。如果人类死去一批，自己再来造一批的话，简直太麻烦了。于是，女娲就让男人和女人结为夫妻，并让每一对夫妻都担负起繁衍后代的任务。

从那以后，人类的足迹遍布了整个大地，人类的数量也一天天的增多。女娲完成了自己的任务，也回到天界上居住。传说今天中国的黄河就是当时女娲造人取水的那条河，这也是中国人将黄河称为母亲河的缘由。

突然有一年，天界的水神共工和火神祝融打了起来。也许是因为水火不相容的缘故吧，这场争斗打的异常激烈，两位大神从天上打到地下，又从地下打到天上，整个世界都被这场斗争搅得不得安宁。最后，火神祝融技高一筹，打败了水神共工。

失败的共工不服气，一心想着报仇。愤怒冲昏了他的头脑，共工居然用头去撞支撑天地的不周山。结果，不周山被撞裂了，支撑天地的大柱子也折断了。灾难降临到了大地上，半边天塌了下来，天上出现了一个巨大窟窿，熊熊的大火在森林中燃烧，无尽的洪水从大地中涌出，人类对这场突如其来的灾难束手无措。更加可恨的是，很多毒蛇猛兽也跑出来吞食人类。人类迎来了灭顶之灾。

女神头像
大小接近真人，是当时人们供奉的主神之一。以黄黏土掺草塑成，外表打磨光滑，面部施红彩，眼窝嵌入淡青色玉片为睛。整个头像轮廓优美，双目炯炯。

天上的女娲看到大地和人类遭受如此惨重的灾难十分着急，一心想救人类脱离苦海。女娲心想："这一切灾难的源泉，都是来自天上的那个大窟窿，只有把那个窟窿补起来，才能遏制灾难。不过，用什么东西来补天呢？"想来想去，她最后决定采用五色神石来做补天的材料。

女娲找来了五色神石，它们的颜色分别是红、黄、灰、白、青。她在地上升起一堆篝火，然后把这些石头放入火中。终于，五色神石被火烤成了石浆，女娲赶紧拿起石浆飞向天空，一点一点地把天上的那个大窟窿补上了。

窟窿是补上了，可是那根折断的支撑天的柱子怎么办呢？女娲开始四处寻找。最后，她在茫茫的大海上发现了一只大龟。女娲走过去对它说："如今天上的窟窿也被补起来了，但是那根折断的天柱却没有了，所以我想请你帮个忙！"大龟问道："您说吧女娲娘娘，只要我能做到的一定帮忙！"女娲说："好！我想用你的四条腿做撑天的柱子可以吗？"大龟答应了女娲的请求。于是，女娲就把大龟的四条腿砍了下来，当作四根柱子支起了倒塌的半边天。

天降的灾难是结束了，可是地上的灾难并没有停止，毒蛇猛兽们依然威胁着人类的生命。其中以一条居住在深海里的黑龙最为可恶。于是，女娲又来到人间，带领着她的子民们把那条凶残的黑龙杀死。

伏羲与女娲画像砖

接着，女娲又带领人们堵住四处漫流的洪水。最终，人类在女娲娘娘的帮助下脱离了苦海。不过，这次灾难也给世界留下了"后遗症"。当初倒塌的那半边天是在西边，虽然有四只龟脚支撑着，但是高度却比东边要低一些。从那以后，太阳和月亮每天都是自东方升起，然后向西方落去。

后羿射九日

［中国］

四千多年前，黄帝部落打败了蚩尤，统一了华夏民族。又过了一段时间，人类社会出现了一位非常贤明的领袖，叫作尧。在尧统治初期，人们的生活十分幸福。

突然有一天，十个太阳一起出现在天空上，而且不分昼夜地照射着大地，人类又一次面临了巨大的灾难。江河湖海干枯了，土地庄稼烤焦了，人们一个个被太阳烤得喘不过气来，很多人都因为炎热而死。

这时，那些毒蛇猛兽们又趁机作乱。它们从森林和江湖中跑出来，四处寻找自己的食物。由于人们失去了抵抗能力，所以只能眼睁睁地看着自己的亲友被妖兽吃掉。人们的生活苦不堪言。

作为首领的尧非常焦急，他带领着百姓，一起向上天献上了丰厚的祭品，祈祷天帝帮助他们消除这些灾难。

天界很快就得知了人类遭受灾难的事情，天帝对他的大臣们说："你们知道！地上所有的人类都是我的子民，是女娲娘娘创造的。他们是万物的首领，是代替我们统治大地的。如今，他们遭受了如此深重的灾难，我们应该想办法帮帮他们。你们有谁愿意前去消灭那十个可恶的太阳啊？"

黄帝战蚩尤图

一个相貌俊美，身材健硕的男子走了出来，对天帝说："启禀天帝，我愿意前去消灭十个太阳！"

天帝一看，原来是后羿。他知道，这个后羿确实有过人的武艺。他从一生下来就有射箭的天赋，经过自己的努力，长大成人的他更是箭法超群。不仅这样，后羿还有着过人的臂力，派他前去一定能够完成任务。

天帝点了点头，说道："好！我马上就派你下凡到人间！你一定不要辜负我对你的期望，我也相信你一定会成功的。好了，现在你有什么条件尽管说出来吧！我一定会满足你的。"

后羿想了想，说："天帝，我只有两个小小的条件。第一，请您把您那把具有神奇力量的红色大弓赐给我，同时还要赐给我十支白色的神箭。因为我要用这些东西把那十个可恶的太阳射下来。"

天帝点了点头说："好！这是应该的，我答应你的条件。那么第二个条件是什么呢？"

后羿接着说："第二，请您允许我带着我的妻子嫦娥一起前往人间。"

天帝像

天帝又答应了他的请求。就这样，后羿背着红色大弓，拿着十支白色的神箭，带着自己的妻子来到了大地上。

人们为后羿的到来举行了盛大的欢迎仪式。后羿顾不上休息，安顿好自己的妻子后，马上拿起神弓神箭，来到了一座很高很高的山上。

后羿心想，这十个太阳怎么也算是天地间的灵物，如果贸然把它们射死，恐怕不太妥当。于是，他抬起头，高呼道："天上的十个太阳，你们听好了！我是天帝派来的使者后羿。你们知道吗？因为你们的原因，导致地上的人类遭受了莫大的灾难。天帝本来是要我杀死你们的，可是我不想那么做，如果你们知趣的话，赶紧走吧！"

这十个太阳根本没把后羿放在眼里。只听它们在天空中叫喊："你在这里吓唬谁啊？我们就是不走你能把我们怎么样？你拿着弓箭干什么？你以为你能射到我们？你站的山确实挺高的，不过离九万里的距离还差得远呢？你的弓箭只能用来打猎！哈哈！"

后羿听完以后，气得火冒三丈，心想："既然你们如此不听劝告，那就不要怪我无情了。"想到这，他左手拿住弓，右手拿出一支神箭，瞄准了叫得最欢的那个太阳。

后羿射出了搭在弦上的那根箭。只听"嘭！"的一声，一颗火红的太阳应声从天而降。此时，其他太阳也知道这个人不好惹，想躲起来。可是，后羿不会再给它们机会了。只见他一支接一支地把神箭射出，而太阳则一个接一个的往下坠落，就这样天上的九个太阳都被后羿陆续射了下来。

正当他准备射第十支神箭时，站在旁边的尧突然说话了："后羿！且慢动手，我觉得我们应该留下一个太阳。如果世界没有了太阳，那么我们也就不能生存了！"

后羿心想："这十个太阳固然可恶，可是大地也需要阳光的照耀啊！还是留下他吧！"于是，后羿对最后一个太阳说："我可以留下你，不过你要答应我，以后必须按时升起，按时降落。如果再有什么差错，我一定会把你射下来的。"第十个太阳连忙答应。从那以后，世界上就只有一个太阳了。

后来，后羿和妻子嫦娥住在森林里，以打猎为生。

嫦娥奔月

［中国］

英雄的命运是苦寂的，后羿被永远地留在了人间。

人间虽然也有很多欢乐，但是终究比不上天庭。后羿必须每天为生计奔波，尽管他是英雄；他将来也会面对死亡。他每天的事情就是出去打猎，因为只有那样才能养活自己和他的妻子嫦娥。

嫦娥的外表是无可挑剔的，也许美女配英雄这条"真理"从那时候就开始有了。不过，嫦娥有一个很大缺点，那就是爱慕虚荣，贪图享乐。

不管在人间过的日子再怎么幸福，可终究是比不上天界的生活，更何况迟早都要面对死亡呢？最初的一段时间里，嫦娥还能忍受这种"悲惨"的生活，可是时间一长，她越来越思念天上的生活。她不再有欢笑，终日以泪洗面；她每天都在抱怨，因为她害怕自己有一天死去。对于嫦娥的做法，后羿只能说一些抱歉的话，因为现在他也已经无能为力了。

不过，后羿应该算是个称职的好丈夫，因为他时刻都在琢磨着如何替自己的妻子排忧解难。这一天，后羿终于想到了一个两全其美的办法。他不远万里，长途跋涉，历经千辛万苦来到了自己昔日的故交——昆仑山西王母的住处。

西王母对后羿的到来感到十分惊讶，因为她听说了后羿的英雄壮举。西王母问后羿："听说你奉了天帝的旨意去射死天上的十个太阳，是不是真的？如果是那样的话，此时你应该在天界啊？"

后羿笑了一下，那笑显得那么无奈，说："现在我变成了一个凡人，一个曾经是神仙的凡人。我现在每天都要出门打猎，日子过得很清苦，而且我迟早也会离开这人间的，因为我早晚会死。"

西王母似乎明白了什么，追问道："你来这里是不是有什么目的啊？需要什么尽管说，我尽量帮忙。"

后羿回答说："还不是因为我的妻子嫦娥，她过不惯人间的生活，一心想着返回天界。可那是不可能的。最重要的是，她十分惧怕死亡。我今天来就是想请你帮这个忙。"

西王母犹豫了一下，最终还是决定帮助了后羿，说："我这里倒是有给凡人服用的长生不老仙药，你现在就可以把它拿去。"说完，西王母就把长生不老药给了后羿。

后羿接过药后，看了看，问道："怎么？就这么点？这只够一个人的啊？"

西王母无奈地说："没办法，只有这么点！"

在回家的路上，后羿的内心作了几次斗争。其实他也十分想吃下长生不老药。可是，这药就只够一个人吃的，如果自己吃了，那么嫦娥就要留在人间，那样的话她将会多么寂寞和孤独啊？"到底该怎么办？"后羿一直不停地问着自己。还没等他想出解决的办法时，他已经回到了自己的家中。

西王母像

嫦娥见后羿回来，马上迎了过去，兴奋地问道："怎么样？有结果了吗？"

后羿对妻子的表现早有预料，因为他走之前告诉了她自己这次出行的原因。由于没有想好解决的办法，后羿只能凭着不高明的技术撒起谎来："啊？哦！没有结果，我去过昆仑山了，但是没有见到西王母。听人说她去别的地方游玩了，这件事以后再说吧！"

嫦娥对丈夫的回答感到很失望，快乐的心情荡然无存。她哭泣着说："怎么会是这样呢？我不相信，我真的不想死啊！你告诉我这不是真的。"

在想出办法之前，这个谎还是要撒下去。后羿劝他的妻子说："好了，不要哭了！也许…"说到这里，后羿顿了一下，"也许过一阵子西王母就回来了。你放心，我一定会拿回那药的。你先出去吧，我想洗个澡，休息一下。"

丈夫的举动引起了嫦娥的怀疑，她隐约感觉到了什么。不过，她并没有表明疑虑，而是遵照丈夫的吩咐走出了房间。嫦娥偷偷地趴在窗户上，想要看看丈夫究竟有什么事瞒着自己。她看见自己的丈夫把自己梦寐以求的长生不老药放在一个小盒子里。嫦娥觉得自己的丈夫太自私了。

第二天清晨，后羿像往常一样，和妻子道过别后，出门打猎去了。嫦娥此时的心情矛盾极了，虽然她爱慕虚荣，但她也一样深爱着自己的丈夫。她犹豫、恐慌、害怕、焦虑，不知道自己是不是应该打开那个小盒子？是不是应该独吞了那些长生不老药？最后，长生

嫦娥奔月图

相传嫦娥在吃不死药之前，占了一卦，卦辞说："翩翩归妹，独自西行。逢天晦芒，无恐无惊。后且大昌。"居住广寒宫的嫦娥引起后世文人的无限遐想，唐代李商隐创作的《嫦娥》是最为著名的一首诗："云母屏风烛影深，长河渐落晓星沉。嫦娥应悔偷灵药，碧海情天夜夜心。"

不老的诱惑战胜了对丈夫的爱。嫦娥打开了那个盒子，拿出迷人的长生不老药，然后把它们全部吃了下去。

嫦娥感觉自己的身体越来越轻，然后缓缓地向空中飘去。最后，嫦娥落到了月亮上，在那里住了下来，还建了一座广寒宫。开始的一段时间嫦娥为自己能够重新过上神仙的生活而感到兴奋，不过时间一长她开始思念自己的丈夫。因为月亮上只有一只小小的兔子和一个不停砍树的老头。虽然丈夫答应不会用神箭伤害她，可是她却难以忍受孤独的折磨。在以后的日子里，嫦娥每天都独自一人，闷闷不乐地居住在月亮上。

日本的诞生

[日本]

远古时代，宇宙从混沌中分离出来，被称为"高天原"的天空也随之产生了。在那时，世界上还没有坚硬的陆地，日本岛还是一大团莫名的东西。它看起来很像油脂，一直在无尽的大海中慢慢地漂流。

经过几亿年的变化，那团莫名的东西有了动静。它不停地转动，孕育已久的生命终于从里面诞生出来，那就是日本最初的三位天神——天之御中主神、高御产巢日神和神产巢日神。这三位天神从出生起就拥有很高的法力，他们不满足在海面上居住，于是就飞上高空，来到了"高天原"。紧接着，那团莫名的东西又诞生出两位天神——宇摩志阿斯诃备比古迟神和永久支撑天界的天之常立神。

这五位最初的天神是没有性别之分的，可是他们依然生下很多对新的神祇兄妹。其中，最精明、最能干的要数伊邪那岐和伊邪那美这对兄妹。五位原始天神对伊邪那岐和伊邪那美非常满意，因此把最重要的任务交给了他们，那就是修补那团莫名的东西，使它固定下来，变成新生的土地。此外，五位原始天神还赐给他们一只漂亮异常而且拥有神力的长矛，并叮嘱他们完成任务后要结为夫妇，在那片土地上繁衍生息。

伊邪那岐和伊邪那美肩负着天神的使命来到了那座通往下界的"天浮桥"。他们把那根长矛伸进了无边的大海中，来回地搅拌海水。伴随着海水的转动，那团莫名的东西也慢慢地向长矛靠拢。伊邪那岐和伊邪那美见时机成熟，就把长矛从海中拔了出来，长矛上的海水滴落到那团东西上。奇妙的时刻来到了，那团东西不再漂流，固定在了特定的位置上，而且它也变成一大片坚硬的、结实的土地，这就是最初的岛国——日本。

伊邪那岐和伊邪那美知道第一项任务已经完成了，就顺着"天浮桥"来到了陆地上。他们巡视了一圈，找了一个合适的地方把那根长矛插进地里。那根长矛马上变成了一棵参天巨柱，象征着天界的权威。这对兄妹给它取名叫"天之御柱"。之后，他们又建造了一所很大的、用来朝拜天神的庙，并给它取名叫"八旬庙"。接下来，按照天神的旨意，伊邪那岐和伊邪那美这对兄妹举行了一场特别的结合仪式。

这两位天神站在"天之御柱"的旁边，一个向左，一个向右，绕着柱子转圈。当他们相遇时，伊邪那美首先开了口："天啊！我真是太幸福了，怎么让我遇到了这么好的男人呢？我一定要嫁给他！"而伊邪那岐则接过来说："哎呀！怎么让我遇见如此美丽温柔的女人呢？我一定要娶她！"就这样，伊邪那岐和伊邪那美结为夫妻。

但是最初的婚姻生活并不是幸福的，因为在两个人相遇时，伊邪那美先开了口。按照天界的规矩，女人先开口求婚是很不吉利的。所以，当他们生下第一个孩子时，居然是一个怪物。他没有手、没有脚，也没有眼睛、鼻子和耳朵，模样看起来就像今天的水蛭。没办法，这对新婚夫妇只好把这个怪胎放进芦苇编成的小船中，让他顺着大海漂走了。

伊邪那岐和伊邪那美
伊邪那岐和伊邪那美在高原的中心用那支漂亮坚固的长矛搅拌大海，于是日本岛产生了。这两兄妹结为夫妻，产下了八大岛与六小岛，以及其他天神。他们是日本的祖神。

为了不让悲剧重演，伊邪那岐和伊邪那美来到了天神的住所，请求他们给予圣明的旨意。天神们对这对夫妻说："你们的事情我们早已知晓，对这件事我们也很痛心。这都是因为你们没有按照神的旨意去做，因为在你们相遇的时候，如果女人先说话，那么你们将会受到惩罚。"

伊邪那岐和伊邪那美知道了原因，马上回去又举行了一次结合仪式。这一次是伊邪那岐先开的口，如此一来厄运就远离了他们。不久后，伊邪那美为伊邪那岐生下了八个孩子，被称为八大岛；后来伊邪那美又生下了六个身材较小的孩子，被称为六小岛。就这样，八大岛成了日本最主要的岛屿，六小岛则跟随在哥哥们身后，因此人们今天看到的日本就是一个多岛之国。

伊邪那岐知道妻子伊邪那美为了生这几个孩子受了不少苦，因此对她十分体贴。而伊邪那美也十分理解丈夫的心情，继续履行着妻子的义务。不久后，伊邪那美又为伊邪那岐生下了三十五个儿子。伊邪那岐非常高兴，根据他们的特点让他们掌管不同的事情。自那以后，世界上的一切都变得井井有条，因为风雨雷电、江河湖海、土地山川、生殖繁衍等等都有特定的天神控制，人类和其他一切生物都生活的十分美好。可是，灾难又一次降临到了伊邪那美的头上。在生下火神的时候，她自己被烧死了。

丧失妻子的痛苦使伊邪那岐失去了理智，他把愤怒和悲痛全都发泄到了火神身上。为了给妻子报仇，他用剑杀死了火神，并用沾有火神鲜血的石头和泥土创造出了十位新的天神。

虽然杀妻之仇已经报了，但是对妻子的思念却丝毫没有减弱。因此，伊邪那岐决定前往可怕的阴间，把妻子从黄泉国带回阳世。

伊邪那岐走了很久，终于来到了黄泉国。伊邪那美非常高兴，表示愿意和丈夫回去，但是必须先向黄泉国王禀报一声。伊邪那美嘱咐伊邪那岐绝对不要偷看她的身体。本来事情可以圆满解决，可是心急的伊邪那岐忘了妻子的嘱咐，偷看了死去的伊邪那美。

伊邪那美气急败坏地派人追赶伊邪那岐，但没有追上。最后，她只得亲自追赶。当伊邪那美赶上丈夫时，伊邪那岐已经跨过了阴间和阳间的界限。这对原本恩爱的夫妻，就在那里发出了从此决绝的誓言。伊邪那美发誓每天要杀掉一千个子民来报复，而伊邪那岐则说要每天生出一千五百个子民来回应。这样一来，日本每天都会增加五百个人口。

伊邪那岐觉得受到了莫大的屈辱，因此马上来到大河中洗澡。他从左眼中生出一位天神，名叫天照大御神，负责在白天照明；他从右眼生出一位天神，名叫月读命，负责在夜晚照耀。最后，伊邪那岐从鼻子又中生出一个儿子，负责掌管海洋，名字叫作须佐之男。

须佐之男物语

［日本］

伊邪那岐和伊邪那美诀别了，新的三位天神也产生了。天照大御神和月读命对父亲的安排都很满意，他们居住在"高天原"，尽职尽责地管理着自己的国土。然而，须佐之男却对父亲的安排非常不满，认为把他一个人留在冷冷清清的大海是不公平的，自己也有权利居住在"高天原"。因此，须佐之男每天都不停地哭泣，希望以此来使父亲改变主意。

伊邪那岐真的是很头疼，他知道须佐之男在闹脾气，可自己做出的决定也是没办法的。他来到须佐之男面前，对他好言相劝。可是须佐之男根本不理会父亲，一直在那里哭泣。终于，伊邪那岐的忍耐到了极限，他怒吼道："你这个家伙到底想要做什么？要怎么样才能安静下来？"

须佐之男擦了擦眼泪，说道："我才不想去那讨厌的大海中居住呢！我要居住在高天原。"

伊邪那岐气急败坏地说："别妄想了！你的要求我是不会答应的。"

须佐之男见父亲铁了心，只好说道："既然这样，那请您允许我到黄泉去和我的母亲一起居住吧！"

须佐之男的话刺痛了伊邪那岐的心，使他回想起了往事。伊邪那岐伤心地说："你不配做我的儿子，我也不再是你的父亲。从今往后，我不许你居住在我的国土上。走吧！到你母亲那里去吧！"

须佐之男只得听从父亲的话，离开了日本的国土。在前往阴间之前，须佐之男打算去看看天照大御神，于是他一蹬脚，飞身上天，来到了太阳神的国土上。

此时的天照大御神正在休息，当那一阵巨大的震动结束后，他心中犯起了嘀咕："怎么回事？那个可恶的小家伙到我这里来干什么？难道是来探望我的？既然是来探望我，又何必搞得高天原地动山摇呢？不好！他一定是不满足父亲的安排，要来这里抢夺我的国土。"想到这里，天照大御神马上换上战袍，拿起武器，威风凛凛地站在天浮桥上，准备着与他的亲生弟弟刀兵相见。

须佐之男被眼前的阵势惊呆了，不明白天照大御神为什么这样对他，于是开口问道："怎么了？天照大御神？有什么事让你如此警备，是不是有人要加害你？"

天照大御神没有放松警惕，回答说："还不是因为你，我知道你这次前来是要夺取我的领地。你放心，我不是好惹的，决不会让你轻易得逞！"

须佐之男一头雾水，奇怪地问："我？我怎么了？你说我要夺你的国土？真是笑话！我才没兴趣呢！我已经和父亲说好了，要到母亲那里居住。我今天到你这里来，主要是想和你告别！"为了让天照大御神相信自己，须佐之男还将父亲赐给他的玉珠串嚼碎，创造出很多新的神祇。

这下天照大御神相信了须佐之男的话，因为如果他有反叛之心的话，是不能创造出神祇的。知道自己冤枉了弟弟，天照大御神连忙向须佐之男赔罪。可是须佐之男非常生气，不管天照大御神怎么赔礼，须佐之男就是不原谅他。最后，这个调皮的家伙说："要我原谅你也可以，不过你必须允许我在你的高天原玩耍，而且不管我做什么你都不能阻挠！"为了能够平息他的怒气，天照大御神想都没想就答应了。

也许这个决定是天照大御神所做的最失误的决定，须佐之男给高天原带来了可怕的灾难。他在高天原四处捣乱，把开垦好的土地破坏掉、把挖好的田垄填平，同时他还

天照大御神

一说天照大御神为女性：须佐之男欲与母亲相伴，临行前向姐姐告别。由于他在高天原上的顽皮捣蛋行为惹怒了天照大御神，天照大御神躲进了山洞不肯出来，大地上一片黑暗，众神恐慌。为使天照大御神从洞里出来，他们在山洞前神树上挂了一面宝镜，同时请舞神跳舞，天照大御神终于从山洞中献身观看，大地重现光明。

搅乱祭坛，使祭祀不能进行下去。更加可气的是，他居然把高天原的斑马抓住，还把它的皮给剥了下来。须佐之男还来到了天女的织衣房，把斑马扔了进去。胆小的织女哪里见过这样的怪物，一下就被吓死了。

天照大御神再也不能忍受须佐之男的胡作非为，躲进一座石屋中，再也不肯出来。世界迎来了灾难，阳光没有了，到处是一片漆黑，各种各样的恶神都趁机出来捣乱，天地间乌烟瘴气。

这件事很快惊动了天神，高天原上的八百万天神聚集在一起，商讨如何让天照大御神出来。最后，在众神的不懈努力下，天照大御神终于从石屋中走了出来，世界也终于恢复了原样。但是，做错了事情总是要受到惩罚的，天神也不能例外。八百万天神一致决定，让须佐之男献出自己的胡须、手指甲和脚趾甲作为赎罪品，并把他放逐到地面上去。

须佐之男被天神们赶出了高天原，来到一座高山上。在那里他遇到一对名叫脚摩乳和手摩乳的老夫妇，当时他们正围着一个名叫奇稻田姬的美丽少女哭泣。须佐之男走上前去，询问发生了什么事。

老夫妻回答说："我们这里有一条长着八个脑袋、八条尾巴的大蛇，名叫八岐大蛇。它的身体比八条山谷还要长、它的嘴一口能吞下几万人、它的眼睛在黑夜中就像是两个灯笼。它是一个吃人的怪物，每年都要我们进献上一个姑娘供它享用。我们夫妻本来有八个女儿，可是这几年来被八岐大蛇吃得只剩下一个了！如今，眼看最后一个女儿也要被它吃掉，所以非常的伤心。"

须佐之男听后十分气愤，决定去会会八岐大蛇，为民除害。他把奇稻田姬变成了一把梳子，插在自己的头上，并为八岐大蛇准备了八大桶十分猛烈的酒。

八岐大蛇果然如期而至，但它并不知道前面等待它的是死亡。大蛇被飘香的美酒吸引了，一口气就把那八大桶全部喝了下去。须佐之男见时机成熟，马上拿起武器与大蛇战在一处。那场战斗真是太可怕了，直杀得昏天黑地，最后八岐大蛇被须佐之男杀死，剁成了碎块。

须佐之男用八岐大蛇的尾巴制成了一把神奇的宝剑，名叫天丛云之剑。为了弥补过失，他把这把剑送给了天照大御神。至于他自己，则和奇稻田姬结为夫妻，成了日本天皇的祖先。

非洲神话故事

非洲神话故事——

以最原始、最率直的方式传达了祖先的声音

伊西斯女神的阴谋

［埃及］

伊西斯女神，最高天神拉神的女儿，一个野心勃勃的女神。虽然伊西斯有着"一人之下，万人之上"的地位，但是并不满足。

"是啊！为什么我就不能拥有和父亲一样的地位和权利呢？我是伊西斯，拉神的女儿，他有的一切我也都应该拥有。我应该是宇宙中最伟大的女神。"伊西斯心中经常这样想。在这种想法的驱使下，伊西斯虽然表面上对拉神毕恭毕敬，但是心中却在盘算着如何夺取他的权力。

伊西斯知道拉神一个秘密，那就是虽然拉神有几百个名字，可是只有一个名字代表着至高无上的权力。如果谁从拉神那里得到了这个名字，谁就会拥有拉神的力量和地位。长久以来，拉神对这个秘密一直守口如瓶，不管伊西斯怎么花言巧语，就是不肯透露出来。

一万年过去了，拉神虽然每天依旧巡游大地，可是他的身体已经渐渐衰老了。伊西斯觉得，她盼望已久的时机终于到来了，如果现在不下手的话，恐怕就会被别人抢先。于是，

生命与健康之神伊西斯女神像
她是埃及的生命与健康之神，同时也是美神与战神的合一。

她心里盘算着如何逼拉神说出秘密来。终于，伊西斯想出了一条狠毒的妙计。

这天，拉神像往常一样，带着他的随从自东方升起，向西方游去。当他走到一半的路程时，天空中突然出现了一条巨大的毒蛇，张着血盆大口向拉神扑来。拉神根本没有任何思想准备，毒蛇咬住了拉神的胳膊，把全身的毒液注入了他那衰弱的身体内，拉神倒下了，发出了凄厉的惨叫声。这一切来得太突然了，所有的天神都惊呆了，一个个吓得魂不守舍，赶紧把拉神抬回宫殿。

就在所有天神都为拉神的安危担心的时候，伊西斯女神却在暗地里偷笑。原来这一切都是她搞的鬼。她昼夜不停地跟在拉神的后面，拉神走到哪里，她就跟到哪里。伊西斯在一旁观察着，等待着，希望拉神自己犯下致命的错误。

由于拉神年老体衰，因此口水时常从他的嘴中流出来。伊西斯看准了拉神口水掉落的地方，然后飞快地跑过去，抓起了一团带有口水的泥土。伊西斯如获至宝似的捧着那团泥土，脸上露出了诡异的笑容。她用手指轻轻地在泥土中搅拌，使拉神的口水与泥土充分的融合。然后她取出一块最好的泥土，把它捏成了一条毒蛇的形状。虽然伊西斯没有对泥蛇施加任何魔法，但是由于它含有拉神的口水，所以立刻就活了，而且体内还带着很多毒液。伊西斯偷偷地把毒蛇放在拉神每天的必经之路，等待着事情的发生。

这就是整件事的来龙去脉，此时拉神已经奄奄一息。天神们围在拉神的旁边，用关切的眼光注视着众神之父。拉神醒了，睁开了那双疲惫的双眼，嘴中发出了轻微的声音："我的孩子们！我不知道发生了什么事？要知道，世间的万物都是我创造的，都是我赋予他们生命的。可是我并没有创造出蛇这种可怕的东西，你们中间有谁背着我创造了蛇呢？"

众神听后非常害怕，赶忙解释说："最伟大的拉神、最威严的父神、最受人崇拜的太阳神，我们都是您的孩子，也是您的仆人，您的意志就是我们的生命，我们怎么敢背着您去创造毒蛇呢？"

拉神痛苦地说："我创造了世间万物，每天都赐予他们无限的光明和热量，所有的东西在我的照顾下茁壮成长。自从我创造天地以来，从来没有懈怠过！为什么要让我受如此大的痛苦呢？"

众神听后，赶忙说："尊敬的拉神啊！我们相信您的痛苦很快就会消失。"

拉神脸上露出了无奈的表情，说道："不！我现在感觉体内好像在着火，这真是太痛苦了！我还不想死去，因为有很多事还需要我去做，请你们来帮助我吧！"

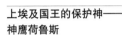

上埃及国王的保护神——
神鹰荷鲁斯

天神们不敢怠慢，马上去各个地方找来了"神医"。可是，没有一个人能够清除掉拉神体内的蛇毒。最后，天神们想起了被称为"魔幻女神"的伊西斯，认为如今只有她能帮助拉神了。如果连她都束手无策，恐怕真的是没有别的办法了。

天神们的请求正中伊西斯的下怀，她走到拉神的面前，假惺惺地说："哦！我的父神，您怎么了？您告诉我，我会竭尽全力帮助您的！"

拉神也知道她很有本事，满怀希望地说："我的女儿啊！快救救我吧！我在巡游的路上被一条毒蛇咬伤了！如今我觉得生不如死，请你帮我把体内的毒液清除掉吧！"

伊西斯点了点头，然后对众神说："你们先出去吧！我需要安静！"伊西斯靠近了拉神，用一种带有威胁和挑衅的语气对拉神说："我的父神，伟大的拉神，告诉我您的名字好吗？"

拉神从伊西斯的眼神中看出了邪恶，知道她这是趁火打劫。于是，他不露声色地说："我有很多很多名字，比如海比尔、瓦拉尔、瓦土木……"

"够了！"伊西斯打断了拉神的话，恶狠狠地咬着牙说："父神！我看您还是告诉我吧！您知道我要的是什么，如果没有您的那个名字，我的咒语是不能去除掉您体内的蛇毒的！您也不想再受它的煎熬了吧！"

拉神无奈之下只得将自己的真名字告诉了伊西斯。拉神体内的蛇毒被清除了，而伊西斯也如愿以偿，成了最强大的女神。

拉神退位

　　拉神，埃及神话中的太阳神，也就是非洲神话中赖神。拉神是埃及神话中最有名的天神，也是地位最高的天神，被称为"众神之父"。

　　在最初的时候，拉神年轻力壮，头脑灵活，整个世界都被他治理的井井有条。天神、人类以及其他一切动物相处得都非常融洽，到处都是一片繁荣的景象

　　但是，拉神虽然拥有不死的生命，但是他的外表却会衰老。一万年过去后，拉神老了。他的头发已经变得很稀疏了，牙齿也已经脱落得差不多了，眼睛里也没有往日的光芒了。他佝偻着身体，步履蹒跚，口水还时不时地从嘴里流出来。

　　当人类看到这些情景时，内心的卑劣和自私开始作祟，渐渐地他们不再像以前那样崇拜拉神了，甚至还嘲笑和讥讽拉神。

　　有的人说："你们看啊！我们的拉神怎么了？他现在已经是一个糟老头了！我觉得他根本没有能力来领导我们了，因为他只不过是个老糊涂罢了！"

　　另一个接过来说："说得对啊！快看看这个老东西！他的牙齿间的缝隙可以塞进一条鱼，他的头发简直就像刚被烧过的草地，还有他的眼睛简直就是两个黑球，哪有一点神采可言？我们干吗还要听这个家伙的支配？我们有智慧，完全可以凭借自己的力量管理自己。"

　　所有狂妄和讥讽嘲笑的话语都被拉神知道了，他的自尊心受到了伤害，他觉得人类的做法简直伤透了他的心。但是，拉神对人类还是宠爱有加的，所以他决定再观察一阵，希望人类能够改过自新。

　　人类再一次让拉神失望，他们不但没有停止这种可恶的行为，反而变本加厉。终于有一天，当他巡游到天空的正中央时，又听到了人类对他咒骂声，积蓄已久的怒火终于爆发了，拉神对着他的随从说："你们全部都听着，我的孩子们！马上把天神召集到这里来，舒神、努特神、盖布神……我有一件很重要的事情要宣布！还愣着干什么，快点，马上去！"

随从们全都傻了眼，不知道拉神今天是怎么了。但是看到他如此愤怒，也不敢多说，马上执行了命令。一会儿的工夫，所有的天神都来了。他们面面相觑，谁也不知道发生了什么事。在他们的记忆里，拉神还从来没有发过这么大的脾气呢。

拉神怒气冲冲地说道："所有的天神听好，是我创造了你们，我是你们的父亲，也是你们的国王。你们应该尊敬我，崇拜我，不能对我有一点的亵渎。"

听到拉神的话，天神们一头雾水，胆战心惊地回答说："怎么了？我们的父亲，伟大的拉神！我们一直都很尊敬您、崇拜您啊！我们从来也没有过亵渎您的举动啊！我们不明白您说这些话是什么意思！"

拉神回答说："是的，我知道你们一直做得都很好，我对你们的行为也是非常满意的！但是，那些比你们地位低微的人类，他们居然对我不敬，而且出言侮辱！现在我决定给他们一个重重的惩罚！"

天神们终于知道拉神生气的原因了，他们也早就对人类的做法十分不满。这时，伟大的阿图姆神发表了自己的意见，说："伟大的太阳神啊！我们最最崇拜的拉神啊！您的想法是正确的，必须让人类知道，不尊敬天神是要受到惩罚的！我有一个主意，您可以派您的女儿哈托尔女神前往人间。她知道如何做才能平息您的怒火！"

拉神想了想，回答说："是的，哈托尔确实是很合适的人选，可是如果人类预先得知了消息，他们会逃走的。"

天神们知道，拉神这么说其实是在找借口，他不想让人类迎来灭顶之灾。于是，他们一起跪在拉神面前，用恳求的口吻说："万能的拉神啊！您怎么能如此心慈手软呢？人类已经无可救药了，您必须硬起心肠来，派您的女儿前去。"

这时，哈托尔也走到了拉神面前。

阿蒙神立像

阿蒙神即拉神，旁边是他的两个女儿，头戴太阳圆盘头饰的是伊西斯女神。传说拉神坐着天牛拽拉的神车在宇宙中穿行。到后来，他的天牛车变成了船。拉神每天架着太阳船，从东到西，到达地下，然后同恶魔决斗，通过十二道关隘。

她是一个残暴的女神，吸食人血是她的唯一嗜好。哈托尔说："父亲，请您派我前去吧！我一定会用人类的鲜血抚平您的创伤。"

拉神只好同意了天神们的请求。哈托尔兴高采烈地来到了人间，开始执行拉神的命令。

人类迎来了最可怕的灾难，叫喊声、求救声响彻了整个宇宙，鲜血染红了大地，空气中弥漫着浓重的血腥味，到处都是被杀者的尸体。哈托尔兴奋极了，她还从没有杀得这么痛快过。她叫喊着，笑着，嘴中只有一句话："杀！杀！杀！把所有的人都杀光！"

拉神看到这种情景非常痛心，虽然人类以前那么对他，可是他不想看到人类毁在自己的手里。于是，他在天空大喊道："哈托尔，够了！人类已经受到了惩罚，不要再滥杀了！"

此时的哈托尔已经杀红了眼，哪里还听得进去，她对拉神说："父神啊！请您不要干预我了好吗？我要把您交给我的任务完成，请您放心。"

拉神只好开始帮助人类对付哈托尔。他教会人类酿造香甜的大麦酒，然后诱使哈托尔饮用。这样，人类这场灾难才算结束。人类终于反省了，知道以前的做法是愚蠢的。他们把那些辱骂拉神的人抓了起来，然后当着他的面全部杀死。

经过这场变故，拉神也厌倦了做世界的主宰。他把天神们召集到一起，将自己的王位传给了儿子天神舒。然后，他骑在女儿努特的背上，和她一起来到了天界，定居在那里。

哈托尔女神

哈托尔是嗜血之神，即战神伊西斯。她来到人间，使人类遭受战争、残杀的灾难。图中哈托尔狮头人身，正在扼杀人类，脚下是成堆的尸体。

太阳神赖的故事

[埃及]

太阳神赖，海洋之神努的儿子，宇宙中的最高天神。当他出生的时候，世界才刚刚被创造出来。那时候天和地是连在一起的，世界的每一个角落都充斥了无尽的海水。太阳神赖决定创造一个丰富多彩的世界。因为他是众神之王，拥有最强大的法力，所以只要他说出自己的要求，那么世界上就会出现什么东西。

太阳神赖对着世界说："天和地必须分开。只有那样，世界才能有广阔的空间。"话音刚落，蓝蓝的天就从大海上升了起来，而大地则依然留在底下。当海水退去时，那些裸露出来的土地就变成了我们今天看到的陆地。

太阳神赖觉得天空太过单调了，就对着天空说："要有云。"于是白云就出现在天空；他又说："要有星星。"于是众多的繁星就出现在天空。太阳神赖觉得大地也是空荡荡的，于是他先创造出了各种植物，然后又创造出了飞禽走兽，当然他也没忘了创造出万物之首——人类。最后，太阳神赖决定把海洋变得热闹一些，于是就创造了很多鱼类、植物等生物。

太阳神的力量
这枚盾形戒指的装饰图案是太阳神赖的头部，这象征着太阳神赖的力量与威信。古埃及人相信当这枚戒指被国王拥有后，太阳神所具有的力量就依附在国王身上。

当一切工作都完成以后，太阳神赖对自己创造这个世界非常满意。他是天神之王，也是世界的创造者，因此由他来统领世间万物自然再合适不过。太阳神把自己变成了人类的模样，来到人类中间，成了世界上第一个国王。

人们并不知道自己的国王就是伟大的创世主太阳神赖。因为有了太阳神的庇护，人类社会一天比一天繁荣，人们的生活也一天比一天富裕，所有人都对这个法力无边的国王十分敬佩。

似乎在每一个神话里人类都有着卑劣的本性。天神创造了他们，赐给了他们很多福，一旦天神不再像以前那样强大、那样有威严，那么人类总会做出一些愚蠢的举动。由于太阳神赖是变成人的模样来到大地上的，虽然他不会死去，但最起码他从外形上会衰老。

很多年过去了，太阳神老了。他再也没有以前那么精神抖擞了，说话也不那么铿锵有力了。他经常斜斜地坐在宝座上，面无表情的注视前方。长长的唾液从嘴角里流了出来，但他根本不知道去擦。人类看到自己的国王老了，不中用了，不像以前那样有求必应了。他们开始咒骂自己的国王，说他是个老糊涂，根本没有多大本事，让他做国王简直是荒谬。更有一些可恶的人居然违抗太阳神的命令，偷偷地反抗他，而且还想找机会干掉他，好让自己当上国王。

太阳神赖虽然老了，但实际上他的法力丝毫没有减弱。太阳神对忘恩负义的人类失望到了极点，觉得自己创造他们是个错误。于是他决定对人类实施惩罚。他把天界的众神召集在一起，商量如何给人类些颜色。

众神都乐意帮太阳神这个忙。耳朵天神(太阳神赖的耳朵变的)说："主人！您可以让我去，因为我可以使人类失去听觉。他们再也不会听到那些有辱您威名的话了。"

嘴巴天神接过来说："伟大的太阳神啊！我觉得您派我去是最合适的。因为我会让那些卑微的人类从此再也不能说您的坏话！"天神们都争着为太阳神效力。

可是，太阳神赖都觉得这些人不

穿越白天与黑夜的旅行
太阳神赖是最高级别的神。据赫尔摩坡里斯的太阳学说，认为海洋是努神，为诸神的创造者，创造了永生的黑暗，最后创造了太阳神。古非洲人崇拜水与太阳，这体现了河水与阳光是人类生命的源泉。

生命的标志

这种金制项链通常由国王、王后和诸神佩带，因为他们拥有赋予或剥夺他人生命的权力。

是合适的人选。这时，眼睛女神站了起来，说道："最最伟大的太阳神，您创造了人类，可是他们却那样的对您！我觉得应该让那些渺小的人类受到最大的惩罚，他们没有资格存活在这个世界上！我愿意为您效劳，没有人敢直视我的眼睛，我会让他们永远记住惹恼天神的后果。"太阳神赖觉得眼睛女神说得有理，就同意由她下凡惩罚人类。

人类的厄运来临了。眼睛女神是一个嗜血的天神，在她的脑子里只有三个字——杀！杀！杀！大地上血流成河，尸体遍地可见，到处都能听见人类的哀号。眼睛女神不停地追杀，哪管什么男女老幼，只要让她看到，结果只有死路一条。地球上的人类已经被她杀得还不足原来的十分之一了。

这时，太阳神赖觉得自己当初决定惩罚人类是没有错的，但只是想让人类悔改，并没有要消灭他们的意思。可如今，眼睛女神已经完全失去了理智，她的做法会毁了自己亲手创造的世界。创世主发了善心，决定停止对人类的惩罚。不过，眼睛女神正杀得眼红，现在让她停下来，恐怕是不可能的。不能强攻，那么就要智取，太阳神赖想出了一条妙计。

太阳神派出使者来到一个名叫爱利芬坦的地方，让他们把长在那里的"美德之草"摘回来。然后太阳神让天神把这些草碾碎了，放进混有大麦的人血里面。人类历史上第一次出现了啤酒。

天神们共酿造了七千坛啤酒，并把这些酒放在眼睛女神经常休息的地方。女神闻到了酒的香气，立刻忘记了屠杀人类的使命。当她喝得醉醺醺的时候，天神们把她接回了天界。

人类躲过了这场灾难，恢复了对太阳神赖的崇敬之情。人类社会恢复了安定团结的局面。

冥王奥西丽斯

［埃及］

对人类的惩罚结束了，太阳神拉开始云游世界，希望能找出一个合适的人选接替他做人间的国王。

可是结果似乎很令他失望，虽然天神们都愿意接受这项任务，但太阳神知道他们之中很多人是出于私利，有几位虽然品德不错，但性格又过于懦弱。很长时间过去了，太阳神拉依然没有找到合适的接班人。

这一天，太阳神拉来到地神盖布的住所，和他商量让位的事。盖布说："我倒有个人选，不知道合适不合适?"

太阳神赖一听，马上回答说："说说看! 也许真的不错呢!"

盖布不好意思地说："人选就是我的儿子奥西丽斯。他不仅为人正直，而且聪明勇敢，我相信由他做人类的国王再合适不过了。"

太阳神马上点头同意，说道："其实你说的正是我想的，我也早就开始注意这个年轻人了! 不过还有个问题，你让奥西丽斯做国王，他的兄弟塞特会高兴吗?"

盖布摇了摇头说："不管他了! 论才智，论人品，塞特都比不上奥西丽斯。您的担心是多余的。"就这样，盖布的儿子奥西丽斯成了人类的国王。

奥西丽斯果然没有辜负太阳神赖和地神盖布的厚望，把人间治理的井井有条。

在他统治初期，人类还没有摆脱野蛮的生活状态。他们以家庭为单位，零零散散地居住在各个地方。因为

冥王奥西丽斯石像

食物缺乏，人类各部落之间经常发生战争。有时候，仅仅为了抢夺一只小野猪就会有几个人丧命。

奥西丽斯对这种状况很不满意，他制定了一系列的法律，禁止人和人之间进行互相残杀。光是法律禁止是不够的，如果食物的数量依然不能满足人们的要求，那么争斗还是会发生。为了使人类摆脱饥饿的困扰，为了让所有人都过上幸福、文明的生活，奥西丽斯走下王座，来到了百姓中间。

他教人类如何使用工具，如何开垦土地，如何播种插秧。当沉甸甸的谷子长成时，他又教他们如何收割，如何把这些谷子磨成粉做成食物。如此一来，人们最根本的温饱问题得到了解决。他对自己的子民就像对待自己的亲友一样，用道德感化他们，教他们如何对天神进行崇敬以及如何和其他人相处。在奥西丽斯的英明领导下，人们的生活越来越幸福，甚至比太阳神拉统治的时候还要好，所有人都赞美奥西丽斯。

正当奥西丽斯沉浸在一片赞美声中时，另一个人却在暗地里狠狠地诅咒他。这个人就是我们前面提到的地神盖布的另一个儿子——塞特。他痛恨父亲当初没有举荐他，觉得这是对他的轻视。他认为如果他当了人类的国王，做的一定比奥西丽斯强得多。

虽然塞特也有一定能力，可是他为人暴躁，喜欢战争，如果由他统治人类，那么世界将变得非常可怕。他一直寻找机会谋反，准备推翻奥西丽斯的统治，以便让自己当上国王。

这一天，整个王宫都沉浸在欢乐之中。原来，这天是奥西丽斯的生日，很多天神都送来祝福，人类也派出代表为国王献上祝福。正当人们给奥西丽斯道喜的时候，塞特和他的随从出现了。所有人的目光都朝向了他，因为他带来的一只非常漂亮的大箱子引起了所有人的注意。

塞特笑了笑，说道："尊敬的人类国王，我的哥哥奥西丽斯！今天是你的生日，我特地来祝贺！"

奥西丽斯高兴地说："谢谢你！我的弟弟，非常高兴你能来到我的宫殿。你带来的那个漂亮的大木箱是给我的吗？"

塞特犹豫了一下，回答说："我亲爱的哥哥！我的这个箱子是要送给有缘人的！我要把这个箱子送给我最最喜欢的人，这个人将会从在场的所有人中选出。

只有他的身材和木箱的尺寸相符，才能有资格得到他。"

　　所有人都来了精神，争先恐后地往箱子里钻，可没有一个人符合箱子尺寸。这时，塞特说："亲爱的哥哥！您为什么不试一试啊！"在塞特的怂恿下，奥西丽斯钻进了大木箱中。果然，这个箱子的尺寸和奥西丽斯的身材刚好符合。所有人都欢呼起来，一是祝贺奥西丽斯得到了这么贵重的礼物；二是称赞他们兄弟之间的友谊。

　　突然，塞特发疯似的冲了过去，狠狠地压住箱子盖。他的仆人们也跑过来，用大铁钉将箱子牢牢钉住，并且还用铅把缝隙堵死。所有人都被眼前的情形惊呆了。塞特狞笑着说："现在，我是人类的国王了！所有人都必须听从我的吩咐，如果有谁反抗，那么只有死路一条。"人们迫于塞特的淫威，只得承认他是新的国王。为了保险起见，塞特又命人把这口装有奥西丽斯的"活棺材"扔到河里，让他永不能翻身。可怜的奥西丽斯，就这样白白地送掉了性命。

　　住在天上的赖神知道了这件事以后，对塞特的所作所为十分气愤。他施展法力，把奥西丽斯的灵魂从木箱中解救出来。太阳神还决定让奥西丽斯作冥界的国王，由他来掌管所有前往地府的亡魂。因为他受过坏人的迫害，冥王奥西丽斯对坏人特别憎恨。如果谁在人世间作奸犯科，那么等他来到冥府的时候，一定会受到最重的惩罚。

死亡之秤

人死后，要在冥王奥西丽斯"死亡之秤"上称量，执行称量的神是死神，他把灵魂放在"死亡之秤"上，如果善行使这个人变重，那么就可以升入天堂。如果恶行使其变得轻，那么他就入冥界受苦。

　　后来，塞特被奥西丽斯的儿子杀死，来到了冥府。他做梦都想不到，自己最终还是要接受哥哥的审判。当奥西丽斯下达命令时，他早已经吓得两腿发软，还没等他来得及叫喊，已经被地狱的火蛇吞进了肚子里。

地球之魂造人

［非洲］

很久很久以前，宇宙已经形成了，世界上也出现了各种各样的动植物。在当时，整个世界只有一个人存在，他就是地球之魂。

开始的时候，地球之魂还十分乐于享受这种无忧无虑、宁静舒适的生活。可是时间一长，他越来越感到孤独。因为没有人陪他说话，没有人陪他玩耍，更没有人会给他煮菜烧饭。终于有一天，地球之魂再也忍受不了这种孤寂的生活，决定创造出和自己一样拥有智慧的同类。

虽然世界上所有的生物都是地球之魂创造的，但是它们都没有和他一样的智慧。要想创造出一批可以作为万物统治者的生物来，并不是件容易的事。地球之魂坐在高高的山顶抽着土烟，经过几天几夜的冥思苦想，他终于想出了一个绝妙的办法。

地球之魂来到了一片大森林里，找到了一棵结满恩库拉果的树。地球之魂站在树下，抬头望了望树上那些肥硕的果实，脸上露出了一丝调皮的微笑。他伸出那双粗壮的大手，抓紧了树干，然后使出全身的力气摇晃。一会儿，树上的果

鳄鱼母子

非洲是人类文明的发源地，原始时期非洲人创造的各种古老的艺术文化至今依然充满活力。非洲岩壁画大多在高地边缘的悬崖峭壁上，是一万年前人类文明的遗迹，起源与巫术、娱乐方式有关，大多以动物为主题，如鳄鱼、大象、犀牛等。

独木舟
富有特色的独木舟，是生活在扎伊尔河沿岸居民的重要交通工具。

子就掉在了地上。地球之魂满意地看了看这些果子，然后把它们带回了家。

第二天，地球之魂又找到另一棵结满恩库拉果的树，用双手摇晃树干，把树上的果子拾回家。第三天也是这样，地球之魂在接下来的几天里重复着同样的工作，直到他收集了满满一大篮子的恩库拉果。

他兴高采烈地挎着大篮子来到湖边，把篮子放在了事先准备好的独木船上。地球之魂环顾四周，也没看见能帮他拉船的动物。有的动物身材太小，根本拉不动独木舟；有的虽然身材够了，可又不懂水性。正着急时，地球之魂突然发现了鳄鱼，这个家伙怕被抓去作壮丁，正想潜入水中躲起来。

地球之魂用命令的口气说："哎！鳄鱼，马上过来！我有事情需要你帮忙！"鳄鱼虽然一百个不愿意，但也不敢违背他的意思，只好乖乖地游到船边。

鳄鱼问道："伟大的地球之魂啊！您召唤我有什么事吗？只要我能做到的一定会帮您的！"

地球之魂严肃地说："你要知道，是谁创造了你，是谁赋予你在这个世界生存的权利。如今，我要进行一项十分伟大的工作，你作为助手，应该为此感到荣幸。"说完，地球之魂拿起绑在船上的绳子，说："张开你的大嘴，把这根绳子牢牢咬住，然后拉着船一直游到湖中心。"

鳄鱼只得照办。说实话，那装满恩库拉果的独木船确实很重，鳄鱼十分吃力地拉着它往湖心划。看着鳄鱼吃力的样子，地球之魂也很心疼，不过为了完成这项伟大的工作，他一直也没有让鳄鱼歇息。

湖心终于到了，鳄鱼也终于从地球之魂的嘴里听到了"停"这个字。可怜的鳄鱼，此时累得连一句话都说不出来，只有在那里大口地喘着粗气。地球之魂拍了拍鳄鱼的脑袋，安慰道："放心吧！你的辛苦不会白费的，你将会得到应有的奖赏!"说完后,他开始着手工作。

地球之魂站在独木舟上,在所有的恩库拉果中挑选出一颗最大的,对着它吹了一口气,然后说:"你是我选的所有果子中最大的,因此你将成为世界上第一个人。你是一个男人,你拥有强壮的体魄,聪明的头脑。我还会造出很多人,你将成为他们的领袖。"说完,地球之魂就奋力将果子往湖里一扔。只见那颗恩库拉果顺着湖水流向岸边。

接着,地球之魂又拿出第二颗果子,往上面吐了一口唾沫,然后说:"你是我选的所有果子中最漂亮的,因此你将成为世界上第二个人。你是一个女人,拥有灵巧的双手,善良的天性。你将成为男人的妻子,永远依靠他们。你的任务就是繁衍出新一代的人类。"说完,地球之魂也将这颗果子扔进湖里。

地球之魂一颗接一颗的往湖里扔果子,直到篮子里的果子扔完为止。地球之魂也累了,他坐在独木船上,对鳄鱼说:"好了!回岸边吧!"这次鳄鱼轻松多了,因为那些沉甸甸的果子已经全部没有了。

当地球之魂从独木船上跳下来时,立刻有一大群人围了过来。他们一起跪倒在地,迎接这位伟大的造物主。地球之魂对第一批人类的表现非常满意。

这时,那个由第一颗果子变成的男人站了起来,走到地球之魂的面前,深深鞠了一躬,然后说道:"尊敬的主人,感谢您赋予了我生命!我们在这等候您的驾临。"他刚说完,所有的男人马上一起说道:"是的!我们的主人!我们都在这等候您的驾临。"然后,所有的女人也一起说道:"是的!我们的主人!我们也在等候您的驾临。"

地球之魂非常高兴,说道:"这是我第一次见到和外形我一样的人,也是我第一次听见人的声音!你们将会是世界的主宰。"然后,地球之魂把这批人领到了一块空地上,说道:"看到没有,这肥沃的土地就是你们居住的地方!你们可以砍伐树木,在这里建起你们的房屋;你们可以在这里耕田播种,收获日常的粮食;你们还可以在这里放牧打猎,获取一些美味的肉食,总之,这里就是你们的乐土。"所有的人都欢呼雀跃,他们按照地球之魂的吩咐,建造出了世界上第一所村庄。而地球之魂,自然也就成了世界上第一个村长。

从那以后,地球之魂的日子过得有滋有味,因为他再也不会感到寂寞了,更不会发愁没人给他做饭了!

天神之父与他的孩子们

马武——利扎，世界的主宰，人类的创造者，被称为世界的主人、天神之父。为了整个世界，他可谓是鞠躬尽瘁。

当浩繁庞大的创造工作完成之后，马武——利扎倍感身心疲惫，因为他觉得自己已经没有那么多的精力继续下一项更加烦琐的工作——维持世界的秩序了。因此，马武——利扎决定把这个世界交给他的儿女们掌管。他不仅子女众多，而且个个都精明强干，这一点让马武——利扎十分欣慰。

马武——利扎把自己的全部财产都交给了自己的第一对孪生子达·佐德日和他的妻子（也是他的妹妹）尼奥赫韦·阿纳努，并让他们做了大地神。按照马武——利扎的旨意，达·佐德日和尼奥赫韦·阿纳努要在地上居住，任务就是保佑地上的人们丰衣足食。由于农业对人类来说是非常重要的，所以这两位天神在人间享有很高的待遇。

马武——利扎的二儿子名叫赫维德奥佐，这可是个脾气暴躁、性格凶狠的小伙子，因此马武——利扎把雷神的位置传给了他。赫维德奥佐负责在天上施云布雨，调节四季气温，同时还掌管着人类的生殖繁衍。虽然赫维德奥佐的职责非常重要，但是他似乎并不怎么上心，而且做什么事都由着自己的性子来。他经常变作一只白白的大公羊，穿梭于云层之间。他心情好的时候，会给干旱的土地送去甘露，会让贫瘠的土壤变得肥沃。可是

祭祀活动 非洲
人们戴上面具边歌边舞，非洲人认为这样可以与神联系沟通，达到祭祀目的。

当他发怒的时候，则会给大地送去雷电风雨、大雪冰雹，任何生物都惧怕他的威力。

赫维德奥佐有个儿子名叫格巴德，这个小家伙比他父亲更是有过之而无不及。每隔一段时间，他就会发一次脾气。当他发怒的时候，怒气变成闪电从天而降，吼声变成雷声响彻大地，任何具有意识的动物都会浑身发抖。虽然格巴德的母亲经常劝告他不要乱发火，可是他却把这些话当作耳边风。如果我们看到了闪电，听到了雷声，那么有两种可能：一种是格巴德胡乱发火，大搞破坏；另一种则是格巴德察觉到人间有人作恶，正在惩罚他们。

马武——利扎的孩子们也并非个个都如此暴躁，阿格贝和娜耶泰这对孪生子的性情就比较温和。他们两个奉命做了海洋之神，处理江河湖海所发生的大事小情。此外，阿格贝还担负另一项重要的任务，那就是监视大地的情况。当阿格贝睁开眼睛的时候，人们就迎来了黎明的曙光；当阿格贝闭上眼睛的时候，夜幕则降临人间。阿格贝结束一天的工作后，总是会在大海和蓝天的交接处向他的父亲汇报大地和海洋的一切情况。

阿格贝的弟弟名叫法，被马武——利扎封为占卜之神，因为他懂得各种巫术所需的秘密语言。法的任务是十分重要的。他长有能够开启未来十六道天门的十六只

雷电之神格巴德

眼睛，具有通晓过去和未来的能力，所以马武——利扎让他居住在天上的棕榈树的顶端。当阿格贝睁开眼睛时，法的弟弟莱格巴就会拿出十六根长长的木棒，把法的十六只眼睛一一撑开，以便让他时刻注意未来的情况。此外，法还肩负着与人间沟通的任务。法派他的儿子佐耶驾临凡间，并传授给他各种巫术语言。为了让人类知道佐耶是天神的信使，法还给他起了个新名字叫法卢沃诺，即为"掌握了法的秘密的人"。

阿热是马武——利扎的第四个儿子，他负责掌管森林中的一切生物，是狩猎之神。阿热是个乐观向上、精力充沛的年轻人，十分调皮。他经常把自己打扮成猎人出现在森林里，身上披着野兽皮毛制成的衣服，手里拿着木制的长矛。只见他一会儿在天上和飞鸟嬉戏，一会儿和陆地上的走兽追逐，有时候还会和小溪里的游鱼赛一下速度。尽管阿热的打扮是猎人，但其实他是各种动物的保护神。

迪奥是马武——利扎的第五个儿子，他被封为大气神。应该说迪奥掌管的范围是最宽广的，因为天空和大气之间所有的领域都归他支配。人类更是对这位大气神敬重有加，因为他给人类送来生命所必需的空气，此外，迪奥还要在天空和大地之间撒上一层神秘的雾气。这主要是为了不让天神的真面目暴露在世人面前。

最小的儿女总是会得到父母更多的眷顾，莱格巴和明诺娜是马武——利扎最小的儿子和女儿。为了不让他们受委屈，马武——利扎把天使的职位给了莱格巴，把纺织女神和妇女守护神的职位给了明诺娜。

莱格巴的任务与佐耶不同，佐耶主要是把人类和天神联系起来，而莱格巴则主要来往于天界的各兄弟王国之间，负责把情况报给父亲马武——利扎。莱格巴十分任性调皮。有时候他会把这件事和那件事搞混，有时候会忘掉一些很重要的事情，因此马武——利扎经常因为他的误导而做出一些错误的决定。

至于明诺娜，她的工作则相对轻松。她要做的就是居住在妇女们的屋子里，保佑她们不受侵害，顺便教她们如何纺织。

法罗创世

[埃及]

最早的世界是看不见也摸不着的，没有任何可以称得上物质的东西存在，只是一个不停运动的空洞。那时世界的名字叫作格拉。

格拉经过几亿年的运动后，生下了一个能发声的物质，名叫双体。双体自身又经过不断的运动，然后一分为二，变成了一对格拉格拉。之后，过了很长时间，格拉格拉又生下了一个名叫佐苏马莱（凉的铸铁块）的物质，这是世界上第一个具有实体的东西。

佐苏马莱不停地运动，来回在两个格拉间摩擦，最后发生了巨大的爆炸，一种坚硬无比的特殊物质从爆炸中产生。伴随着剧烈的震荡，这种物质在宇宙中不停地降落。突然，物质中间出现一条很大的缝隙，一种意识从中分裂出来。这种意识在宇宙中飘荡，最后移到了一种具有灵性的物体上，使它具有了自我意识。最后，宇宙中出现了第一位天神——约神和他的二十二个螺旋。

当螺旋围绕着约神旋转时，世界产生出了根本的物质，包括声音、光线、行为、感觉等。之后，约神又从自身生出两位天神——佩姆巴和法罗。

佩姆巴比法罗早些时候下凡。经过七年不间断

持鼓女神像
具有典型非洲风格的手工艺品，持鼓女神的面部细致生动，其他的小神像与基座上面具式头像具有抽象化色彩。

地旋转，佩姆巴把自己变成一棵神奇的种子落在了地上，然后长成一棵参天大树。为了能够在大地生活得更好，佩姆巴海特意给自己取了一个新名字——巴兰扎。巴兰扎按照自己的意愿开了花，结了果。熟透了的果子从树上掉了下来，埋住了巴兰扎的根，大树因为得不到应有的养分而枯死，只留下一棵光秃秃的树干。

佩姆巴只得用这棵树干作了自己的化身。后来，佩姆巴用泥土创造出了世界上第一个女人——穆索·科罗妮·昆迪耶，并娶她为妻。在妻子的帮助下，佩姆巴获得了新生，重新变成了大树巴兰扎。

法罗的长相很像鱼，他降落到了尼日尔河里，做了水神，掌管世界上所有的水域。为了把大地和天空隔开，法罗在天地间创造了七层大地。后来，他生下了一个儿子名叫泰利科，并让他成为掌管空气的天神。

泰利科的身影遍及世界，他把自己化成水降落到大地上，为地上的生物送去生命的源泉。他巡视世界，发现有很多地方是没有物质的。为了填补创世的不足，泰利科又把许许多多的水注入空虚之处，从此世界上就有了江河湖海。

法罗发挥从约神那里继承来的神力，使自己的身体产生巨大的震动，生出了一对孪生子，并使大地长出青草和蝎子，让它们保护新生的孩子。而这对孪生子就是人类的祖先。之后，法罗又变出两条鱼，一条用来引导水流入特定的领域；另一条则作为自己和孩子的坐骑，每天驮着他们来往于陆地和海洋之间。为了让世界更加丰富多彩，法罗还创造出许多具有生命的东西，那就是我们今天看到的各种鱼类和爬行动物。

当法罗认为自己的创造工作完成得差不多的时候，就把那对孪生子留在地上繁衍后代，自己则回到天界中居住。因为法罗是人类的创造者，所以人们对法罗非常崇拜，无意间忽视了巴兰扎。

巴兰扎觉得自己的尊严受到了挑战，心中盘算着如何报复法罗。有一天，法罗的一个后人来到了巴兰扎的面前，被这棵充满神奇生命力的大树吸引了。他马上判断出这是一棵神树，对它非常崇拜。

巴兰扎见时机已到，立刻展开蓄谋已久的计划。巴兰扎对那个人说："我会赐福给你们的！你们现在的生活实在是太野蛮了！因为你们不懂得如何运用火来烧烤食物，要知道只有懂得怎么运用火才能算得上是真正的人类。"之后，巴兰扎就把击石取火的技术教给了那个人。

那人回到部落后，把自己的神奇经历告诉了其他人。大家一致认为应该对神树表示感谢，于是一起来到巴兰扎面前，对他进行膜拜。巴兰扎见到人们已经对他产生了信任，说道："人类啊！你们从我这里学会和如何使用火，那么就应该为我献上祭品，只有那样才能获得更多的赐福。"

人类答应了巴兰扎的要求，给他送来了最好的坚果油。可是，巴兰扎对人类的祭品不屑一顾，坚持要人类以活人的鲜血作献祭。为了让人类甘心献上自己的鲜血，巴兰扎还许诺，愿意保佑人类拥有无限的生命。人类答应了巴兰扎的要求，当然也从他那里获得了不老的青春。

虽然长生不老是人类一直追求的梦想，可是如果真的人人都能长生不老，那么世界将变得非常可怕。由于没有人死去，人口数量急速上升，大地承受不了如此沉重的负担，历史上最大的饥荒爆发了。土地所产的粮食根本满足不了人们的需要，每个人所分到的粮食还不够塞牙缝，再加上要不时地给巴兰扎献血祭，人们的生活痛苦不堪。

法罗看到自己的后代经受如此深重的磨难非常伤心。为了把人类从水深火热中拯救出来，法罗与巴兰扎展开了一场较量。最后巴兰扎成了失败者。

法罗首先要解决的就是饥饿问题，指导人们吃野生的西红柿，因为它能补充人体内的血液。可是人们看着那些鲜红的果子很害怕，没有人敢去尝试。最后，一名胆大的妇女吃下了七颗西红柿。人们见她并没有什么异常，马上效仿起来。

法罗决定创造出新一代的人类。他把西红柿果肉变成七粒种子。然后，法罗把这些种子扔到了河水中，使饮过河水的妇女都怀孕。法罗又把八粒粮食种子撒向人间，还教会人们种植的技巧。就这样，新一代的人类开始在大地上繁衍。

战败的巴兰扎在暗处偷偷地给人类施下了可怕的诅咒。从那以后，人类再也不能长生不老，死亡变成了每个人都必须面对的事情。

上帝发火

[非洲]

在创造完人类后，上帝对自己创造出来的世界主宰很不放心，生怕他们受一丁点的委屈。为了能够随时给自己最满意的杰作提供帮助，上帝决定和人类一起居住。

和其他动物相比，人类真是太幸运了。上帝随时给世界上最聪明的动物庇护，教会他们如何使用工具，告诉他们如何种植庄稼、如何获得猎物，同时上帝还经常出面解决人类之间发生的各种矛盾。人与人之间没有仇恨、厮杀，因为当遇到不能解决的矛盾时，人们总是来到上帝面前，请求上帝调节。当然，上帝也总会找到最公平、最妥善的解决方法。

人们从收获的食物中挑选出最好的贡奉给上帝，从最清澈的泉水中舀出水来供上帝饮用。夏天的时候，人们会让出最凉快的地方给上帝乘凉，冬天的时候人们则会纷纷从家里拿来木柴给上帝取暖。总之，人与神之间相处的极为融洽。

随着时间的推移，上帝也逐渐地衰老了。虽然他的头脑里依然拥有着和以前一样的智慧，但是他再也不能像以前那样耕作劳动了。渐渐地，人们开始对上帝冷漠起来。先是供奉的食物和水越来越少，接着是取暖的木柴越来越少，到了最后居然都没人愿意搭理这个老头了。

一年冬天，鹅毛大雪从天而降，所有的河流都结成了厚实的冰层。由于没有木柴取暖，上帝被冻得浑身发抖。他只好走出家门，到人类那里寻找温暖。

在山脚下，上帝听到从一座小屋子里传来了人的欢笑声。于是，他隔着窗子往里看，里面有一群人正围在一起烤火，而且从火上还传来阵阵烤木薯的香气。

上帝掸了掸身上的雪，来到门前，很有礼貌地敲了几下门。屋子里静了下来，不一会儿门开了，一个年轻人冷冷地问道："有什么事吗？有事就快说，你这个糟老头！"

上帝听到有人居然叫他"糟老头"，心里十分生气，不过转念一想，也许这个年轻人不认识他。于是，上帝依然和气地说："亲爱的年轻人，你怎么可以这样说话呢？难道你家没有老人吗？更何况是我呢？难道你不认识我吗？小伙子！我是你们的主人，世界的创造者上帝啊！你看外面那么冷，你应该让我进去烤一下火，然后再让我吃点东西！"

这时，屋子里传来一个妇女的声音："是什么人在门口大喊大叫？赶快把他打发走！"那个年轻人回答说："是个糟老头，他说想要进屋烤烤火，还想吃点东西！更加可笑的是他居然说自己是上帝！"

那个妇女听到年轻人的话后，手里拿着捣木薯的木杵走到上帝的面前，问道："你说你是上帝？"上帝点了点头，说："是的！"妇女听完后不但没有把他让进屋子里，反而拿起木杵照着上帝的眼睛打了一下，嘴里骂道："你这个臭乞丐，装什么上帝，上帝会是你这么一副糟老头子样？就算是上帝又怎么样？他现在已经老了，我们根本就不需要他了！"

受到屈辱的上帝愤怒极了，他觉得人间再也不是以前的那个充满温暖的人间了，于是，上帝回到了天上。

没有了上帝的看管，那些贪婪的、狠心的、拥有特权的酋长们肆意妄为，拼命地为自己聚敛财物。人间再也没有什么正义可言，邪恶的势力一天天增长，任何人只要拥有权力和金钱，那么他就可以为所欲为。如此一来，那些善良的人们受尽了

非洲马里清真寺

苦难，渐渐地怀念起上帝存在的日子。

虽然在人间受到了莫大的屈辱，可是当上帝看到人间乱成一团糟时，心里依然放不下。上帝决定再帮助人类一次。可是当初自己一气之下离开了人间，如果再回去的话，岂不是太没有尊严了。上帝走出房间，施展无穷的力量，转眼间一条连接天空和大地的大桥就出现了。上帝告诉人们，如果谁有什么冤屈，谁有什么困难或是谁有什么事情需要帮助，都可以顺着大桥来到上天寻求帮助。

有一天，三个女人和一个男人来到了上帝面前，请他评理。上帝说："你们有什么事尽管说吧！我会给你们最公正的答复的！"三个女人一起说道："上帝啊！这个可恶的男人是我们的丈

上帝发火
当人类互相纷争、残杀与欺骗时，上帝就会发出雷声。

夫！他已有三个妻子了！您说我们长得很难看吗？这个贪得无厌的家伙还要娶第四个妻子！"男人马上辩解道："冤枉啊！我没有，我根本没动那个心思。"

上帝觉得这件事其实也不是很难处理，只要问清楚是怎么回事，一切问题就迎刃而解了。可是还没等上帝发问，这四个人就叽叽喳喳地吵了起来，不管上帝怎么劝说，就是没人听他的。上帝的自尊心再一次受到伤害，他觉得人类根本就没有把他放在眼里。上帝终于发火了，轰隆隆的声音从他的嘴巴里传了出来。这种声音不仅震动天空，而且还响彻大地，所有生物都被这巨大的声音吓得发抖。

上帝怒吼道："滚回去吧！可恶的人类！你们太令我失望了！从今以后，你们再也不能到天界来了！"说完，那座连接天地的大桥就消失了！

从此之后，人们再也无法去天界见上帝了。当人们遇到苦难时，或是需要帮助时，只有站在地上默默祈祷。当上帝听到人们祈祷时，知道有一些人又在作恶，这时他就会发火，他一发火我们就能听见那轰隆隆的声音，人们管那种声音叫雷声。

美洲及大洋洲神话故事

美洲及大洋洲神话故事——
天真未凿的稚拙纯荆、自成一体的独特风格

创世主帕查卡马克

[印加]

　　远古时代，宇宙已经出现，但世界尚未形成。当时南美洲的大地到处都是荆棘，而且一片漆黑，没有白天和夜晚之分。有一天，一位伟大的天神来到了这片土地，他就是被后人称为创世主的帕查卡马克（在印第安民族的通用语中，"帕查卡马克"是"赋予世界生命的人"的意思）。

　　当帕查卡马克看到荒凉的世界上没有一丝生机时，心中冒出了一个有趣的念头。他施展无边的法力，创造出了世界上第一批人类和走兽飞禽。

　　帕查卡马克对自己的"杰作"非常满意。不过他现在感觉有些疲惫，于是就来到一个风景秀丽的湖泊中休息，这个湖在今天被称为"的的喀喀湖"。

　　很多年过去了，虽然天地间依然是一片黑暗，但由帕查卡马克创造出来的那些人已经过上了我们今天所说的"原始生活"。他们聚居在一起，吃的是树上的果子，喝的是湖中的清水，过得还算无忧无虑。可是，这第一批人却十分没礼貌，更不懂得什么叫感恩戴德。他们说话粗鲁大声，对创造他们的天神也没有丝毫的敬畏。他们整日唠叨、抱怨，就好像创世主赐给他们的一切都是理所应当的。

　　这一天，帕查卡马克决定离开这片土地，回到遥远的宇宙中居住。可是他放心不下，要在临走前看看由他

安第斯山脉掩映下的的的喀喀湖

的的喀喀湖是世界海拔最高且适于航行的湖泊，秘鲁与玻利维亚的国境线通过此湖的中央。该湖分为大、小两湖，水色透明，虽稍含一些盐分，也可当饮水食用。

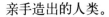

亲手造出的人类。

没想到，这帮人看到了伟大的创世主后，非但没有跪拜行礼，反而用石子和土块砸他，而且还向他吐口水。这下可闯了大祸，伟大的创世主被这帮野蛮人无礼的行为激怒了。他施展法力，将所有人都变成了石像，包括那些不知情的、没有辱骂他的可怜人。

过了一会，帕查卡马克心中的怒气消了一大半。他开始反思自己的行为。他觉得，这些人如此无礼固然应该受到惩罚，可不管怎么说他们也是他造出来的，自己多多少少也要负些责任。想到这里，他决定再重新创造出一批人类，不过这次要制定一个详细周密的计划。

他把所有的天神都召集到了一起，对他们说："由于我的疏忽，整个世界失去了那些聪明的人类。现在，我想再重新创造出一批善良的人类。不过，在这之前，我们必须先让这个世界有光明和黑暗之分。我们要选出两位天神，分别掌管白天和黑夜。"

民主选举后，结果出来了。男神孔蒂拉雅·维拉科查与女神基利亚结为夫妇。孔蒂拉雅被封为太阳神，负责在白天照耀大地。金星是他的随从，风雨雷电是他的仆人。而基利亚则被封为月亮女神，负责夜晚的照明。昂座七星做她的仆人。帕查克马克还特许她每月可以有三天时间回到太阳神的宫殿里，尽一尽她做妻子的责任。

接着，帕查克马克对这对夫妇说："你们完全有资格被奉为这个世界新的创世主，因为你们的光和热给整个世界带来生机。世界上所有的生灵都会对你们感恩戴德的，你们的后代将是这片土地的主人，他们会在这片土地上生存繁衍。不过，你要记住，要以历数十二为期。"帕查克马克接着说："太阳和月亮啊！你们要交替着从东升起，向西落去。当太阳神所散发的第一束光芒照进美丽的的的喀喀湖小岛上的山洞时，一个崭新的人类社会将随之出现。"

帕查卡马克来到了今天的第亚爪纳科地区。他按照自己的样子，雕刻很多的石像，有男人也有女人，有孕妇也有孩子。他把一些人定为平民，把另一些人定为他们的首领。然后，他派众神在选中的石像上刻上自己的名字，然后把这些石像带到各自的领地中繁衍后代。为了让众神高兴，帕查卡马克与他们约定，在太阳之子印加王出现以前，这些人可以信奉属于自己的天神。

太阳神孔蒂拉雅·维拉科查开始了他第一次的工作。耀眼温暖的阳光照进了的的喀喀湖小岛上的山洞，一个新纪元就这样开始了。

帕查卡马克留下了两个贤人，对其他人说："你们先去吧！一直追随着太阳，太阳落山的方向就是你们的去向。你们要把同伴呼唤出来，教会他们如何在这个世界上生存。"这些人按照创世主的旨意，来到了指定的地方。

帕查卡马克又对那两个贤人说："你们和别人不同，因为你们的生命是太阳神的第一束光线赋予的；你们将会拥有无穷的智慧和力量，因为你们身上担负着太阳神的意志；你们的后世会建功立业，因为他们要辅佐太阳神的儿子，伟大的印加王。你们必须牢记我的话。"就这样，这两个贤人也按照创世主的吩咐去指定的地方召唤同伴。

帕查卡马克接下来要做的，就是履行他与太阳神的约定。他来到了卡恰，看到了一群聚居在那里的印第安人。不过，他们没有认出伟大的创世主。一个个手持武器，想要杀死帕查卡马克。创世主很生气，就让大火从天而降，焚烧他们居住的地方。这些人惊恐万分，赶紧丢下武器，向帕查卡马克行跪

金垂饰神像

图中垂饰发现于哥伦比亚沿海地区的一艘沉船上，是一件在美洲非常流行的黄金垂饰，其中含有少量的铜。垂饰被做成了一个人物状，头戴精雕细刻的头饰，双手拿着宗教礼仪中所用的节杖，即权杖神。

拜大礼。帕查卡马克变出一个木棍，把那可怕的大火打灭。这时，他们才知道眼前的这个人就是伟大的创世主。后来，居住在这一地带的印第安人被称为卡纳斯人，即"火灾"的意思。

创世主觉得这里不是他心中理想的地方，就继续赶路。当他来到库斯科附近的一座小山上时，召唤出了一批印第安人，然后把他们带到了库斯科。帕查卡马克对他们说："你们都将成为太阳神的子民，太阳神的长子长女是你们的首领。你们要在这里定居，等待着一群大耳朵的人到来。"

所有的工作都结束后，帕查卡马克召集了所有的天神。他们有说有笑地朝着大海的方向走去。

太阳神

[印加]

在印第安神话中，太阳神孔蒂拉雅·维拉科查是很受尊敬的天神，因为他是创世主帕查卡马克最信任的人。可是我们这位伟大的太阳神却十分顽皮，经常搞出一些恶作剧来捉弄世间的凡人。他常常变成一个衣衫褴褛、面貌丑陋的乞丐，在人类的村庄里四处游荡。

村子里住着一位美丽的姑娘，名字叫考伊拉，生得十分美丽。她的头发黑亮飘逸，就像天上的乌云；她的眼睛明亮清澈，就像山涧的泉水；她的脸庞皎洁光滑，就像夜晚的明月；她的牙齿整齐洁白，就像珍珠项链。总之，一切美丽的语言都可以用来形容她的美貌，就连天上的神仙都对她倾慕不已。可是，这位考伊拉姑娘却十分傲慢，不管是凡人还是天神，都不能获取她的芳心。

一天，调皮的孔蒂拉雅在村外游荡时，看到了美丽的考伊拉正坐在鲁克玛树下乘凉。他马上被眼前这个美人迷住了。

孔蒂拉雅变成一只美丽的小鸟，飞到了那棵鲁克玛树上。他偷偷取出自己的一滴精液，施展法术将它变成一颗鲜红的果子，然后把果子扔到心上人面前。考伊拉被这颗鲜红的果子吸引住了，把它捡了起来，吃到了肚子里。于是，美女考伊拉在没有和任何男人接触的前提下怀孕了。

九个月过去了，考伊拉生下了一个健康俊美的男孩。但是，直到儿子会爬了，她也不知道孩子的父亲是谁。考伊拉思前想后，觉得这一定不是凡人干的，因为自己确实没有和任何男子有过接触。于是，她向天祈祷，希望天神能够下凡，让她知道孩子的父亲到底是谁。

天神们听说美女考伊拉要找丈夫，一个个摩拳擦掌。他们把身体洗得干干净净，梳起漂亮的发型，穿上最美丽的衣服，衣冠楚楚，风度翩翩地来到了安契克契荒原。而孩子的亲生父亲，太阳神孔蒂拉雅却依然是那身邋里邋遢的打扮。

考伊拉把天神们逐个看了一遍，觉得无论是谁做孩子的父亲都是够格的，除了那个让人讨厌的乞丐。她说："你们是天上的神祇，是最受人尊敬的天神。我的苦衷你们一定都知道了，现在我的儿子已经一周岁了，但我依然不知道他的父亲是谁。我相信，我的丈夫就在你们之中，请他站出来吧。"

尽管天神们都想"勇敢"地站出来承认，可毕竟没有的事是不能瞎说的。他们你看看我，我看看你，过了老半天也没有人吱声。考伊拉开始着急了，她大喊道："既然孩子的父亲是个懦夫，那么只好让我的儿子自己寻找父亲了。"说完，她就将孩子放在了地上。

眼前发生的一切让考伊拉目瞪口呆，孩子没有选择那些仪表堂堂的天神中的任何一位，却单单选择了那个让人作呕的乞丐。考伊拉觉得自己受到了莫大的屈辱，她大声地叫道："天啊！为什么结果会是这样的呢？难道我的丈夫竟是一个可恶的叫花子吗？我不能接受这样的事实，无论怎样都不能洗刷掉我的屈辱。"说完，她抱起儿子，气急败坏地朝海岸跑去。

调皮的孔蒂拉雅知道玩笑开过了头，马上恢复了本来面貌，变成了英俊少年。他在后面追赶考伊拉，嘴里不停地喊："亲爱的！我真的是孩子的父亲，求求你停下来好吗？你回过头看，看一眼你的丈夫吧。"可此时的考伊拉已经伤心到了极点，她愤怒地叫道："走开，我不要看你！我不想见到你那张让人恶心的脸。你是孩子的父亲，一个乞丐，我知道这些就足够了。"

他们两个你追我赶，不知跑出了多少路程。追着追着，孔蒂拉雅突然发现，美丽的考伊拉不见

印加太阳神像
印加在印第安语中意为"太阳之子"。图为黄金制成的印加太阳神面具。

了。这时，天空中飞过来一只兀鹰。太阳神就问："你是否见到了我的妻子考伊拉?"兀鹰回答说："是的! 她就在不远的前方，再加把劲，你一定可以找到她。"孔蒂拉雅对兀鹰的回答十分满意，对它说："我将赐给你不死的身躯。你的巢穴和活动范围都将在没人打扰的高空。一切具有血肉的动物的尸体，一切没有主人的禽兽，都可以作为你的食物。如果有谁杀害了你，必定受到惩罚。"

孔蒂拉雅继续追赶，遇到一只臭鼬。他问了同样的问题。脑袋木讷的臭鼬不会变通，傻乎乎地说："省省吧! 别白费力气了。你追不到她的。"孔蒂拉雅很生气，诅咒它说："你以后将害怕白天，只有到了夜晚你才能走出洞穴。你的身上将散发难闻的气味，所有的动物都讨厌你。人类更加憎恨你，他们还会捕杀你。"

太阳神向前走了一段，遇见了一只美洲狮，也问了同样的问题。美洲狮很钦佩他的执着，对他说："你是个心中有爱的人。只要你坚持不懈，一定能够成功。"孔蒂拉雅很是感动，对狮子说："你以后就是百兽的法官了，所有的动物都尊敬你。你掌握生杀大权，任何动物都不能违抗你的命令。在你死后，你依然可以享有很高的荣誉。同时，杀死你的人也必须尊敬你。他们可以剥下你的皮，但必须保留你的头；他们可以把你的牙齿作为纪念，但必须把漂亮的宝石镶在你的眼窝里。人类在举行重大的节庆时，都会披上你的皮，把你的头带在他们的头上。因为你是最值得尊敬的野兽。"

就这样，太阳神孔蒂拉雅给在路上遇到的各种飞禽走兽赐福：凡是说吉利话的，都被他赐予了福气；凡是说丧气话的，都被他施予了诅咒。最后，当他走到海边时，终于发现了已经变成石头的考拉伊和孩子。

孔蒂拉雅伤心欲绝，悔恨自己当初不该那么顽皮。这时，他看到有两个美丽的少女被一条大蛇困在岩石上。他设法把她们救了出来。在搭救她们的过程中，妹妹变成了一只白鸽。

姐妹两个告诉太阳神，她们的母亲去探望考伊拉了。孔蒂拉雅正心中有火，听说她们的母亲私自去探望考伊拉，十分生气。于是，他又开始搞恶作剧，把她们母亲养鱼池里的鱼偷偷地放进了大海里面。从那以后，浩瀚的大海里才有了无数的鱼。

众神传说

[印加]

创世主帕查卡马克在创造完新一代的人类后，决定离开地球，回到遥远的宇宙中去。因为那里也需要他，还有很多事情等着这位天神去处理。在当时，人类还没有把太阳神视为唯一的主神，所以帕查卡马克决定根据每个天神的特点进行分工，让他们管理不同的地区。

可是，有一件事让帕查卡马克十分头疼。那就是这些天神虽然表面上对他唯命是从，可心里那些邪恶的思想并没有清除。只要帕查卡马克一走，天下肯定会大乱。于是，帕查卡马克再一次把天神召集在一起。他对天神们进行论资排辈。

排在第一位的当然是众神之父，帕查卡马克决定把这个重担交给一向忠厚老实、作风严谨的依科纳，让他对众神进行监督和管理，还给他找一个妻子来做众神之母，大地女神契利比亚胜任了这个职务。因为帕查卡马克认为仁慈、博爱、善良、无私这些优点都能在她身上找到，而且她还哺育了大地上的所有生物。接下来就是七个孩子了：

老大是牧神波克夫。他的品性善良，

黄金饰品

图中饰品系 700～1500 年的南美洲的黄金饰品。这件黄金饰品描绘了太阳神及其子民的聚会，其中较大者为太阳神，他身前与身后都有金太阳的形象，另外十一个男性均为太阳神的子民，象征印第安人。

处事也很随和。除了人类以外，大地上所有动物的生死都由他掌握。此外，波克夫还掌管人间的狩猎牧养之事；

老二是空气天神丘兹库特。他处事公正，一丝不苟，而且还疾恶如仇。当人类社会的民风恶化时，当世间出现邪恶的行为时，丘兹库特定会挺身而出；

老三是酒神欧米图·契特利。他能够为人类酿造出琼浆玉液，人世间的婚丧嫁娶、节庆祭祀的事就由他掌管；

老四是淫荡女神图拉索图尔特。她的性格自不必多说，绝对是名如其人。不过她也有她的作用，因为人类的繁衍生息都要靠她的帮助；

老五是煞神维特修普·契特利。他性格暴躁，好勇斗狠。因此人世间一切战争和争斗都由他掌管；

老六是风神埃斯图亚克。她天真活泼，调皮好动。大地上花草树木的生长消亡都由这位女神掌管。此外，这位调皮的女神也很喜欢唱歌，所以人世间那美妙的音乐都是她负责的；

老七则是雨神卡拉洛克。她本性善良，但脾气有些古怪。如果什么事被她认了死理，根本没有回旋的余地。她掌管的是施云布雨，降雪撒霜。大地上所有的植物都要靠她的雨水发芽、生长。

烦琐的工作总算完成了，帕查卡马克总算长出一口气。他对这些捣蛋的天神们还是放心不下，又不厌其烦地嘱咐几句。最后他向宇宙飞去。

众神把他们的首领送走之后，决定选一个地方作为他们的家。最后，他们选中了风景秀丽，景色宜人的尤凯依山谷。在他们的合作下，众神之家很快就建造好了。

开始，这些天神因为害怕帕查卡马克去而复返，谁也不敢过分放肆。可时间一长，帕查卡马克的嘱咐就逐渐变成了耳旁风。其中闹得最凶的就是酒神欧米图·契特利和淫荡女神图拉索图尔特。

有一天，欧米图·契特利酿造出一种绝佳的美酒，就跑到淫荡女神图拉索图尔特的面前大献殷勤。图拉索图尔特趁机挑逗他，使酒神不能自已。荒唐的事情发生了，天神们都跑过来品尝了美酒，就连众神之父也赶来凑热闹。结果可想而知，包括酒神在内的所有天神都醉倒在地。

几天过去了，很多天神都从酒醉中醒来，唯独被赋予艰巨任务的众神之父母没醒。这下所有的天神都欢呼这"自由日"的到来。他们在人间大施法术，搞得人间乌烟瘴气。

风神埃斯图亚克和雨神卡拉洛克不再像以前那样遵规守纪了。天空中一会下雨，一会下雪，一会又刮起飓风；煞神维特修普·契特利也玩开了。人类社会到处充满了仇恨、嫉妒和杀戮，战争一刻也没有停止过；最可气的是淫荡女神图拉索图尔特。她才不管什么老人孩子，凡是有血肉的，都被她使了魔法，终日沉迷于享乐。

不过，总算还有两个人是理智的，那就是牧神波克夫和空气天神丘兹库特。他们通过规劝、恐吓、开导等方法，终于让那些捣蛋的天神们收了手。可是，由于图拉索图尔特的原因，风神埃斯图亚克和雨神卡拉洛克动了凡心，投胎到了球尔卡夫妇家中，做了他们的孩子。雨神卡拉洛克作了姐姐，名叫谷兰；风神埃斯图亚克作了妹妹，名叫布蕾斯比图。

一次偶然的机会，谷兰认识了一位英俊的青年恩依瓦雅。两人一见钟情，纷纷陷入爱河。不久，恩依瓦雅告诉谷兰，他会在丰收的时候娶她过门。可是一段时间后，恩依瓦雅突然变得冷漠了。他不再和谷兰约会，甚至还总找借口躲避她。

原来，淫荡女神图拉索图尔特看到了赶去幽会的恩依瓦雅。她被这英俊的小伙迷住了。恩依瓦雅不受她的摆布。这时，正巧布蕾斯比图路过这里。于是，图拉索图尔就施展魔法使这对青年男女偷尝了禁果。

恩依瓦雅和布蕾斯比图一发不可收拾。恩依瓦雅决定与布蕾斯比图立即结婚。听到消息的谷兰悲痛万分，诅咒喜新厌旧的恩依瓦雅。

婚后，恩依瓦雅和布蕾斯比图有了一个男孩。但在孩子出世后不久，布蕾斯比图就离开人世，返回了天界。恩依瓦雅考虑到孩子一定要有个善良细心的母亲照料，就厚着脸皮来找谷兰，希望能够和她结婚。

此时的谷兰已经对人世间没有留恋，更不会答应这个可耻的负心郎。在巫师和天神的帮助下，她得以重返天界，把那个无情无义的恩依瓦雅留在了人间。

太阳之子印加王

创世主帕查卡马克在距离库斯科约三十公里的小山上召唤出了一批印第安人，赐给他们在那里生活的权利。但是，帕查卡马克并没有赋予他们智慧，因为按照他与太阳神的约定，必须由太阳之子印加王来领导这些印第安人，教会他们如何像真正的人类那样生活。

帕查卡马克走后，这些印第安人完全处于一种"野蛮"状态。

他们三五成群地居住在天然形成的山洞和岩缝里，吃的是野果、野菜、野兽，没有任何感情。他们像野兽一样互相残杀，甚至把同类当作食物。所有的人都没有羞耻感，所谓的衣服不过是树叶或兽皮，更有甚者什么都不穿。至于爱情更不存在，人类只是为了繁衍后代而寻找配偶。不管是男人还是女人，都没有自己固定的妻子或丈夫。

这一切都被伟大的太阳神看在眼里。他并没有忘记当初与帕查卡罗马克的约定，也并非不关心子民的疾苦。他只是在等待时机，等待地上的人类繁衍出足够的数量来充当印加王的子民。一天，人类的父亲太阳神把儿子曼科·卡帕克和女儿奥克略叫到了跟前，语重心长地说："你们是我的孩子，身上流着天神的精血。现在，人类的数量足够你们建立一个强大的帝国了。你们要按照我的旨意下凡人间，教会他们如何耕种、狩猎、放牧，如何建造房屋村落，如何遵守文明的法律法规，成为真正意义上的、具有文明理性的人类。"

曼科·卡帕克和奥克略点头称是。太阳神又接着说："此外，在你们教会他们这些以前，要让他们知道这一切都是谁赐给他们的。你们要让他们知道我——太阳神是他们的父亲，伟大的帕查卡马克士是他们的创世主，所有人都必须敬畏我们。你们必须牢记我的话！"

之后，太阳神把太阳儿女带到了距离库斯科三百公里远的的的喀喀湖上，笑着对他们说："好了！我最亲爱的孩子！我就要离开你们了！"太阳神拿出一根两米长、两指粗的金棍，交给了太阳之子曼科·卡帕克，然后严肃地宣布他的旨意："去吧！找到那些拥戴你们的人。你们将会成为他们的首领，因为这是我和创世主帕查卡马克的约定。我的儿子，太阳之子将是第一代印加王，而太阳之女将是你的王后。你们要牢记，我是派你们去领导他们，而不是奴役他们。你们要运用你们的智慧、爱心、仁慈以及天神的威严让他们崇拜你们。你们要遵守我的意愿。"

太阳儿女牢记父亲的旨意。太阳神对他们的态度很满意，继续说道："我的儿子，无论你走到什么地方，都要拿你手中的那根金棍往土里插一下。如果这根金棍可以直接插入土内，那么你们就可以在那里建立自己的帝国了。我最后还要嘱咐你们，你们首先要做的是向人类宣读太阳神的教义。他们要把伟大的帕查卡马克尊称为创世主，把我——太阳神尊称为太阳我父。你们要用你们的双手和智慧，带领人类摆脱野蛮的生活。你们要像父亲对待孩子那样仁爱。我和你们的母亲每天都要绕世界一圈，给世界带去光明、温暖，根据人们的需要给他们送去甘露、微风，大地在我们的眷顾下欣欣向荣，伟大的帕查卡马克和我每天都在观察大地你们牢记我的话吧！我相信你们一定能够做得很好。"说完，太阳神就离开了自己的儿女。

印加王曼科·卡帕克和王后奥克略遵照太阳神的旨意从的的喀喀湖出发向北行进。他们每到一个地方都用金棍插一下，但总是插不进土里。一天，曼科·卡帕克从一个山洞中走出来时，正好看到太阳从东方升起。他知道，这是父亲在向他宣读旨意，于是就把山洞命名为巴卡列克唐波，意思是"迎日之窗"。曼科·卡帕克下令

太阳之子印加王
印加首领的形象与印加人的太阳崇拜有很大关联。印加王头戴象征太阳光芒的羽毛饰品，一手指向人类之父太阳神。

在这里建立第一座村庄。

之后，印加王和王后带领村庄的人们——印加王国的第一代王公贵族朝库斯科山谷走去。当来到瓜纳卡乌利山的山脚下时，曼科·卡帕克把金棍插在地上，结果很轻松地插进了土里。印加王高兴地对自己的王后说："遵照伟大的创世主帕查卡马克天神以及太阳我父的旨意，我们就在这个山谷中建造城镇吧，伟大的印加帝国就要建立了。"

印加王和王后分别朝北方和南方走去，召唤居住在库斯科附近的人们。因为他们是从瓜纳卡乌利山出发的，所以后来人们把那里成为人类文明的发源地，并在那里建造了一座庙宇，来供奉人类伟大的父亲——太阳神。

在太阳儿女的召唤下，所有的人都聚集到了库斯科山谷。因为这些人看到，召唤他们的人穿着十分华丽的衣服，那种衣服只有太阳神才有。更重要的是，人们虽然野蛮，但依然牢记先祖的遗训，那就是等待一群大耳朵的到来。如今他们看到的就是一群大耳朵，每个人心里都十分清楚，盼望已久的救世主、人类的最高统治者——印加王终于到来了。

黄金王冠　南美洲
王冠为黄金锻造而成，高9英寸，从王冠上那个"权杖神"可以看出这是一件南美洲的黄金物品，印第安人认为黄金是装饰物，他们常将黄金雕成神像进行崇拜。

印加王和王后按照父亲的旨意，教会这些人如何建造人类居住的处所，如何获取食物以及做一个真正的人应具备哪些条件。印加王按照自己的意愿把城市分为两部分：一部分居住着由印加王召集来的人，称为恰南库斯科，即上库斯科；另一部分居住着由王后召集来的人，称为乌林库斯科，即下库斯科。印加王这么区分并不是划出等级，所有的人依然享受平等的待遇。只有一点不同，那就是居住在上库斯科的人就像哥哥姐姐那样获得尊重，住在下库斯科的人像弟弟妹妹那样得到爱护。从那以后，印加国所有的城镇、村落都分为上下两部分。

就这样，人类真正脱离了野蛮生活，进入了文明时代。

创始者

[玛雅]

绿石面具
面部所饰的浅浮雕横带，是脸部涂绘的象征。据说这种面具罩在死者的脸上，可以得到鬼神的照顾。

有一个古老的村子里住着一对美丽善良的姐妹。由于家境贫寒，她们不得不每天靠挖蕨根来维持全家人的生计。虽然生活过得比较清苦，但两姐妹生活得还算快乐。

一天晚上，姐妹在看星星。妹妹突然说："姐姐！天上的星星里面会有人住吗？他们会是什么样子呢？他们的生活幸福吗？"姐姐笑道："傻丫头！我又没去过，我怎么知道。"妹妹突然调皮地说："如果让你选择，你会嫁给那颗很大很亮的星星呢？还是会嫁给那颗很小很红的星星？"姐姐啐了她一口，不好意思地说："少胡说！没出嫁的女孩子不能乱想。"

妹妹躺在地上，仰望着那两个星星，自言自语道："反正我会选择那颗小红星的。你也只有选择大亮星的份了。"说着说着，两个人就睡了过去。

她们醒来后发现自己在一个陌生的地方。这时，从远处走来两个人，一个是满头银发的老翁，另一个是俊美健壮的小伙子。还是姐姐胆子大一点，走到老者的面前，问道："您能告诉我们这是哪里吗？"老头笑了笑，说："这是天上啊！你们现在是在天上的宫殿里。你和妹妹的谈话我们都听见了，希望你们不要食言啊！"姐姐马上明白他说的是什么，害羞地低下了头。就这样，姐姐做了老者的妻子，妹妹做了小伙子的妻子。

姐妹两个在天上每天的工作依然是挖蕨根。所不同的是，在天上挖蕨根的时候要挖那些根短的吃，原因是根长的味道不好，但是两姐妹觉得根长的蕨根其实更好吃。

创始者与人类

创始者为人类带来箭、火把、食物等，还用玉米粉创造了印第安人。

有一天，姐妹俩实在按捺不住，就决定挖一根长的蕨根尝尝。没想到这下可闯出了大祸。原来，天上的长蕨根太长了，以至于挖着挖着把天都挖了个大洞。姐妹俩透过大洞看到了自己的家，开始想念自己的亲人。终于有一天，她们靠一根雪松皮做成的绳子，回到了人间。

姐妹俩回家的消息不胫而走，乡亲们都赶来探望。很多人对她们的经历惊诧不已，非要瞧瞧那根通天的绳子。大伙你拽一把，我拽一把，绳子就断了，姐妹两个再也没有办法回到天上去了。

不久后，姐姐生下了一个儿子。大伙都替她高兴，因为这是天神的孩子。为了生存，姐姐每天依然要外出挖蕨根。她每次外出以前，总会把孩子寄放在一个瞎眼的、整天哼着古怪歌谣的蟾蜍老奶奶那里。因为姐姐认为，只有这个老奶奶才不会嫌孩子吵闹。

有一天，蟾蜍的邻居发现孩子不见了，只有一块木头留在摇篮里。再看那位老奶奶，依然若无其事地在那里唱歌。这下可急坏了全村人，大伙全部出动，找遍了周围所有的地方也没有找到。姐姐更是伤心欲绝。为了寄托自己对孩子的思念，她就把摇篮中的那块木头雕成了孩子的形状，每天抱在怀里。

很多年过去了，人们早就已经打消了把孩子找回来的念头。一天，酷爱旅行的蓝松鸡飞到了世界的尽头，发现了一处从未见过的新地方。

蓝松鸡看见那片土地上有一个小木屋，屋子里面有一个男人在石头上磨着什么东西。也许是天神的旨意，蓝松鸡感觉眼前这个人就是当年丢失的那个男孩。于是，它飞到男人面前，用试探的口吻说："你就是那个丢失的男孩吧！你知道吗？村里的人都为你感到着急，特别是你妈妈，她已经有些神志不清了。你是怎么到这里来的?"

男人平静地说："我是天神的化身，星星的儿子。你来得正好，我正准备回家。"说完，他拿起手中的东西，蓝松鸡这才看清楚那是一支箭。男人接着说："看看这屋子里的东西吧，都是我创造出来的。现在你马上回去，告诉那里的人们，就说星星之子马上就会回到他们身边，而且还会教给他们使用各种工具。我是正义的化身，我会消灭掉世间的罪恶，把美好的人间赐给他们。不过他们要尊敬我，因为是我创造了一切，所以他们应该叫我创始者。"

村里人为创始者的到来举行了盛大的欢迎仪式。创始者则给人们带来了诸如弓箭、木棒、篮子、水罐等工具，还把它们的使用方法教给了人们。然后，创始者又赐给了大地各种植物以及玉米和浆果等，同时还创造出了飞禽走兽和水中的鱼虾。人们在创始者的帮助下，过上了真正幸福的生活。

后来，创始者还用玉米粉创造出新的人类，那就是印第安人。

创始者在做完这些工作后，看见了一座由雪松皮绳子堆成的峭壁。他觉得天空太暗了，就爬上了峭壁的顶端，变成了太阳，为世界照明。可这样一来，世界就永远处在太阳的照射之下，人们渐渐受不了太阳的温度了。于是，创始者把他的木像变成了温度和亮度都较小的月亮。后来，创始者又娶了青蛙的女儿做老婆，让她把自己的大口袋搬来搬去。据说在月圆的时候还可以看见月亮里的创始者一家。

霍奇皮伊瓮

霍奇皮伊是代表春天、鲜花与歌唱的神，以玛雅人的轮回观来讲，他又与死亡密切相连。

众神之战

[印加]

在景色宜人的劳·拉那山山顶的圣湖边，居住着怒神劳。他性格残忍、脾气暴躁，同时还崇尚武力，主张用暴力解决一切。

劳是劳山一带众神的首领，很多残暴的天神归附于他的麾下。其中，最为有名的就是大力神拉克。拉克的身材十分高大，而且双臂力大无穷。

劳还经常带领手下的天神们变成各种凶禽猛兽，在圣湖边上的一块平原上玩耍。

智神斯凯尔居住在克拉玛特沼泽地的，他性格温和、乐善好施，是沼泽地一带众神的首领，很多善良的天神都归他领导。他经常和手下的天神一起，变成驼鹿、羚羊、狐狸、郊狼、秃鹰、山鹰以及鸽子等具有灵性的动物，在沼泽地附近的陆地上玩耍。有时，他们也会和怒神劳的队伍相遇，一同嬉戏。双方虽性格不同，但由于有着相同的地位，所以很长时间以来相处得还算融洽。

有一天，怒神劳和智神斯凯尔相遇了。两位天神嬉戏了一会后，都觉得有些累，就坐下来休息。怒神劳先打开了话匣子。他说起话来像打雷一样，而且还十分粗鲁。他对斯凯尔说："你看看你！真是太没用了！才运动一会就累得气喘吁吁！拥有强壮的胳膊和健硕的大腿是取得一切胜利的关键。"

斯凯尔反驳道："闭嘴吧！只有野蛮者才会那么崇尚暴力。我们是天神，我们是这个世界的统治者。你要知道，世界万物之所以受我们的统治，对我们顶礼膜拜，并不是

豹神头像

豹神是玛雅文化中重要的神灵之一。它瞪着一双三角眼睛，长舌外吐，充分表现其凶猛和威严，嘴两边两个具有象征意义的螺旋形表明它与祭祀和血腥的战争相关。

模仿战争的祭神之舞

因为我们拥有可怕的暴力，而是因为我们有无穷的智慧。"

话音刚落，大力神拉克就挥动起他的双臂，在大地上重重地砸了一拳，马上就把地砸出一个大坑。然后瞪着那双灯笼般的眼睛吼道："是吗？伟大的智神斯凯尔！你告诉我，你能用你的智慧砸出这个坑吗？"斯凯尔的队伍也不甘示弱，马上有人还击道："当然不能，因为那样做是有失身份的。你能用你那笨重的双手算数吗？你知道一加一等于几吗？你这个大笨蛋！""什么？你敢骂我是大笨蛋？"

最后矛盾升级了，从嘴仗发展成为战争，以怒神劳为首的劳山众神坚持力量可以决定一切，而以智神斯凯尔为首的沼泽地众神则坚信智慧可以战胜一切。

在体力上，斯凯尔本来就不如劳，更何况劳住在山顶，占有着极其有利的地形。最后，智神斯凯尔在战役中丧生。

怒神劳欢喜万分，觉得这足以证明他的观点是正确的。为了炫耀，他把斯凯尔的心脏挖了出来，并邀请所有的天神都来到劳·拉那山，他要在自己的领地上举行一场盛大的宴会以及一场竞技比赛。

所有的天神都来到了劳山顶上。在到会的所有天神中，有一部分人并没有把心思放在宴会和竞技赛上，他们就是斯凯尔手下的沼泽地众神。

这些天神对斯凯尔非常忠心，一直想找机会为领袖报仇。他们知道，在这次怒神的庆功会上一定可以看到斯凯尔的心脏。只要得到那个心脏，把它放进斯凯尔的躯体里，那么他就可以复活。因此，这些天神一直在观察着周围的动静，等待时机。

盛大的宴会开始了，怒神劳先是大大地吹嘘了一番，然后宣布进行竞技比赛。第一个比赛项目是赛球，而那个球就是斯凯尔的心脏。沼泽地众神见时机已到，就悄悄地退出了会场，埋伏在离斯凯尔身躯不远的山坡上。排在最前面的是驼鹿和羚羊，因为他们的身手都很矫健。

比赛开始了，首先是劳山众神掷球，每当他们抛球的时候，沼泽地众神都会嘲弄、羞辱他们。狡猾的狐狸说："咳！没吃饭吗？刚才的酒和肉都白吃了？你们真是太笨了，刚才还吹嘘自己多么有力量，难道就不能把球再抛得高一些吗？我看即使是刚出生的婴儿也比你们抛得高。"

那些头脑简单的家伙哪里禁得住这样的嘲讽。他们把球抛得一次比一次高，但换来的总是沼泽地众神的讥讽。劳终于忍耐不住了。他抓住球，使出平生的力气，把球抛向了远方。

目的达到了！驼鹿捡起斯凯尔的心脏，往山下跑去。劳山众神大呼上当，在后面紧追不舍。驼鹿使出看家本领，在山上左躲右闪，最终没让怒神抓到。驼鹿累了，就把心脏交给了羚羊。羚羊也像驼鹿那样甩开了怒神的追击，又把心脏交给了郊狼。郊狼虽然跑得不快，但韧劲十足，凭着坚强的意志终于把心脏交给了秃鹰。就这样，秃鹰把心脏交给了山鹰，山鹰又把心脏交给了鸽子，最后由鸽子把心脏放回了斯凯尔体内。

斯凯尔复活了，沼泽地众神欢呼雀跃，而跟在后面的劳山众神也知道了一切。智神斯凯尔重整旗鼓，带领着忠诚的手下，与怒神的队伍再一次交手。在这场战斗中，胜利女神偏向了斯凯尔，怒神劳战死沙场。

为了防止劳复活，沼泽地众神把他的身体切成碎块，扔进圣湖。扔的同时，他们嘴里还不停地念叨："这是斯凯尔的手！这是他的脚……"大力神拉克以为是仇人的尸体，就把这些肉块吃的一干二净。

后来，劳山众神知道被骗了，十分愤怒，一定要找斯凯尔报仇。最后在众神之王柯穆·卡门普斯的调解下，双方才没有发生战争。直到今天，劳的头颅依然留在圣湖里，人们叫它柯尔东那岛。